마이더스 2

옮긴이 | **이현우**

경남 충무에서 태어났으며 고려대학교 국문학과를 졸업했다. 중앙일보 신춘문예를 통해 등단, 현재 문학평론가로 활동하고 있다. 역서로는 「유리도시」 「서정시를 쓰기 어려운 시대」 「혼자만의 여행」 외 다수가 있다.

마이더스 2

개정신판 1쇄 발행 2004년 12월 10일
개정신판 7쇄 발행 2012년 4월 30일

지은이 시드니 셀던
옮긴이 이현우
펴낸이 김철수
편 집 최봉식
디자인 김현민
마케팅 김규형
관 리 최경석 · 송무영

출 력 스크린출력센터
용 지 승일지업사
인쇄 · 제본 (주)상지 피엔비

펴낸곳 지원북클럽
등 록 1996년 12월 3일 제10-1371호
주 소 서울시 은평구 응암동 244-211번지
전 화 (02)322-7792, 9822 | 팩스 (02)322-9826

ⓒ 지원북클럽
ISBN 89-86717-93-X 04840
ISBN 89-86717-91-3 (세트)

* 잘못 만들어진 책은 구입하신 서점에서 교환해 드립니다.

시드니셀던 장편소설

MIDAS

마이더스 2

이현우 옮김

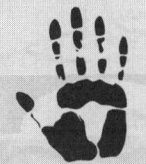

지원북클럽

MIDAS 마이더스

그리스 신화에 등장하는 환상 속의 도시 프리기아 의 왕.
축제와 열광의 신 디오니소스의 신탁을 받아
손에 닿는 모든 것들을 황금으로 바꾸는 능력을 얻게 되었다.
지금까지 사용하던 모든 물건들에 손을 대자
황금으로 변하기 시작했다.
마이더스는 놀라운 성공을 거두는 '기적의 손'을 의미한다.

For we cannot do anything against the truth, but only for the truth.
우리는 진리를 거슬려 아무것도 할 수 없고 오직 진리를 위할 뿐이니
— 고린도후서 13장 8절

CONTENTS

제8장 레이더스   9

제9장 비 밀   49

제10장 지독한 운명   99

제11장 절망과 희망   145

제12장 죽음의 곡예사   169

제13장 위 기   193

제14장 새로운 항해   243

에필로그   265

새로운 시대를 여는 힘(역자후기)   269

제 8 장
레이더스

　　제임스는 뜬 눈으로 밤을 꼬박 지새웠다. 지난밤에 수십 개의 통신망을 돌아다니느라 시간 가는 줄도 몰랐거니와 충격적인 사건이 벌어지고 있다는 직감 때문에 잠을 이룰 수 없었던 것이다.

　처음에 그는 별다른 생각 없이 월 스트리트 증권거래소의 중앙컴퓨터 시스템과 접촉을 시도했다가 끝없이 이어지는 의문의 꼬리들을 붙잡으려고 헤매다 새벽을 맞이한 것이다. 이 사태를 어떻게 처리해야 좋을지 그는 매우 난감했다.

　그는 담배 한 대를 꺼내 물고 베란다로 나가 새벽 바람을 맞으며 바다에서 막 솟아오르는 해를 조용히 지켜보고 있었다. 그는 눈을 감았다. 눈이 매우 아리고 쓰라렸다. 안경을 벗고 목덜미에 뭉친 근육을 풀기라도 하듯이 고개를 가로 저었다.

제임스의 눈은 붉게 충혈 되어 있었다. 눈가에 약간의 눈물이 고여 있는 듯이 보였다. 그는 매우 피곤했지만 이대로 그냥 잠을 잘 수는 없다고 생각했다. 그가 발견한 이 사실을 어떻게 해서든지 로라에게 빨리 알려야 한다는 초조감이 밀려들었다.

그는 방으로 돌아와 담배를 재떨이에 비벼 끄고 컴퓨터의 전원도 껐다. 그리고 무거운 발걸음을 끌면서 욕실로 들어갔다. 샤워기에서 떨어지는 시원한 물줄기를 머리에 맞으면서도 그의 머리 속은 온통 뉴월드 그룹의 주식에 관한 최근의 변화로 가득 차 있었다. 그는 로라의 방을 직접 찾아갈 것인지, 아니면 교환수를 불러서 전화로 통화를 할 것인지에 대해 고민하기 시작했다.

그는 깨끗한 셔츠로 갈아입고 거울을 보면서 머리카락을 단정하게 빗었다. 그 순간에도 이 사건을 어떻게 그녀에게 알려 주어야 하는지 그것이 고민이었다. 그는 그녀와 먼저 통화를 한 후에 직접 방으로 찾아가는 것이 좋겠다고 결정했다. 그는 즉시 수화기를 집어 들었다.

"무엇을 도와 드릴까요?"

호텔 종업원의 목소리가 흘러 나왔다.

"나는 제임스 교수라고 합니다. 로라 해리슨 양과 통화를 하고 싶은데요……."

"즉시 연결해 드리겠습니다."

호텔 종업원의 목소리가 사라지고 잠시 후에 전화기 속에서 신호음이 울리고 있었다.

그 시간 로라는 다니엘의 품에 안겨서 고요히 잠에 빠져 있었다. 갑자기 전화벨 소리가 울리자 다니엘이 먼저 눈을 떴다. 그는 로라의 이마에 가벼운 키스를 하면서 그녀를 흔들어 깨웠다.

"로라, 전화 왔어요."

그녀는 너무 깊이 잠들어 있었기 때문에 쉽게 일어나지 못했다. 전화벨 소리는 계속 울려대고 있었다.

그는 직접 전화를 받으려고 하다가 이내 그만두었다. 자기가 전화를 받으면 그녀가 난처하게 될 수도 있을지 모른다는 생각이 문득 스쳤기 때문이다.

그는 다시 그녀를 흔들어 깨웠다. 하지만 그녀는 좀처럼 일어나지 않았다.

"로라, 어서 일어나요. 전화 받아요."

"알았어요."

그녀는 지금 몸에 아무것도 걸치지 않은 상태였다. 그녀는 침대 시트로 자신의 몸을 약간 가린 채 전화를 받아들었다.

"여보세요?"

"로라구나. 아침 일찍부터 잠을 깨워서 미안하다. 하지만 너무나 중요한 일이라서 이렇게 연락을 할 수밖에 없었단다."

제임스 교수는 너무 일찍 전화한 것이 미안하다는 투로 말했다.

"어머, 제임스 교수님. 안녕히 주무셨어요? 그런데 아침부터 무슨 일이에요?"

"지금 당장 할 이야기가 있어, 로라."

그의 목소리에는 매우 다급한 일이라는 것이 확연히 드러나 있었다. 하지만 그녀는 지난 밤을 다니엘과 함께 보내면서 잠을 제대로 자지 못했기 때문에 매우 피곤한 상태였다. 그녀는 약간 난처한 표정을 지었다. 그녀의 침대에는 아직까지도 다니엘이 누워 있었다.

"꼭 지금 해야만 하나요? 아직 이른 새벽이잖아요, 교수님."

"이건 할아버지의 사업과 밀접한 관련이 있는 일이야. 지난밤에 아주 중요한 사실을 발견했어."

"그래요? 그렇다면 제가 그리로 가겠어요."

"아니야, 로라. 내가 지금 그쪽으로 달려가는 게 빠를 거야."

"하지만 그건……."

그러나 그녀는 더 이상 말을 할 수가 없었다. 제임스가 그 말만 남겨 놓은 채 다급하게 전화를 끊어 버렸던 것이다. 그녀는 매우 난처한 표정을 지으면서 다니엘을 쳐다보았다.

제임스 교수가 자기 방을 방문해서 다니엘과 함께 있는 것을 보면 매우 놀랄 것이 분명했다. 그것보다도 자신을 아끼는 교수님이기에 이런 모습을 보여 주는 것은 아주 커다란 실례가 아닐 수 없었다. 그녀는 다니엘을 향해 정중한 태도로 말했다.

"다니엘, 제임스 교수님께서 급하게 전할 말이 있어서 지금 이리로 오고 계시는 중이에요. 당신과 함께 있는 것을 숨기고 싶지는 않지만 알몸의 모습을 보여 드릴 수는 없어요."

다니엘은 가볍게 미소를 지으면서 그녀의 의도를 충분히 알아차렸다는 듯이 신호를 보냈다. 두 사람은 재빨리 옷을 입었다.

그녀가 거울을 보며 머리 모양이랑 얼굴 모습을 다듬고 있는 동안에 다니엘이 침대의 시트를 정리하고 있었다.

잠시 뒤 문을 두드리는 소리가 들렸다. 그녀는 다니엘은 한 번 쳐다보고는 문 앞으로 다가섰다.

"누구세요?"

"나야."

제임스 교수였다. 그녀는 문을 열고 그를 맞이했다. 그녀의 인사를 받으면서 방으로 들어섰을 때 그는 깜짝 놀라고 말았다. 낯선 남자가 소파에 앉아 있는 것이 아닌가.

그는 순간적으로 어색한 표정을 감출 수가 없었다. 하지만 지금은 어쩔 수 없는 일이었다. 그녀는 제임스에게 다니엘을 소개했다.

"교수님, 이분은 다니엘 블레이크 씨라고 해요. 아마 교수님도 알고 계실 거예요. 블레이크 그룹의 총수……."

그런 다음에 그녀는 다시 제임스를 가리키면서 다니엘에게 소개했다.

"이분은 하버드 대학 경영학부의 제임스 교수님이세요. 제가 경영 지식을 올바르게 익힐 수 있도록 많은 지도를 해주셨지요."

그녀가 두 사람을 소개하자 다니엘이 자리에서 일어나 제임스에게 손을 내밀었다. 그의 얼굴에서 매우 실망하는 빛이 스치고 지나갔다.

그는 로라에게 사랑하는 남자가 있다는 이야기를 들은 적이 없었다. 더구나 그녀의 방에서 마주친 사람이 뉴월드 그룹의 주식을 대규모로 끌어 모으고 있는 의심스러운 인물이라니……. 어쩌면 블레이크 그룹이 뉴월드 그룹의 경영권을 장악한 후 합병할지도 모르는 일이 아닌가. 만약 그렇게 된다면 정말 큰일이었다. 하지만 제임스는 자신의 감정을 외부로 나타내지 않으려고 내심으로 무척 노력하고 있었다. 두 사람은 악수를 하면서 인사를 나누었다.

"안녕하세요? 다니엘 블레이크라고 합니다."

"제임스라고 합니다."

제임스는 인사가 끝나자 곧바로 그녀를 향해 얼굴을 돌렸다. 그의 얼굴에는 근심스러워하는 기색이 역력했다.

"로라, 매우 중요한 이야기가 있는데……."

그는 다니엘이 함께 이야기를 듣는 것에 대해 몹시 부담스러운 표정을 지었다. 하지만 로라는 다니엘이 그대로 옆에 있어 주기를 원하고 있었다. 특히 할아버지의 사업과 관계된 일이라면 경험이 많은 그의 도움이 꼭 필요할 것만 같았다.

"괜찮아요, 교수님. 지금 여기 있는 다니엘은 믿을 수 있는 분이에요. 할아버지의 친구이자 저의 친구이기도 한 걸요."

"그렇지만 내가 하려는 이야기는 비밀스러운 내용이라서 다른 사람들이 들으면 곤란해."

그가 진지한 표정을 지으면서 말했다. 그녀는 어쩔 수 없다는 듯한 표정으로 다니엘을 바라보았다. 그는 이해한다는 표정으로 고개를 끄덕인 다음 제임스에게 말했다.

"만나서 반가웠습니다, 제임스 교수님."

다니엘 블레이크는 가볍게 목례를 하고 나서 옷을 챙겨 들고 방문 앞으로 걸어갔다. 그녀는 그를 배웅하기 위해 그의 뒤를 따라나섰다. 제임스는 그 모습을 보고 한숨을 길게 내쉬었다. 그리고 생각을 정리하기 위해 담배를 꺼내 물었다.

다니엘은 문 앞까지 따라 나온 그녀를 쳐다보면서 말했다.

"나에 대해 신경 쓰지 말아요, 로라. 지난밤은 정말 잊지 못할 거예요. 당신은 너무나 아름다운 여자입니다, 지금 이 순간부터 내 가슴 속에는 항상 당신이 자리 잡고 있을 겁니다."

그녀의 눈빛 속에는 몹시 미안해하는 표정이 깃들어 있었다. 그녀는 조심스럽게 말을 꺼냈다.

"이런 식으로 당신을 돌려보내게 되어서 정말 미안해요, 다니엘. 아침에 당신과 따스한 커피를 마시며 지난밤의 추억을 영원히 간직하고 싶었어요. 부디 제 마음을 알아주세요."

그녀는 다니엘의 가슴에 안겼다. 그는 살포시 그녀를 끌어안고 그녀의 머리카락을 조용히 쓰다듬었다. 그는 그녀의 이마에 입술을 갖다 대었다. 그는 지난밤에 보낸 그녀와의 사랑을 그대로 흘려버리고 싶지 않았다. 그녀는 그에게 너무나 소중한 여자가 되었다.

"로라, 그럴 필요 조금도 없어요. 나에게 미안한 감정을 갖지 말아요. 난 언제나 당신과 함께 있을 겁니다. 이런 일은 조금도 나에게 무례한 것이 아니에요. 당신의 마음을 이해해요. 나중에 다시 연락을 해 주세요. 그리고 우리가 나누기로 했던 대화들을 시작해요."

그는 그녀의 머리를 가볍게 들어 가벼운 키스를 나누었다. 그녀는 두 눈을 감고 고개를 몇 번 끄덕였다. 그는 서둘러 엘리베이터가 있는 곳으로 걸어가서 버튼을 눌렀다. 잠시 후에 엘리베이터가 도착했다. 그녀는 다니엘의 모습이 엘리베이터 속으로 완전히 사라질 때까지 그대로 서 있었다.

다니엘이 떠나가는 모습을 보자 어쩐지 가슴이 아릿해 왔다. 잠시 그대로 멈춰 서있던 그녀는 다시 방으로 돌아왔다.

"교수님, 잠시만 기다려 주세요."

제임스는 아무런 말도 없이 담배를 피우고 있었다. 그녀는 욕실로 들어가서 대충 세수를 마쳤다. 그는 자신이 그녀를 방해한 것이 아닌가 걱정하면서 담배 연기를 내뿜었다. 일부러 이럴 생각은 전혀 아니었다. 만약 다니엘이 그녀의 방에 와 있다는 사실을 알았다면 아무리 중요한 일이라고 하더라도 결코 달려오지 않았을 것이다.

잠시 후에 그녀가 욕실에서 나왔다, 제임스는 고개를 돌려서 힐끗 그녀의 얼굴을 바라보았다.

"죄송해요. 교수님에게 이런 모습을 보여 드리다니……."

"로라, 그 사람을 사랑하고 있니?"

제임스가 약간 목소리를 높이면서 물었다. 하지만 그 말을 하는 순간, 그는 자신이 실수했다는 사실을 깨달았다. 그는 지금 너무 민감하게 자신의 감정을 드러내고 있었다.

그녀는 몹시 당황한 표정을 지으면서 그를 바라보았다.

"사실 우리는 어제 처음 만났어요. 하지만 다니엘은 좋은 사람인 것 같아요."

그녀는 자신의 감정에 대해 솔직하게 대답했다. 욕실에서 세면을 하는 동안 그녀는 제임스의 질문을 예상하면서 몇 가지 답변을 미리 생각해 두었다. 하지만 갑작스러운 그의 질문에 모두 대답하기란 거의 불가능한 일이었다. 그래서 그의 질문에 대해서는 가장 솔직한 태도를 취하는 것이 좋겠다고 생각했던 것이다. 그는 그녀의 대답을 듣고 나자 더 이상 그 문제를 거론하고 싶지 않았다.

"로라……."

그는 의자에서 일어나 그녀가 있는 곳으로 다가갔다.

"그런데 한 가지 문제가 생겼단다."

"어떤 건가요?"

"내 말을 듣고 놀라지 말거라. 나는 지난밤에 노트북으로 월 스트리트 증권거래소의 중앙컴퓨터 시스템과 접촉을 시도했어."

그의 말을 듣는 그녀의 표정이 매우 진지했다. 그는 그녀의 눈빛을 바라보면서 그녀가 이해하는 속도에 따라 말의 속도를 맞추기 시작했다.

"그곳에서 다양한 자료를 검색하던 중에 이상한 사실을 발견했지."

"그게 뭔데요, 교수님?"

그는 잠시 망설이다가 결정을 내린 듯이 자신의 판단에 대해 이야기하기 시작했다.

"내가 보기에는 아무래도 뉴월드 그룹에 레이더스가 개입하고 있는 것 같아."

그의 입에서 레이더스라는 말이 나오자 그녀의 두 눈이 동그래졌다. 그것은 상상하기만 해도 아찔한 일이었다. 깜짝 놀라서 아무 말도 못하고 그를 물끄러미 쳐다보고만 있던 그녀가 도무지 믿기지 않는다는 투로 입을 열었다.

"레이더스라니? 보유한 자산이 많고 건실한 회사를 파산 시키거나 주식을 몰래 사들여서 경영권을 장악하고 기업을 인수한 뒤에 쪼개서 되파는 전문적인 기업 사냥꾼을 이야기 하는 건가요?"

그는 아무런 대답도 하지 않고 가만히 고개를 끄덕였다. 그녀는 도저히 그 말을 믿을 수가 없었다. 만약 그 말이 사실이라면 너무나 심각한 일이었다.

"그렇지만 교수님, 레이더스가 설마 뉴월드 그룹까지 손을 뻗치지는 않을 거예요. 그건 너무나 위험한……."

"충분히 그럴 수 있는 가능성이 있단다."

"그 레이더스가 우리 할아버지 회사를 상대로 공작을 벌이고 있다는 건가요? 그런가요, 교수님? 그들이 뉴월드 그룹을 노리고 있다는 건가요?"

그녀는 잔뜩 긴장하면서 다시 질문을 던졌다. 그리고 초조한 듯이 그의 대답을 재촉했다. 만약 그의 말이 사실이라면 그것은 뉴월드 그룹 전체에 엄청난 파장을 몰고 올 것이다.

"나의 판단에 따르면 레이더스가 지금 뉴월드 그룹에서 활동하고 있는 게 확실해, 로라."

"도대체 그게 누구죠?"

그녀가 다그쳐 물었다.

"아직은 잘 몰라. 하지만 두 사람의 용의자가 있어. 한 사람은 현직 상원의원으로 퓨처 기획이라는 회사를 실제로 소유하고 있는 리차드라는 인물이야. 그가 소유하고 있는 퓨처 기획은 실제로 미국 각지에서 카지노를 운영하고 있어. 이곳 바하마에도 그 회사 소유의 카지노가 있는 것으로 나타났지."

그가 차분한 목소리로 말했다.

"어떻게 그걸 알 수 있죠?"

그녀가 화를 내면서 소리쳤다.

"리차드는 자신과 다른 한 명의 대리인 이름으로 대략 13% 정도의 뉴월드 그룹 주식을 사들였어. 그 정도의 수준이라면 로라가 소유하고 있는 주식보다 많이 가지고 있는 차순위 대주주라고 할 수 있지."

그가 말하는 동안 그녀는 한 마디도 놓치지 않기 위해 모든 신경을 집중하면서 귀를 기울였다.

"그렇기는 하지만 13% 정도의 주식으로 할아버지의 회사를 어떻게 할 수는 없어요."

"그건 네 말이 맞다, 로라. 하지만 대리인을 내세우면서까지 은밀하게 주식을 사들였다는 것은 이해가 안 되는 부분이야. 단순한 투자의 목적이라면 그렇게 은밀하게 활동할 이유가 없어. 리차드가 대리인을 내세운 것에는 분명히 무슨 이유가 있지 않겠어?"

"그래요. 분명히 무슨 이유가 있겠죠. 그런데 그 이유가 무엇일까요?"

그 말에 수긍한다는 뜻으로 고개를 끄덕이면서 그녀가 대답했다.

"아직은 함부로 말할 수 없어. 시간이 좀더 흐르면 모든 것들이 밝혀지게 될 거야."

그는 신중한 태도로 대답했다. 그녀는 잠시 동안 어떤 생각에 잠겨 있다가 다시 그를 향해 질문을 던졌다.

"그런데 교수님, 조금 전에 두 사람의 용의자가 있다고 했는데 또 다른 사람은 누구죠?"

그녀가 재촉했지만 그는 아무런 대답도 하지 않았다. 그는 그녀에게 사실대로 알리는 것이 좋을지, 아니면 침묵을 지키고 있는 것이 좋을지 정확한 판단이 서질 않았다. 게다가 지금은 아직 모든 것들이 가설에 불과한 상태이다. 기업사냥꾼들이 더욱 활발하게 움직여야 그 증거들을 끌어 모을 수 있었다.

하지만 은밀하게 움직이던 기업 사냥꾼들이 자신의 정체를 드러내면서 활동하는 시기가 되면 이미 기업을 구하기에는 너무 늦어 버린 경우가 많다. 기업 사냥꾼들은 먹이를 노리는 맹수처럼 최후의 순간에 자신의 모습을 드러내기 때문이다.

그는 오랫동안 신중하게 고민을 하다가 모든 결정을 그녀에게 맡기는 것이 가장 올바른 선택이라고 생각했다. 그는 그녀의 눈을 똑바로 쳐다보았다. 그것도 아주 신중하게…….

"놀라지 말거라, 로라."

"어서 말씀해 주세요. 절대로 놀라지 않겠어요."

"그 사람은 바로……."

그는 조금 더 망설이다가 사실대로 말했다.

"다니엘 블레이크야."

그녀는 그 말을 듣자 커다란 충격을 받았다. 자신이 그의 말을 잘못 들었다고 생각했는지 다시 한번 질문했다.

"누구라구요?"

"블레이크 그룹의 총수 다니엘 블레이크."

그의 말이 끝났을 때 그녀는 길게 늘어진 머리카락을 위로 쓸어 올렸다. 그녀가 머리카락을 쓸어 올리는 행동은 몹시 긴장했을 때 나타내는 버릇이었다. 그는 지금 벌어지고 있는 위급한 현실에 대해 그녀가 믿지 않으려고 한다는 사실을 깨닫고 매우 안타까운 심정이 되었다.

그는 더욱 확실하게 지금 벌어지고 있는 현실을 그녀에게 인식시키기 위해 다니엘 블레이크의 이름을 다시 한 번 강조했다.

"로라, 지금 내 말을 믿기 어렵겠지만 조금 전에 이 방에서 나간 다니엘 블레이크가 바로 레이더스의 두 번째 용의자야."

그가 눈을 똑바로 뜨고 그녀의 눈을 응시한 채 다니엘 블레이크의 이름을 강조하자 그녀의 표정은 더욱 놀라움으로 변했다.

"정말 믿을 수 없군요. 다니엘은 할아버지의 친구인데……."

그녀는 완강하게 고개를 가로 저었다. 그의 말을 믿고 싶지 않았던 것이다. 그는 그녀의 표정을 물끄러미 바라보다가 그 심정을 충분히 이해할 수 있다는 듯이 말을 꺼냈다.

"다니엘을 네가 사랑한다고 해도 이 사실은 믿어야만 한다, 로라."

그의 말은 그녀의 귀로 사정없이 파고들었다. 그렇지만 그녀는 다니엘이 레이더스의 용의자라는 사실을 결코 믿고 싶지 않았다.

그녀는 더욱 거세게 고개를 가로 저었다. 다니엘은 그녀가 이 세상에 태어나 제일 처음으로 사랑을 느낀 첫 이성이었던 것이다. 비록 짧은 시간이었지만 사랑을 느낀 남자를 의심해야 한다는 것은 받아들이기가 대단히 힘든 일이었다.

그는 그녀가 흥분을 가라앉히고 조금씩 이성을 회복할 때까지 잠시 동안 기다렸다.

"내가 알아본 바로는, 블레이크 그룹의 주력 회사인 블레이크 종합상사가 사들인 주식만도 5%가 넘었어. 그래서 다른 계열사들에 대해서도 모두 조사를 해 보았지. 블레이크 종합상사 이외에도 다섯 개의 계열사에서 뉴월드 그룹의 주식을 소유하고 있었어."

"그게 사실이라면 다니엘이 소유하고 있는 뉴월드 그룹의 주식은 모두 합해서 얼마나 되는 거죠?"

"10.07% 정도가 될 거야."

"그 정도라면 단순히 투자를 목적으로 한 주식 소유라고 볼 수도 있지 않을까요? 아마 그럴 거예요."

그녀는 그가 공연히 다니엘을 의심하는 거라고 생각하고 싶었다. 사실 블레이크 그룹이 소유한 주식이 그 정도의 수준이라면 별로 문제가 될 것은 없었다.

기업들이 투자의 목적으로 유망한 다른 기업의 주식을 보유한다는 것은 일반적인 일이었다. 특히 주식은 유가증권으로서 손쉽게 현금화할 수 있다는 이점이 있는 것이다. 하지만 블레이크 그룹과 같은 기업이 뉴월드 그룹의 경영권을 목적으로 비밀리에 주식을 사들인다면 그것은 매우 커다란 사회적 물의를 일으킬 것이 분명했다.

그런 생각을 하면서 그녀는 다니엘 블레이크가 기업을 파괴하는 레이더스일 가능성은 별로 없다고 생각했다. 그러나 제임스의 다음 말은 그녀의 생각에 찬물을 끼얹었다.

"하지만 로라, 다니엘은 리차드 상원의원과 아주 가까운 사이야."

다니엘과 리차드 상원의원이 가까운 사이라는 정보는 그녀가 심각하게 받아들일 만한 내용이었다. 그녀는 자신도 모르는 사이에 뒤로 한 걸음 물러났다. 만약 리차드와 다니엘이 손을 잡는다면?

그것은 곧바로 메드닉이 이끄는 뉴월드 그룹에 치명타를 먹이는 것을 의미했다. 그는 그녀를 똑바로 쳐다보면서 말을 계속했다.

"두 사람은 스탠포드 대학 선후배 사이로 사회생활에서도 매우 가까운 관계로 알려져 있지. 지난번에 국회청문회가 열렸을 때 다니엘을 경영 소위원회의 증인으로 내세운 것도 바로 리차드 상원의원이었어."

그 순간 그녀의 얼굴에는 실망의 표정이 떠올랐다. 그녀는 지난밤의 행복한 시간이 물거품이 되어 가는 것을 느끼고 있었다. 그녀는 다니엘을 의심하고 싶지 않았지만 모든 상황이 그를 의심하도록 만들고 있었던 것이다. 그녀는 냉정한 현실 앞에 그냥 주저앉아서 소리내어 울고 싶었다.

아침 일찍 잠에서 깨어난 메드닉은 바다가 내려다보이는 발코니에 앉아서 음악을 듣고 있었다. 그는 날이 갈수록 점점 거동이 불편해지는 것을 느낄 수 있었다. 최근에는 가만히 서 있는 것조차 힘들 지경이었다. 거의 하루 종일 침대에 드러누워서 시간을 보내다가 지루할 때마다 발코니에 나가 안락의자에 앉아서 바다를 바라보는 것이 하루의 일과였다.

뉴월드 그룹의 중요한 업무와 결재도 거의 침대에서 처리하고 있었다. 그는 레베카에게 모든 일을 맡기다시피 할 정도로 그녀를 신임하고 있었다. 그녀는 비록 젊지만 그만한 능력이 있었다. 지금까지 아무런 문제도 일으키지 않고 모든 일을 잘 처리했던 것이다.

다른 각도에서 본다면 메드닉은 사실 별로 하는 일이 없었다. 비록 최종 결재권은 여전히 가지고 있었지만 이미 그룹 내에서 그의 모든 영향력은 상실되고 있었다. 사업과 관련한 모든 일이 그녀의 손에서 직접 처리되고 있었다.

메드닉은 날마다 침대나 안락의자에 앉아서 건강 진단을 받고 주사를 맞았다. 하지만 그의 상태는 좀처럼 좋아지지 않았다. 한 달 전부터는 자신의 주치의인 앤소니에게 자기상태가 과연 어느 정도인지, 그리고 어떤 주사를 맞고 있는지를 물어보는 일조차 그만두고 말았다.

아미보섬 호텔은 길버트 부부의 스키 기증식을 앞두고 성대한 파티를 개최할 준비를 착착 진행하고 있었다. 사회적으로 유명한 인사들이 초대장을 받아서 몰려오고 있었다. 하지만 메드닉 회장은 그 사실도 모르는 채 아침 시간 동안 발코니에 앉아서 음악을 듣고 있었다. 안락의자에 앉아 자신이 좋아하는 '빌리스 블루스'나 '아이 러브 마이 맨'과 같은 음악을 들으면서 그는 깊은 생각에 잠겨 있었다.

그가 음악에 열중하고 있을 때 젊은 청년이 아침 식사를 가지고 발코니로 나왔다. 청년은 그의 앞으로 다가와서 공손하게 머리를 숙였다. 메드닉이 귀찮다는 듯이 손짓을 하자 그는 식사를 탁자 위에 차려두고 뒤로 물러났다. 그는 아침 식사는 거들떠보지도 않고 계속 음악에 열중했다.

잠시 후에 발코니에 또 다른 남자의 모습이 나타났다. 그는 발코니에 나타난 남자를 힐끗 쳐다보았다. 주치의인 앤소니 박사였다.

"밤새 안녕히 주무셨습니까, 메드닉 회장님? 오늘은 기분이 좀 어떠십니까?"

앤소니는 다정한 미소를 지으면서 그에게 인사를 하고 나서 맥박을 측정하기 위해 들고 온 가방을 열고 청진기를 준비했다. 잠시 앤소니가 맥박을 재기 위해 팔에 혈압계를 장치할 때까지 묵묵히 지켜보던 그가 갑자기 입을 열었다.

"난 지금 음악을 듣고 있는 중이야, 앤소니. 내가 음악을 들을 때에는 제발 좀 가만히 놔둘 수 없겠나?"

"죄송합니다, 회장님. 하지만 시간에 맞추어 정기적으로 검진을 해야 하는 것이 제 임무입니다."

"그런 소리는 집어 치우게."

메드닉이 화를 내면서 큰 소리로 말했다.

"하지만 회장님은 지금 환자이시고 저는 의사입니다. 환자는 의사의 조치에 따라야만……"

앤소니도 좀처럼 물러서려고 하지 않았다. 하지만 그는 더 이상 말을 할 수가 없었다. 레베카가 발코니로 나왔기 때문이다. 그녀는 화사한 옷차림을 하고 있었다. 그녀의 손에는 몇 가지 서류가 들려 있었다. 메드닉 회장의 결재를 받기 위해 찾아온 길이었다.

"의사 선생님을 왜 그렇게 야단치세요, 회장님? 아무리 힘든 일이 있더라도 의사의 권고에 따라야 해요. 지금은 회장님 건강을 회복하는 일이 가장 중요해요."

그녀가 매우 상냥한 목소리로 말하면서 그를 향해 다가왔다. 그녀는 언제나 가장 친절한 말과 행동으로 그를 대했다. 그녀가 그를 대하는 태도를 보면 마치 할아버지를 대하는 손녀의 모습이 생각날 정도였다.

"레베카, 이 돌팔이 의사를 지금 당장 여기에서 내쫓아버려."

메드닉이 앤소니를 노려보면서 말했다. 앤소니는 그 말을 들으면서 약간 당황한 듯한 표정을 지었다. 그녀는 앤소니한테는 한 마디도 하지 않고 달래듯이 메드닉을 바라보았다.

"회장님, 앤소니 박사가 무슨 불쾌한 일이라도 저질렀나요?"

"그런 건 아니지만 별로 마음에 들지 않아."

"그렇지만 회장님, 앤소니 박사가 그동안 통증을 많이 가라앉도록 해 드리지 않았나요?"

"그것뿐만이 아니야. 그는 다른 것들도 많이 없애 버렸어. 내 기억력은 지금 엉망진창이 되어 버렸다구. 이게 다 저 자의 처방에 따랐기 때문이야."

메드닉이 마치 어린 소년처럼 투덜거리자 그녀가 다정한 목소리로 물었다.

"고통과 행복 중에서 어떤 게 더 좋으세요?"

"한 번 좋아지고 나면 그 다음에는 더욱 괴로워. 물론 행복이 좋긴 하지만 그 순간이 지나가면 남는 건 지옥뿐이야."

그녀는 메드닉의 어깨 위에 손을 얹어놓고 토닥거렸다.

"만약 내 곁에 레베카가 없었다면 난 아마 아무것도 못할 거야."

메드닉은 평소의 그 답지 않게 마음 약한 소리를 하고 있었다. 그러나 그녀의 얼굴에는 매우 만족스러운 듯한 미소가 어리고 있었다.

"사실은 그렇지 않아요, 회장님. 저도 언제나 잔소리만 하는 걸요."

그녀가 겸손하게 고개를 숙이면서 말했다. 메드닉은 그 말에 아무런 대답도 하지 않았다. 실제로 그가 지금 믿을 수 있는 사람은 그녀뿐이었다.

하지만 그는 자신이 신뢰하고 있는 사람이 얼마나 야망이 큰 여자인지 전혀 알지 못하고 있었다. 그녀의 타고난 미모와 상냥한 태도 속에 어떤 이면이 도사리고 있는지 조금도 상상할 수 없었던 것이다.

그녀를 철저하게 신뢰하고 있는 것은 비단 메드닉 혼자만이 아니었다. 그의 주위에 있는 다른 사람들도 거의 모두가 그녀를 신뢰하고 있었다.

그녀는 메드닉 회장을 알고 있는 모든 사람들로부터 호평을 받고 있었던 것이다. 그녀가 아니었다면 현재의 메드닉이 자기의 사업을 제대로 유지할 수도 없을 거라는 소문이 그녀에 대한 일반적인 평가였다. 그리고 그것은 어느 정도 사실이라고 할 수 있었다.

그녀의 판단은 어떤 경우에도 항상 정확했으며 사소한 문제에도 열성적인 태도를 보였다. 그녀는 그러한 태도들과 함께 타고난 미모와 상냥한 행동, 그리고 애교스러울 뿐만 아니라 교양 있는 행동으로 메드닉과 그 주위 사람들의 마음을 단숨에 사로잡았던 것이다.

"여기 결재하실 서류를 가지고 왔어요. 회장님께서 직접 사인을 좀 해 주셔야 하겠어요."

그녀는 서류철을 펼치면서 슬며시 옆에 서 있는 앤소니를 바라보았다. 그러자 그는 팔에 주사를 놓기 위해 메드닉의 옷소매를 걷어 올렸다. 그녀는 서류철을 펼쳐서 메드닉에게 전해 주었다.

그는 서류철을 받아들고 무릎 위에 올려놓더니 한 손으로 목에 매달린 안경을 잡았다. 그녀가 앤소니에게 다시 눈길을 주었다.

그가 서류를 확인하기 위해 안경을 걸치는 것과 거의 동시에 앤소니가 주사 바늘을 꽂았다. 그의 얼굴이 잠시 일그러질 동안 그는 재빨리 약품을 노인의 혈관 속으로 밀어 넣었다.

모든 동작들이 사전에 치밀하게 계획되어 있었던 것처럼 딱 맞게 움직이고 있었다. 성분을 알 수 없는 약품은 메드닉 회장의 혈관 속으로 스며들면서 신속하게 그 효력을 발생시켰다. 그는 그 약의 효과를 이미 느끼기 시작했는지 낮게 가라앉는 목소리로 중얼거렸다.

"전에도 한 번 맞았던 적이 있는 주사 같은데……. 그런데 이건 무슨 서류지, 레베카?"

메드닉은 몸이 나른해지면서 약물의 효력이 온몸으로 급속히 퍼지는 것을 느끼고 있었다.

"일상적인 호텔 업무에 관한 거예요. 제가 회장님에게 드리는 몇 가지 제안이에요."

그녀는 대수롭지 않은 서류라는 듯이 대답하면서 다시 한 번 슬며시 앤소니를 바라보았다. 그는 메드닉이 눈치를 채지 못하도록 주의하면서 그녀를 향해 고개를 한번 끄덕였다.

안경 너머로 서류를 들여다보던 메드닉의 시야가 서서히 흐려지기 시작했다. 그는 시시각각 다가오는 기분의 변화에 휩싸이고 있었다. 서류에 적힌 글씨가 눈앞에서 가물거리고 있었기 때문에 도저히 알아볼 수가 없었다.

"이 안경은 이제 더 이상 쓸모가 없군. 글씨가 통 보이지 않아."

"건강이 회복되시는 대로 다시 시력을 검사해서 안경을 바꾸어야 하겠어요."

메드닉 회장은 그녀의 태도를 전혀 의심하지 않았다. 그래서 서류를 대충 훑어본 후에 고개를 들었다.
"다른 중역들도 이 서류를 검토했겠지?"
그는 단지 그녀를 믿는 것 이외에는 달리 그 서류의 내용을 확인할 수 있는 방법이 전혀 없었다. 그가 질문했을 때 그녀는 재빨리 앤소니의 얼굴을 바라보았다. 두 사람은 서로 은밀한 시선을 주고받았다.
두 사람은 잠시 후에 메드닉의 시야와 의식이 점차 사라지고나서 깊은 수면에 빠져들 거라는 사실을 알고 있었다. 그녀는 그 시간에 맞추어 그녀의 운명을 바꾸어 놓을 만한 서류에 메드닉이 직접 서명하도록 유도하고 있었다.
"물론이에요. 제가 항상 완벽하다는 것을 아시잖아요."
그녀는 평소와 다름없이 담담하게 대답했다. 메드닉은 더 이상 생각할 필요조차 없었다. 이미 몽롱한 상태가 되어버린 그는 마치 꿈을 꾸듯이 비몽사몽간에 서류에 사인을 하기 시작했다.
그는 잠들기 직전의 의식 상태에서 느릿느릿하게 손을 움직이고 있었다. 시야는 흐려졌지만 사인을 하는 손끝은 조금도 흔들리지 않고 차분했다. 평소의 습관대로 사인은 조금도 흐트러지지 않았다.
사인을 마친 그는 자신도 모르는 상태에서 고개를 숙인 채 그 자세 그대로 잠이 들었다. 그가 고른 숨소리를 내기 시작하자 앤소니가 레베카를 바라보면서 입을 열었다.
"자, 모든 일이 잘 처리되었어요."
하지만 그녀는 몹시 신중한 여자였다. 그녀는 메드닉이 깊이 잠들었다는 사실을 알면서도 한참 동안이나 내색하지 않았다.
"그렇지만……."

"이제는 안심해도 좋아요."

앤소니가 메드닉의 어깨를 가볍게 치면서 말했다. 그는 마치 죽은 사람처럼 조금도 몸을 움직이지 않았다.

"앤소니, 그동안 너무나 고생이 많았어요."

"축하해요. 이젠 뉴월드 그룹이 모두 당신 손으로 들어가게 될 겁니다. 그리고 적어도 네 시간 안에는 메드닉 회장의 의식이 돌아오지 않을 겁니다."

앤소니의 말을 들으면서 그녀는 만족스러운 미소를 머금었다. 하지만 행동은 여전히 조금 전과 하나도 다르지 않았다. 그녀는 메드닉의 무릎 위에 놓인 서류를 집어들고 정중하게 말했다.

"다시 음악을 틀어 드리겠어요, 회장님."

그녀는 다시 음악을 틀어 놓았다. 누가 보더라도 메드닉의 모습은 음악에 도취되어서 조용하게 눈을 감고 감상에 잠긴 모습이었다.

실력 있는 의사와 함께 음모를 진행하고 있었지만, 그녀는 모든 점에서 완벽을 기하고 있었다. 어느 곳에도 빈틈을 보이지 않았던 것이다. 그녀는 메드닉이 완전히 잠든 것을 확인한 후에야 비로소 앤소니를 향해 입을 열었다.

"좋아요, 앤소니. 우리 계획은 한 치의 오차도 없이 순조롭게 진행되고 있어요."

"그렇군요. 이제는 메드닉 회장의 변호사를 상대해야 할 차례예요. 변호사에게 연락은 취해 놓았나요?"

"오늘 오후에 도착할 거예요."

두 사람은 마음을 놓고 중요한 사실들에 대해 대화를 나누었다.

메드닉도 그 자리에 함께 있긴 했지만 그는 이미 깊이 잠들어 있었기 때문에 무슨 일이 벌어지고 있는지 전혀 알 수가 없었다.

하지만 레베카가 전혀 예상하지 못한 일이 지금 벌어지고 있었다. 누군가 그들의 대화를 엿듣고 있었던 것이다. 그것은 그녀의 계획을 단숨에 물거품을 만들어 버릴 정도로 위험한 일이었다.

메드닉이 완전히 잠든 것을 확인하고 안심하면서 두 사람이 비밀스러운 이야기를 나누고 있을 때 아주 가까운 곳에서 두 사람의 상상을 초월하는 광경이 벌어지고 있었다. 그곳은 두 사람이 서 있는 바로 위 옥상이었다.

발코니에 서 있던 두 사람은 옥상에서 어떤 일이 벌어지고 있는지 전혀 알 수가 없었다. 호텔 꼭대기에 위치한 메드닉 회장의 전용층은 엄격한 통제가 이루어지고 있었기 때문에 누군가 옥상으로 올라간다는 것은 상상도 할 수 없는 일이었다. 하지만 그 시간 어떤 그림자가 옥상에서 어른거리고 있었다.

옥상에 있는 사람은 상당히 치밀한 사람처럼 보였다. 그는 자신의 모습을 완전히 감춘 상태에서 작은 카세트에 부착된 소형 마이크로폰을 아래로 늘어뜨린 채, 두 사람의 밀담을 모조리 도청하고 있었던 것이다. 두 사람이 나누고 있는 대화는 아무도 모르는 사이에 녹음기 속으로 빨려 들어가고 있었다.

"나는 지금부터 한 시간 정도 여유가 있는데, 그동안 당신은 무슨 일을 할 생각이에요?"

레베카가 앤소니를 응시하면서 말했다. 그는 즉시 대답하는 대신 잠시 그녀의 표정을 살펴보았다. 그는 그녀의 표정에서 방금 한 말이 무엇을 뜻하는지 알아내려고 하는 표정을 지었다. 그는 그녀를 깊이 사랑하고 있었다. 그렇기 때문에 처음부터 그녀의 음모를 잘 알고 있으면서도 그 속으로 뛰어 들었다.

그는 그녀를 알게 된 이후로 그녀의 유혹으로부터 벗어나려는 행동은 생각조차 해보지 않았다. 그녀를 위해서라면 활활 타오르는 불길 속이라도 뛰어들 수 있을 것 같았다. 뛰어난 미모와 매력을 갖춘 그녀가 온갖 서비스를 다할 때 그는 이 세상에서 가장 아름다운 여인을 혼자 독차지한 듯한 느낌이 들었다. 그는 그러한 그녀를 잃어버리지 않기 위해서 최선을 다했다.

두 사람의 눈빛이 허공에서 마주쳤다. 그들은 이미 서로의 마음을 읽어내고 있었다. 누가 먼저랄 것도 없이 두 사람은 서로를 부둥켜안았다. 입술과 입술이 부딪치고 서로의 손길은 상대의 몸을 더듬기 시작했다.

메드닉 해리슨의 방은 금방 두 사람의 열기로 벌겋게 달아오르는 듯했다. 문자 그대로 한낮의 정사였다. 앤소니는 거칠게 숨을 몰아쉬면서 그녀의 치마 속으로 손을 집어넣었다. 그녀는 거침없이 공격해 들어오는 그의 손길에 자신의 하체를 완전히 맡겨 버렸다. 그는 그녀를 번쩍 안아들고 소파로 걸어갔다.

메드닉 회장의 방에 있는 소파는 보통의 소파보다 두 배나 커다랗고 푹신했다. 그는 순식간에 그녀의 치마를 벗어 내렸다. 그리고 그녀의 상의 단추를 풀기 위해 손을 가져갔다.

순간 이미 숨을 거칠게 헐떡이고 있던 그녀가 그의 손길을 가로막았다.

"이건 안돼요. 옷을 입고 섹스를 해요."

그녀가 작은 목소리로 속삭였다. 그는 앞으로 펼쳐질 달콤한 정사를 떠올리면서 날씬하게 뻗어 내린 그녀의 다리를 들어올리고 팬티를 끌어내렸다. 손바닥만한 팬티가 그의 손길을 따라 흘러내렸다. 그녀의 음모가 수줍은 듯이 고개를 내밀었다. 그는 그녀의 배에 입을 맞추면서 두 손을 밑으로 내려서 애무하기 시작했다.

잠시 후에 그는 그녀의 비경에 얼굴을 갖다대었다. 그의 머리가 움직일 때마다 그녀의 입에서 헐떡거리는 신음소리가 더욱 높아졌다. 잠시 뒤 그의 머리가 그녀의 목을 거쳐 얼굴로 올라왔다. 그녀의 입술이 흡입기처럼 그의 입술을 무섭게 빨아들였다. 그 순간에도 그의 손길은 익숙한 솜씨로 그녀의 성감대를 더듬고 있었다. 흥분된 표정의 그녀는 자신의 입술을 빨면서 주기적으로 작은 눈을 떠서 메드닉의 얼굴을 바라보았다. 그는 여전히 행복한 얼굴로 깊이 잠들어 있었다.

그가 잠시 숨을 고르는 사이 그녀는 몸을 약간 일으킨 후에 그의 바지를 벗겼다. 그녀는 불쑥 솟아오른 그의 상징을 붙잡아 자기 얼굴에 갖다 대었다. 그리고 서서히 입으로 가져갔다. 그의 입에서 가는 신음이 흘러나왔다.

그녀는 혀를 위아래로 움직이며 빙글빙글 돌리다가 부드럽고 민감한 부위를 갑자기 자극하기도 했다. 그는 소파에 등을 기대고 천천히 자신의 하체 위에서 춤추고 있는 그녀의 허리 움직임에 맞추어 몸을 흔들었다. 뜨거운 열정이 두 사람을 휘어 감고 있었다.

두 사람의 신음 소리가 옥상의 녹음기 속으로 빨려 들고 있었다.

그는 지금 메드닉의 방에서 흘러나오는 젊은 남녀가 벌이는 정사 신음 소리를 들으면서도 그들이 왜 그곳에서 정사를 벌이고 있는지에 대해서는 전혀 알지 못했다.

그녀는 섹스를 하면서 조각난 단편들이 물 위에 둥둥 떠 있는 듯한 느낌을 받았다. 그와 나누는 섹스가 어색하거나 특별히 싫은 것은 아니었다. 오히려 그녀는 그와 즐기는 섹스를 아주 좋아하고 있었다.

그런데 이런 막연한 느낌은 도대체 어디에서 오는 것일까? 인생에서 무엇인가 빠져 있다는 느낌. 이것은 현재의 즐거움이 미래에는 없을 거라는 징조일까? 아니면 오래 전에 잃어버린 그 무엇? 하지만 그녀는 그것이 무엇인지도 모르고 만약 안다고 해도 다시 되찾을 수 있을 것 같지도 않았다.

'이런 기분은 금방 사라질 거야. 이건 중요하지 않아. 달이 구름 뒤로 들어간 것과 마찬가지야. 구름을 벗어나면 금방 달이 나오는 것처럼 지금 나에게는 멋진 미래가 펼쳐지고 있어.'

그녀는 그를 더욱 강하게 끌어안으며 그런 생각들을 떨쳐버렸다. 두 사람의 몸은 점점 땀으로 젖어들었다. 그녀는 계속 그의 위에서 허리를 움직이면서 한 손으로 벽에 붙어 있는 에어컨 스위치를 올렸다. 에어컨이 작동하면서 시원한 바람이 쏟아지자 마치 에어컨의 소리에지지 않으려는 듯 그녀의 신음 소리가 더욱 커졌다.

곧이어 그의 신음 소리도 점차 커지기 시작했다. 그는 그녀의 허리를 거세게 끌어안고 헐떡이다가 소파 옆으로 쓰러졌다. 그들은 몇 분 동안 나란히 누운 자세로 키스를 나누었다.

메드닉은 두 사람이 뜨거운 정사를 벌이는 동안에도 깊은 수면에 빠져 있었다. 그는 네 시간 동안이나 계속 잠에 빠져 있었다. 그가 잠에서 깨어나 아주 상쾌한 기분이 되었을 때 메드닉은 조금 전에 자신이 서명한 서류가 레베카에 의해 새로 작성된 자신의 유언장이라는 사실을 전혀 모르고 있었다.

다니엘은 로라와 헤어진 후에 정원을 산책하면서 잠시 동안의 휴식을 즐겼다. 아침 햇살을 받으면서 산책을 하는 여러 명의 사람들이 보였다. 그들 사이로 천천히 걸어갔다.
"아니, 이게 누구야?"
정원을 걷고 있던 다니엘이 누군가를 발견하고 자신도 모르게 크게 소리쳤다. 주위에 서 있던 사람들이 의아스러운 표정을 지으면서 다니엘을 바라보았다. 하지만 그는 사람들의 시선을 의식하지 못하고 또다시 큰소리로 누군가를 부르기 시작했다.
"하베이! 여기에요!"
다행스럽게도 하베이는 다니엘과 그렇게 멀리 떨어지지 않은 곳에 서 있었다. 그도 다니엘을 금방 알아보았다. 그는 전문가용 카메라를 목에 건 채로 모자를 쓰고 있었다. 조금 전까지 아미보섬 호텔의 옥상에서 레베카와 앤소니의 대화를 도청하고 있었던 인물은 바로 그였다. 그는 메드닉 회장을 인터뷰하기 위해 옥상으로 올라갔다가 그들의 대화를 엿듣게 되었던 것이다.
"안녕하세요, 다니엘."
그는 다니엘이 있는 곳으로 서둘러 다가왔다. 두 사람은 반갑게 악수를 나누었다.

"잘 지냈어요? 그런데 이곳엔 언제 왔죠?"

다니엘이 물었다.

"어젯밤에 도착했습니다."

"그런데 어쩐 일로 이곳까지……?"

다니엘은 바하마의 아미보섬 호텔에서 그를 만난 것을 도저히 믿을 수 없다는 듯이 물었다. 하베이는 사회의 구석진 곳에 감추어진 여러 가지 문제들을 파헤치면서 항상 모두를 놀라게 하는 민완기자였다. 큼직한 사건이 발생한 현장마다 언제나 그의 모습이 있었다. 하지만 바하마는 그런 사건이 있을 거라고 생각하기에는 너무나 평온한 곳이었다.

"그럴 만한 이유가 있습니다, 다니엘. 내가 아무런 일도 없이 이런 곳까지 무엇 하러 오겠어요, 안 그래요?"

그의 대답은 다니엘의 의아심을 더욱 강하게 만들었다.

"당신처럼 유명한 민완기자가 이번에는 무슨 취재를 하려고 여기까지 왔는지 무척 궁금하군요. 내가 보기에는 이곳은 아주 조용한 것 같은데……. 무슨 이상한 냄새라도 맡았나요?"

"아직은 아닙니다."

"그렇겠죠. 아미보섬 호텔에서 초청한 사람들은 모두 저명한 인사들이니까요. 게다가 이렇게 아름다운 곳에서 무슨 문제가 벌어지겠어요?"

"바로 그게 문제입니다. 우리 모두는 증인이 되기 위해 바하마까지 날아온 셈입니다."

"증인? 도대체 그게 무슨 말이죠?"

다니엘은 깜짝 놀라면서 그의 얼굴을 물끄러미 쳐다보았다.

"뉴월드 그룹 내부에서 암투가 벌어지고 있어요."

"정말인가요?"

"물론이죠."

"하지만 겉으로 보기에는 아주 평화로운데……."

"인간의 추한 욕망이 때로는 평화를 가장해 죄악을 만들기도 하지요."

하베이가 고개를 끄덕이면서 말했다. 평소에도 그는 항상 자신감이 넘치는 사람이었다. 하지만 이번에는 유별나게 자신 있는 행동을 하고 있었다. 그것은 기자가 큼직한 기사거리를 잡았을 때 자신도 모르게 외부로 드러내는 그런 확신과 과시의 표현이라고 할 수 있었다.

"내가 누구입니까, 다니엘? 모든 일에 치밀하기로 유명한 사건기자가 아니겠어요? 나 같은 기자는 사실이 확인되기 전까지는 함부로 기사 내용을 입에 담지 않습니다."

"마치 바하마에서 어떤 거대한 음모라도 벌어지고 있다는 것처럼 들리는군요."

다니엘은 그가 어떤 스캔들이나 추적하려고 이곳에 올 사람이 아니라는 사실을 잘 알고 있었다. 하지만 지금 그가 보여주는 태도는 별로 마음에 들지 않았다. 그의 표정에는 뭔지 모를 자신감이 넘쳐 뻔뻔함이 묻어나고 있었던 것이다. 그가 무엇을 알고 있는지는 모르겠지만, 그것은 아직 사실로 밝혀진 일이 아니지 않은가.

"다니엘, 그러고 보니까 당신은 아직 아무것도 모르고 있는 것 같군요. 그렇죠?"

그가 웃으면서 말했다.

"그런데 내가 도대체 무엇을 모르고 있다는 거죠, 하베이?"

"주위를 좀 둘러보면 알 수 있을 겁니다. 자, 그러니까 한 번 둘러보도록 하세요."

그는 계속 알아듣기 힘든 말만 되풀이 하고 있었다. 다니엘은 그의 말대로 천천히 주위를 둘러보았지만 전혀 느껴지는 것이 없었다. 신문이나 잡지에 여러 번 나와서 낯익은 유명 인사 몇 사람이 눈에 뜨이는 것을 제외한다면 의심할 만한 것이 아무것도 없었다.

"하베이, 아무리 둘러보아도 모르겠어요. 어떤 점이 이상하다는 거지요?"

"어제 오후부터 이곳에는 많은 사람들이 모여들고 있어요. 모두 내일 벌어질 기념 파티에 초대를 받은 사람들이지요."

이번에 열리는 파티에 관해서는 다니엘도 이미 들어서 알고 있었다. 길버트 부부가 주선하는 파티장에서 스키 기증식이 개최될 예정이다. 하지만 다니엘은 그것이 일반적인 행사 이외에 다른 의미가 있을 거라고는 한 번도 생각해 보지 않았다.

"내일 파티가 열리는 것은 나도 알고 있습니다."

"그것이 메드닉 회장의 근황과 관련되어 있을 거라는 생각을 해 보지는 않았나요?"

다니엘은 그의 입에서 메드닉이라는 이름이 나오자 뭐라고 말을 해야 할지 몰라서 잠시 망설였다.

"하지만 내가 보기에는 단순한 파티일 뿐인 걸요."

"정말 그럴까요, 다니엘? 하지만 한 번만 더 깊이 생각해 보십시오. 지금 이 순간에 유명 인사들이 이곳 아미보섬 호텔에 왜 모여들고 있는지에 대해서 말입니다."

다니엘은 아무리 생각해도 그가 어떤 의미로 그런 말을 하고 있는지 알 수가 없었다. 자기가 갑자기 바보가 되어 버린 듯한 묘한 기분이었다. 하베이의 말은 아무리 생각해봐도 도저히 이해 할 수 없는 것이었다.

"도대체 당신 말의 요점이 뭐죠, 하베이? 길버트 부부의 파티가 메드닉 해리슨 회장과 어떤 연관이 있다는 건가요?"

"그렇습니다."

"좀더 자세하게 말해줄 수는 없나요?"

"좋아요. 이따가 오후 5시에 내가 연락을 하겠습니다. 나중에 다시 만나도록 합시다."

하베이는 이렇게 말하고 돌아서서 그 자리를 떠나가려 하고 있었다. 그는 무엇인가 대단한 사건의 꼬리를 잡은 것처럼 보였지만 쉽사리 밝히지 않고 있었다. 모든 것이 확실하게 드러나기 전까지는 밝힐 수 없다는 뜻이 분명했다. 어쩌면 그 사건이 몰고 올 파장을 생각해서 밝히지 않는 것인지도 몰랐다.

다니엘은 그가 경비원들의 엄중한 경계망을 뚫고 옥상에 올라가서 레베카와 앤소니의 대화를 몰래 도청했다는 사실을 전혀 모르고 있었다. 하지만 그는 도청을 통해 이미 레베카와 앤소니의 관계와 그들이 꾸미고 있는 어떤 음모를 짐작하고 있는 단계였다. 아직 그 음모의 실체를 파악하지는 못했지만 어느 정도 윤곽을 잡을 수는 있었다.

하베이는 더욱 확실한 내용을 파악하고 증거를 확보할 생각이었다. 그의 성격은 언제나 완벽한 것을 추구했다. 그는 항상 어느 누구도 감히 이의를 제기할 수 없는 확고부동한 증거를 확보하고 나서야 사건의 내막을 터뜨렸던 것이다.

"이봐요, 하베이. 그런데 이대로 떠나가 버리면 어떻게 해요?"

다니엘은 평소답지 않게 그의 이야기에 적극적인 관심을 나타내었다. 어디론가 가려던 하베이는 그의 말에 다시 뒤로 돌아섰다.

"좋습니다, 다니엘. 그렇다면 길버트 부부에 대해 내가 알고 있는 것을 알려 드리도록 하죠."

드디어 하베이의 입에서 의문의 단서가 될 만한 것들이 나오기 시작했다. 다니엘은 잔뜩 호기심을 품으면서 그의 말에 귀를 기울였다.

"혹시 니콜이라는 여자를 알고 있습니까?"

"메드닉 해리슨 회장과 이혼한 여자가 아닌가요?"

"맞습니다. 니콜은 메드닉 회장과 결혼하기 전에 유명한 영화배우로 활약했다는 사실도 알고 있나요?"

하베이가 그를 응시하면서 물었다.

"물론이죠."

다니엘은 니콜이 과거에 유명한 영화배우였으며 메드닉과 불화로 은퇴하게 되었다는 것까지도 잘 알고 있었다.

"메드닉 회장은 니콜을 매우 사랑했습니다. 하지만 메드닉은 그녀를 포기할 수밖에 없었어요. 그 이유는 바로 사업 때문이었지요. 그 당시에 메드닉은 한창 사업에 쫓기고 있었고 그의 부인은 은퇴한 은막을 그리워하면서 외로운 생활을 보내야만 했습니다. 그러다가 결국 알콜에 중독 되었고 다른 남자와 놀아나게 되었던 거지요."

그가 잠시 숨을 돌리기 위해 말을 멈추자 다니엘이 다음 이야기를 재촉했다.

"그래서 어떻게 되었죠?"

"메드닉은 그 사실을 알고 매우 분노해서 당장 이혼해 버렸습니다. 그런데 니콜은 두 번째 아이를 임신하고 있던 중이었지요. 몇 달 후에 니콜은 에릭이라는 남자 아이를 낳았습니다. 그리고 메드닉에게 아이의 양육비를 청구했죠. 하지만 메드닉은 매정하게 그 아이의 아버지가 자신이 아니라고 주장했습니다. 사실 그럴 만도 하지요. 니콜이 바람을 피우는 광경을 메드닉이 직접 목격했으니까요."

하베이가 말하고 있는 동안 그는 계속 고개를 끄덕이면서 듣고 있었다. 하베이는 이제부터가 매우 중요한 이야기라는 듯이 주위를 한 번 둘러보았다. 누군가 이야기를 엿듣게 되는 것을 경계하는 것이 분명했다.

그는 다니엘을 향해 작은 목소리로 속삭였다.

"저쪽으로 갈까요?"

그는 한 손을 들어서 인적이 드문 정원의 구석을 가리켰다. 그리고 나서 다니엘과 함께 천천히 걸어가면서 다시 이야기를 하기 시작했다.

"몇 년 후에 불쌍한 니콜은 알콜 중독으로 죽었습니다. 그리고 그의 아들 에릭은 니콜의 절친한 친구의 손에 의해 자라났습니다. 그 친구에게는 로즈마리라는 딸이 있었는데 에릭이 청년이 되었을 때 그녀와 결혼했습니다. 그리고 다음 해에 두 사람은 엘리자베스라는 딸을 낳았습니다. 그 딸이 두 살이 되었을 때 에릭이 월남전에 참전했다가 전사했어요. 매우 슬픈 일이죠."

그가 생각을 정리하느라 잠시 멈췄다.

"그렇군요."

다니엘은 고개를 끄덕였다.

"내가 메드닉 회장의 아내였던 니콜이라는 여자에 대해서 알아낸 것은 여기까지가 전부입니다. 그런데 내가 왜 이렇게 지금까지 장황하게 니콜의 가족사를 이야기하고 있는지 아십니까?"

하베이가 다니엘을 바라보며 갑작스럽게 물었다. 그는 도무지 이유를 알 수 없다는 표정을 지었다.

"왜죠?"

"니콜의 절친한 친구이자 에릭의 아내인 로즈마리의 부모가 바로 길버트 부부이기 때문이죠. 만약 니콜의 주장대로 에릭이 메드닉의 아들이라는 것이 밝혀진다면 메드닉과 길버트 부부는 사돈지간이 되는 겁니다. 이만하면 짐작을 하시겠죠?"

그것은 대단히 놀라운 사실이었다. 다니엘은 뉴월드 그룹의 메드닉 해리슨에게 그런 비밀이 있다는 사실을 전혀 모르고 있었다.

그는 하베이가 바하마까지 달려온 것을 보면 그럴 만한 이유가 있을 거라고 추측하고 있었지만, 그의 입에서 막상 엄청난 사연들이 흘러나오자 자기 귀를 의심하지 않을 수 없었다.

그는 갑자기 한 가지 궁금한 것이 떠올랐다.

"에릭의 딸 엘리자베스는 어떻게 되었죠?"

"엘리자베스는 바하마에 와서 레베카 더글라스가 되었습니다. 더 자세한 내용은 프랭크 로시가 지금 알아보고 있는 중입니다."

그는 두 가지 사실에 대해 깜짝 놀라지 않을 수 없었다. 메드닉의 손녀일지도 모르는 엘리자베스가 다른 사람도 아닌 메드닉 회장의 비서로 일하고 있는 레베카 더글라스라는 사실은 상상하기조차 힘든 일이었다.

"메드닉 회장의 비서로 일하는 레베카 더글라스가……?"

다니엘은 마치 무거운 해머로 머리를 한 대 얻어맞은 듯한 기분이었다.

"그렇습니다."

그가 고개를 끄덕였다.

"그리고 프랭크 로시가 그것에 대해 조사를 하고 있다는 말인가요?"

"이곳으로 출발하기 전에 내가 프랭크에게 부탁했습니다. 당신에게 미리 양해를 구하지 못한 것을 이해해 주시기 바랍니다."

그가 정중한 태도로 말했다. 다니엘은 잠시 침묵을 지키고 있다가 알겠다는 듯이 고개를 끄덕이고 나서 말문을 열었다.

"모두가 정말 놀라운 사실이군요. 그런데……, 당신은 뭔가 충격적인 음모가 있다는 식으로 말했던 것 같은데……."

"모든 일들이 메드닉 회장과 밀접한 관계가 있지만 정작 본인은 아무것도 모르고 있다는 겁니다. 엘리자베스가 자신의 신분을 숨기고 레베카로 둔갑한 것을 봐도 뭔가를 꾸미고 있기 때문이 아니겠습니까?"

"그럴 수도 있겠군요. 그런데 메드닉 회장을 만나게 되면 모든 의문을 풀 수 있지 않을까요? 메드닉 회장은 모든 사실을 다 알고 있을 테니까요."

다니엘이 하베이를 쳐다보면서 말했다. 하지만 그는 미소를 지으면서 고개를 가로 저었다. 그러고 나서 손을 들고 현관을 가리켰다. 다니엘은 그가 손으로 가리키는 곳을 향해 시선을 돌렸다. 아미보섬 호텔의 경호요원들이 삼엄하게 감시를 하고 있었다.

"저들은 마치 솔로몬의 금광이라도 되는 듯이 회장실로 올라가는 통로를 엄중하게 지키고 있어요. 즉 열쇠를 갖고 있지 않으면 어떤 사람도 그의 영역 안에 들어갈 수 없다는 말이지요."

"당신은 지금 그 열쇠를 찾고 있군요? 아마도 로라가 도움을 줄 수 있을지도 모르겠습니다."

그는 믿어지지 않는다는 듯이 하베이를 바라보면서 물었다. 다니엘의 말에 그는 가볍게 머리를 흔들었다. 그는 주위를 경계하듯이 다시 한번 주위를 돌아보고 나서 작은 목소리로 속삭이듯이 대답했다.

"천만에요. 난 이미 그 열쇠를 확보했습니다. 내가 가지 못하는 곳은 그 어디에도 없습니다."

"그렇다면 메드닉 회장을 만나 보았나요?"

"아닙니다. 아직은 만나지 못했습니다. 하지만 얼마 있지 않아서 만나게 될 거라고 확신합니다."

그의 태도나 말투로 미루어 볼 때 그는 이 사건에 굉장히 큰 기대를 걸고 있는 듯이 보였다.

"만약 그럴 수만 있다면……."

그래도 다니엘은 아직도 믿음이 안 간다는 듯이 말 끝을 흐렸다.

"내 추측이 적중한다면 아마도 닉슨 대통령의 워터게이트 사건 이후에 최대의 특종기사가 여기 바하마에서 터지게 될 겁니다."

하베이가 장담하면서 말했다.

"정말 놀라운 일이군요."

다니엘은 심각한 표정을 지었다.

"이것은 결코 개인의 신상과 관련된 사건이 아닙니다. 아직까지는 말할 수 없지만 정계의 인물도 관련되어 있으니까요."

다니엘은 사건의 규모가 자신의 예상보다 크다는 것을 알고 놀라는 표정을 지었다. 하베이 정도의 기자가 자신 있게 워터게이트 사건과 비교할 정도의 사건이라고 한다면 가히 짐작할 수 있는 게 아닌가.

"이것은 두말할 나위도 없이 퓰리처상 수상감입니다. 그 기사의 가치에 견주어 본다면 말입니다. 나는 그만 가 보겠습니다. 나중에 다시 만나죠."

"잘 가요, 하베이."

다니엘은 손을 흔들면서 그에게 인사를 보냈다. 그도 손을 흔들면서 잠시 미소를 지었다. 그는 바쁜 듯이 서둘러 발걸음을 옮기고 있었다.

그 순간 다니엘의 머리 속이 여러 가지 의문들로 맴돌기 시작했다. 자기에게 정보를 준 사람이 다른 사람도 아닌 하베이가 아닌가. 그는 어지간해서는 쉽게 흥분할 사람이 아니었다. 그러한 그가 지금 겉으로 들어날 만큼 굉장히 긴장하고 있는 것이다.

그는 무엇이 어떻게 돌아가고 있는지 전혀 감을 잡을 수가 없었다. 마치 다이달로스가 만든 라비린토스 미궁 속에 갇힌 듯한 느낌이 들었다. 엘리자베스는 정말로 메드닉 회장의 손녀일까? 엘리자베스는 왜 레베카 더글라스가 되어야만 했을까? 그리고 어째서 메드닉 회장의 비서가 되었을까?

레베카는 지금 바하마에서 각계의 유명 인사를 한 자리에 모아놓고 행사를 열려고 하고 있다. 하베이 말대로 그 행사가 스키 기증식이라는 단순한 의미 이외에 또 다른 어떤 의미를 가지고 있는 것일까?

그는 계속 꼬리를 물고 이어지는 여러 가지 의문에 잠긴 채 자기 방으로 돌아가기 위해 엘리베이터를 타고 있었다. 하베이가 했던 말들을 곰곰이 생각해 보았다. 모두가 증인이 되기 위해 바하마로 초대를 받았다고 했다. 과연 그들은 무엇에 대한 증인이 되기 위해서 이곳 바하마에 와 있는 것일까?

제9장 비밀

　　제임스가 돌아간 후에 혼자 남아있던 로라는 갑자기 옷을 벗어 던지고 욕실로 들어갔다. 그녀는 다니엘에 대한 생각을 떨쳐 버릴 수가 없었다.

　　다니엘이 뉴월드 그룹을 노리는 레이더스일 가능성이 있다는 이야기를 들었을 때 그녀는 분명히 잘못 알았을 거라고 믿고 싶었다. 그녀는 머리를 흔들면서 그 사실을 부정하고 싶었다. 그녀는 지난밤에 뜨거운 사랑을 나누었던 사람을 조금도 의심하고 싶지 않았던 것이다.

　　그녀는 세차게 쏟아지는 물줄기에 몸을 내맡기고 있었다. 물은 적당할 정도로 따스했다.

　　'다니엘은 무척 좋은 사람처럼 보였어. 그런데 어떻게 그럴 수 있지? 아마 사실이 아닐 거야.'

하지만 다니엘이 직접 바하마까지 날아온 것은 분명히 무슨 이유가 있을 것이다. 게다가 그는 비서진도 데리고 오지 않았다. 제임스의 말대로 그에게 무슨 비밀스러운 계획이라도 있었던 것일까? 평소라면 블레이크 그룹의 수행원들을 데리고 바하마로 찾아왔을 것이다. 그 이유가 무엇일까? 단지 옛 친구인 할아버지를 만나기 위해 멀리까지 날아오지는 않았을 것이다.

그녀는 거울 앞으로 다가섰다. 거울 속에서 그녀는 자신의 얼굴을 똑바로 쳐다보았다. 지난밤의 일들이 떠올랐다.

그는 몹시 친절하게 대했다. 그런 행동이 그의 진심에서 우러나온 것이었을까? 혹시 내가 메드닉 할아버지의 손녀라는 사실을 안 후에 의도적으로 접근한 것이 아니었을까?

'어쩌면 다니엘은 나를 진짜로 좋아한 것이 아닐지도 몰라. 할아버지가 운영하는 회사를 빼앗기 위해 계획적으로 나를 이용하려고 생각했는지도 모르는 일이야. 하지만 다니엘은……'

그녀는 그를 믿고 싶었다. 그렇지만 너무나 증거가 확실했다. 그가 아무도 모르게 계열회사를 이용해서 뉴월드 그룹의 주식을 매입하고 있었다니…….

레이더스가 활동하고 있을 때 감상적인 마음에 빠져서는 안 된다고 계속 자신을 타일렀지만 그에 대한 감정만은 어쩔 수가 없었다. 그를 의심해야 한다고 결심할 때마다 가슴이 답답해지고 숨이 탁 막히는 것만 같았다. 지금처럼 다급한 순간에 소녀처럼 사랑에 빠져 있다는 것은 너무나 위험한 일이었다.

'이럴 때가 아니야. 냉정해야 해, 로라.'

그녀는 생각을 가다듬으면서 스스로를 타일렀다. 그녀는 그에 대해 좀더 객관적으로 많은 사실을 알아내야 하겠다고 결심했다. 하지만 그렇게 하려면 그를 만나야만 한다.

'제발 다니엘이 레이더스가 아니기를……'

잠시 시간이 흐른 뒤 로라는 다니엘의 방으로 찾아가서 조용히 문을 두드렸다. 몇 초 후에 문이 열리면서 그의 얼굴이 나타났다.

"할 이야기가 있어요, 다니엘."

"어서 들어와요."

그는 친절한 태도로 그녀를 맞이했다. 그녀가 소파에 앉았을 때 갑자기 전화벨이 울렸다.

"잠시만 기다려요, 로라. 먼저 전화를 받고 이야기를 나누도록 하죠."

"전 괜찮아요. 기다리겠어요."

그녀가 차분한 목소리로 말했다. 그가 수화기를 집어 들었다. 그녀는 의식적으로 그의 통화 내용에 귀를 기울였다.

"아, 프랭크? 내가 부탁한 건 어떻게 되었죠?"

그러고 나서 그는 한참 동안이나 상대편의 말을 듣느라 아무 말도 하지 않고 있었다. 그는 자기가 계속 듣고 있다는 것을 알리기 위해 몇 번 그렇다고 대답했을 뿐 계속해서 이야기에 귀를 기울이고 있었다. 그러다가 그가 머리를 가볍게 흔들면서 상대의 말을 끊었다.

"아, 그건 나도 이미 알고 있어요. 지난번에 하베이가 나에게 알려 주었어요. 그 이후에 더 알아낸 사실이 있나요?"

잠시 동안 다시 상대편의 말이 이어지고 다시 그가 질문을 던졌다.

"그게 무슨 말이죠? 로즈마리가 이곳에 있다고요? 그게 확실한가요?"

그녀는 그의 입에서 로즈마리라는 이름이 나오자 깜짝 놀라고 말았다. 그 이름은 조금 전에 제임스에게 들었던 이름이 아닌가. 그녀는 긴장하면서 그의 말에 귀를 기울였다.

잠시 후에 그가 다시 입을 열었다.

"그렇군요. 그렇지 않아도 오늘 오후에 리차드 상원의원과 이곳에서 만나기로 약속했어요. 중요한 이야기가 있다고 했어요. 네, 알았어요. 그 부분에 대해서는 내가 알아보기로 하지요."

그녀는 그와 리차드 상원의원이 바하마에서 만난다는 사실에 대해 다시 한 번 놀라고 말았다. 게다가 로즈마리라는 여자까지도 지금 바하마에 와 있는 것이다.

그의 통화 속에서 제임스가 언급했던 사람들의 이름이 차례로 등장하자 점점 그녀의 표정은 매우 슬프게 변해가고 있었다. 분명히 그 사람들과 관계가 있다는 것이 드러나고 있었기 때문이다.

모든 것이 제임스가 이야기했던 것과 그대로 맞아 떨어지고 있었다. 다니엘과 리차드, 그리고 로즈마리는 모두 뉴월드 그룹의 주식을 집중적으로 매입하고 있는 사람들이다. 그들 세 명이 현재 바하마에 와 있다는 것은 예사로운 일이 아니었다. 제임스가 조사한 바에 따르면 그들은 모두 기업 사냥꾼의 용의자들이었다.

그녀는 다니엘의 통화를 엿들으면서 제임스의 말이 맞다는 것을 인정할 수밖에 없었다.

레이더스들은 만남의 장소를 바하마를 선택했고, 바하마는 바로 뉴월드 그룹 회장 메드닉이 있는 곳이다.

그녀까지 포함한다면 실제로 이 순간 바하마에는 뉴월드 그룹의 대주주들이 모두 한 자리에 모여 있는 셈이다. 모든 일들은 정해진 각본에 따라 움직이고 있는 것 같았다. 그녀는 앞으로 일이 어떻게 진행될지 매우 혼란스러워졌다.

"그래요, 프랭크. 만약 무슨 일이 생기면 즉시 나에게 전화해 주세요. 알았어요. 당신도 조심해요."

마침내 그가 전화를 끊었다. 그는 그녀를 향해 살짝 미소를 지으면서 다가와 곁에 앉았다.

"할 이야기가 뭐죠, 로라?"

처음에 그녀가 다니엘의 방으로 찾아온 것은 그에 대한 의심을 풀기 위해서였다. 그녀는 그를 믿고 싶었고 그가 레이더스일지도 모른다는 사실을 부정하고 싶었다. 그와 마음을 터놓고 대화를 나눈다면 모든 오해가 풀릴 거라고 생각하고 찾아온 길이었다. 그녀에게 그는 그만큼이나 인상적인 남자였던 것이다.

하지만 조금 전에 그의 통화 내용을 엿들은 그녀는 자기가 잘못 생각하고 있다는 것만 확인하는 입장이 되고 말았다. 그녀는 더 이상 그를 믿어서는 안 된다고 생각하게 되었다.

"다니엘, 나를 정말로 사랑하나요?"

그녀가 슬픈 목소리로 물었다.

"물론이에요, 로라. 나는 항상 당신을 진심으로 사랑해요."

그가 그녀의 어깨에 손을 얹으면서 다정하게 말했다. 그러자 그녀는 거칠게 그 손을 뿌리치고 말았다. 그녀는 화를 내면서 소리치기 시작했다.

"그렇지 않아요. 당신은 나쁜 사람이에요. 당신은 나를 사랑하지 않아요. 당신은 단지 나를 이용하려고 했던 거예요."

"그게 무슨 말이죠?"

그는 영문을 몰라서 어리둥절해 하고 있었다.

"당신이 할아버지를 만나려는 이유는 도대체 뭐죠? 당장 회사를 내놓으라고 협박이라도 할 생각인가요?"

그녀가 소리를 질렀다.

"로라, 도대체 지금 무슨 말을 하는 거죠?"

"아침에 당신이 어떤 사람인지 제임스 교수님으로부터 모든 이야기를 다 들었어요."

"제발 알아들을 수 있게 설명을 해 봐요, 로라."

그는 그녀의 갑작스러운 변화를 도저히 이해할 수가 없었다. 도대체 제임스와 어떤 대화를 나누었던 것일까? 그녀를 달래고 싶었지만 그녀의 행동이 너무나 일방적이라 어떻게 하면 좋을지 방법을 찾을 수가 없었다. 답답함이 목까지 차오르고 있었다. 하지만 그녀는 그의 심정을 전혀 이해하지 않고 있었다.

"좋아요, 다니엘. 그렇다면 당신과 리차드 상원의원이 뉴월드 그룹의 주식을 대량으로 사들이고 있는 이유가 도대체 뭐죠?"

"리차드? 당신이 리차드 상원의원을 어떻게 알고 있지요?"

그가 약간 당황한 듯한 표정으로 물었다. 그는 조금 전에 프랭크로부터 리차드 상원의원과 레베카가 긴밀한 사이일 거라는 말을 들었다. 그래서 혹시 그녀가 그 사실을 알고 있는지 알아보기 위해 반문했던 것이다.
하지만 그녀는 더욱 화를 내면서 벌떡 일어났다.
"계속 시치미를 떼는군요, 다니엘. 당신 같은 사람과는 더 이상 말도 하기 싫어요."
그녀가 벌떡 일어나 곧장 문을 향해 걸어갔다. 그는 자리에서 일어나 얼른 그녀를 잡았다.
"그렇게 가 버리지 말아요. 당신에게 해야 할 이야기가 있어요."
그가 다급한 목소리로 말했다. 그러나 그녀의 얼굴은 이미 싸늘하게 굳어 있었다.
"할아버지에게 당신들이 꾸미고 있는 것들을 모두 말씀드릴 거예요. 난 당신을 용서할 수 없어요."
그녀는 그의 손을 거칠게 뿌리치고 문을 열면서 소리쳤다. 그는 요란한 소리를 내면서 문이 닫히는 것을 지켜보았다.
그는 소파에 주저앉아 복잡한 생각을 정리해 보려고 노력했다. 그녀의 태도가 갑자기 달라진 이유는 무엇일까? 그녀는 뭔가를 오해하고 있는 것이 분명했다. 그는 그 오해를 풀어 주고 싶었지만 도대체 무엇을 오해하고 있는지도 모르고 있는 상태였다.
그는 한참 동안 그대로 앉아 그녀가 갖고 있는 오해를 풀 방도를 궁리했다. 그때 얼핏 머리를 스쳐지나가는 생각이 있었다. 그것은 바로 제임스 교수를 직접 만나보는 일이었다. 그녀의 태도가 저렇게 변한 것은 그녀가 그를 만나고 난 뒤의 일이라는 생각이 떠올랐던 것이다.

제임스는 지난밤을 꼬박 새운 탓에 오전 내내 잠에 빠져 있었다. 그때 갑작스럽게 전화벨이 울리기 시작했다. 그는 잠결에 손을 더듬어 수화기를 찾았지만 수화기가 잡히지 않았다. 전화기에서는 여전히 벨소리가 요란스럽게 울렸다. 그는 떠지지 않는 눈을 억지로 떠서 수화기를 집어 들었다.

"여보세요?"

"안녕하세요? 제임스 교수님이시죠?"

처음 듣는 여자의 목소리가 수화기에서 흘러나왔다.

"네, 그렇습니다만 당신은 누구시죠?"

"전 제이미라고 해요."

전화 속의 목소리는 중년 여자 같았는데 매우 부드러웠다.

"그런데……, 무슨 일이죠……?"

"혹시 호텔 카지노에서 지갑을 잃어버리지 않았나요? 어젯밤에 우연히 지갑을 주웠어요. 그런데 지갑 속에 당신의 신분증이 있더군요."

"그래요? 하지만 난 지난밤에 카지노에 간 일이 없는데……."

"한 번 확인해 보시겠어요?"

그런 일은 없을 거라고 생각하며 잠이 덜 깬 상태로 그는 옷장으로 걸어가서 상의에 들어 있던 지갑을 확인해 보았다. 그런데 아무리 찾아보아도 지갑은 보이지 않았다. 지갑이 없다는 생각이 들자 잠이 후다닥 도망갔다. 그는 깜짝 놀라서 수화기를 집어 들었다.

"정말 지갑이 없어졌군요. 그런데 그것이 어떻게 해서 카지노에 가 있는 거죠?"

그가 의아스러운 듯이 물었다.

"그건 나도 모르겠어요. 그렇지만 당신의 지갑은 지금 내가 보관하고 있어요. 어쨌든 이 지갑을 돌려 드려야 할 것 같은데 내가 그곳으로 찾아갈까요? 아니면 당신이 나의 별장으로 오시겠어요?"

"아, 물론 제가 그곳으로 가야지요. 낯선 사람이 방문하는 것이 실례가 되지 않는다면 말입니다."

그가 공손하게 대답했다.

"그런 건 걱정하지 마세요. 내 별장은 호텔에서 내려다보이는 해변의 끝에 있는 언덕에 위치하고 있어요. 별장을 찾는 건 그리 어렵지 않을 거예요."

그녀가 그를 안심시키듯이 말했다.

"그럼, 잠시 후에 뵙겠습니다."

"기다리고 있겠어요."

그는 제이미의 마지막 목소리를 듣고 나서 수화기를 내려놓았다. 그리고 몸을 씻기 위해 부리나케 욕실로 들어갔다. 그는 세면대 앞에 놓인 거울을 바라보았다. 밤새 수염이 꽤 많이 자라나 있었다. 그는 면도 크림을 바르고 날카로운 면도칼로 수염을 깎기 시작했다. 수염을 밀면서 방금 걸려온 전화에 대해서 생각을 해보았다. 어떻게 자신의 지갑이 카지노에 가 있었던 것일까? 지갑에 발이 달린 것도 아닌데…….

면도를 하고 난 그는 차가운 물로 얼굴을 씻었다. 그는 카지노에 간 적이 없었기 때문에 그곳에서 잃어버렸을 이유는 전혀 없다고 생각했다. 아마도 누군가 자신도 모르는 사이에 지갑을 훔쳐간 것이 분명할 것이다. 어쨌든 지갑을 되찾게 된 것은 다행스러운 일이라는 생각이 들었다.

그는 그녀가 부드러운 목소리를 가진 것만큼 매우 친절한 여자일 거라고 생각했다. 그리고 과연 어떤 여자일지 호기심이 생겼다. 그는 제이미라는 여자에 대해 상상하기 시작했다. 어쩌면 바하마에서 새로운 추억을 만들 수 있을지도 모른다는 생각이 잠시 그의 머리를 스쳤다. 자신도 모르게 그의 얼굴에 웃음이 스쳤다.

그는 단정하게 옷을 차려 입고 방문을 나섰다. 복도 끝에 있는 엘리베이터 승강장으로 걸어가 버튼을 눌렀다. 승강장 위에 있는 불빛이 3이라는 숫자에서 잠시 멈추었다가 곧장 4와 5를 통과한 뒤에 그가 서 있는 6이라는 숫자에서 멈추었다. 잠시 뒤 엘리베이터 문이 서서히 열렸다.

문이 완전히 열리자 그곳에 다니엘이 타고 있는 것이 보였다. 다니엘은 그를 보자 반가운 얼굴로 인사했다.

"제임스 교수님, 안녕하십니까?"

"반갑군요."

"외출하시는 길인가요?"

"아, 예. 잠깐······."

엘리베이터의 문을 사이에 두고 두 사람은 인사를 나누었다. 다니엘은 뒤로 한 걸음 물러나면서 그가 엘리베이터에 올라타기를 기다렸다. 그가 엘리베이터에 오르자 다니엘이 1층 버튼을 눌렀다. 두 사람을 태운 엘리베이터가 내려가기 시작했다.

"나는 지금 교수님을 만나기 위해 찾아가는 중이었습니다. 잠시 이야기를 나눌 수 있을까 해서……. 시간을 좀 내 주시겠습니까?"

다니엘은 아침에 그가 로라와 무슨 대화를 나누었는지 물어 볼 생각이었다.

"하지만 나는 지금 약속이 있어서 나가는 중입니다. 오후에 만나면 안 될까요?"

그가 다니엘의 요청을 정중하게 거절했다. 그는 어쩔 수 없다는 듯이 고개를 끄덕였다.

"그렇다면 몇 시쯤이 좋을까요?"

"오후 5시가 어떨까요? 그 시간이라면 아마 이곳으로 다시 돌아올 수 있을 겁니다."

"좋습니다."

다니엘이 미소를 지으면서 대답했다. 엘리베이터가 1층에 도착하자 그는 다니엘에게 급히 악수를 청하고 나서 밖으로 나갔다.

"그 시간에 호텔의 지하 바에서 보기로 하지요."

다니엘이 엘리베이터 안에서 그에게 손을 흔들며 말했다. 그는 잠시 고개를 끄덕인 후에 서둘러 호텔 문을 빠져 나가고 있었다. 다니엘은 그의 모습이 완전히 사라질 때까지 뒷모습을 물끄러미 응시하고 있었다.

제프리는 점심시간이 약간 지났을 때 아미보섬 호텔에 도착했다. 그는 곧바로 메드닉의 전용층으로 올라갔다. 그의 손에는 작은 서류 가방이 들려 있었다. 메드닉의 전용층에 도착한 그는 먼저 레베카를 만나기 위해 찾아갔다.

"어서 오세요, 제프리."

레베카가 몹시 기다리고 있었다는 듯이 그를 반갑게 맞이했다. 하지만 그는 인사도 하지 않고 당장 용건부터 말했다.

"메드닉 회장님에게 무슨 일이 있었던 겁니까?"

제프리가 굳은 얼굴로 말했다. 그는 원래 비사교적인 성격이었으며 외모에서도 딱딱하고 건조한 인상이 풍겼다. 그의 얼굴은 언제나 표정의 변화가 거의 없었다.

"직접 만나서 물어보세요."

그녀는 미소를 지으면서 말했다. 그는 이미 오래전부터 메드닉의 개인 변호사로 일하고 있었다. 메드닉의 개인 변호사는 원래 그가 일하고 있는 스탠포드 법률회사의 창립자인 해롤드 스탠포드였다. 그는 해롤드의 사위로 그 법률회사에서 열심히 일하고 있었다. 스탠포드 법률회사는 뉴월드 그룹의 법률문제들을 전담해서 처리하는 기업이었다.

그러나 메드닉은 워낙 까다로운 사람이었기 때문에 자신의 개인적인 법률문제들에 대해서는 스탠포드 법률회사 내에서도 오직 창립자인 스탠포드만을 상대하고 있었다. 그러던 도중에 스탠포드가 죽은 다음부터 제프리가 그 법률회사의 운영을 맡았다. 그래서 제프리가 메드닉의 개인 변호사로 업무를 처리하고 있었다.

그는 레베카의 연락을 받고 급히 달려오는 길이었다. 그녀는 그에게 메드닉의 유언장과 관련된 서류들을 가지고 와 달라고 부탁했던 것이다. 그 말을 듣고 그는 메드닉의 신변에 무슨 중대한 문제가 생긴 거라고 예상했다. 그는 심각한 표정을 지으면서 질문을 던졌다.

"혹시 유언의 집행이라도 하게 되는 겁니까?"

"그렇지는 않아요. 다만 회장님께서 유언장의 내용을 정정하시겠다고 해서 그 문제에 대해 의논을 드리려고 합니다."

그녀가 침착하게 대답했다.

"나는 메드닉 회장님으로부터 사전에 아무런 이야기를 듣지 못했어요. 그런데 갑자기 유언장을 정정하시는 이유가 뭐죠?"

"그럴 만한 사정이 생겼어요. 자세한 것은 메드닉 회장님이 직접 말씀하실 거예요."

그녀가 그를 바라보면서 말했다.

"언제쯤 만나 뵐 수 있을까요?"

"지금 바로 연락을 하겠습니다."

그녀는 곧바로 회장실과 연결된 인터폰을 들고 호출 버튼을 눌렀다. 잠시 후에 메드닉의 목소리가 인터폰에서 흘러 나왔다.

"무슨 일이지?"

메드닉이 궁금하다는 듯이 물었다.

"제프리 변호사가 방금 도착하셨습니다, 회장님. 어떻게 할까요?"

"어서 들여보내도록 해. 그리고 레베카, 당신도 함께 들어오는 게 좋겠어."

제프리가 회장실에 들어갔을 때 메드닉은 의자에 앉아서 창 밖을 내다보고 있었다. 그는 정중한 태도로 메드닉 회장을 향해 고개를 숙였다.

"안녕하십니까, 회장님?"

"어서 오게, 제프리."

메드닉이 뒤로 돌아보면서 반가운 듯이 미소를 지었다.

"건강은 좀 나아지셨나요, 회장님?"

제프리가 정중하게 인사를 했다.

"덕분에 많이 좋아졌어. 자네가 보기에는 내가 훨씬 젊어진 것 같지 않나?"

메드닉이 부드러운 미소를 지으면서 그에게 되물었다. 메드닉의 상태는 지난번에 보았을 때보다 훨씬 좋은 것처럼 보였다. 얼굴에는 혈색이 돌고 있었으며 걸음걸이도 훨씬 힘이 있어 보였다.

"그렇군요. 몇 년은 더 젊어지신 것 같습니다. 무슨 비결이라도 가지고 계신가요?"

제프리가 궁금하다는 듯이 물었다.

"유능한 주치의 덕분이지요."

그녀가 앞으로 나서면서 대답했다. 그녀는 잠시 메드닉을 바라본 다음에 다시 제프리를 향해 고개를 돌리면서 한 마디 덧붙였다.

"앤소니 박사님이 회장님에게 젊어지는 명약을 처방해 주셨어요."

"그런 약이 있다는 말을 한 번도 들어본 적이 없는데, 정말로 그런 약이 있나요?"

제프리가 분위기에 어울리지 않게 진지한 목소리로 물었다. 그러자 이번에는 메드닉이 크게 웃으면서 입을 열었다.

"자네는 만사를 너무 진지하게 생각하는 게 탈이야, 제프리. 레베카의 말은 하나의 비유적인 표현일 뿐이야. 앤소니 박사가 나에게 처방해 준 약은 바로 휴식이라는 거야. 일에 대해 아무런 부담 없이 한참 동안 푹 쉬는 것, 그리고 모든 것을 긍정적으로 생각하는 것, 그게 바로 젊어지는 비결이라고 할 수 있지."

그는 알겠다는 듯이 고개를 끄덕였다.

"회장님께서 근래에 사람들과 접촉하지 않았던 이유가 바로 그것 때문이었군요."

"바로 그렇다네."

그리고 나서 메드닉은 레베카와 제프리를 번갈아 바라보면서 입을 열었다.

"레베카, 제프리에게 차를 한 잔 대접하지 않겠어? 이 친구는 중국산 자스민 차를 아주 좋아하지. 안 그런가, 제프리?"

메드닉이 웃으면서 말했다.

"회장님께서 그런 것까지 기억하고 계실 줄은 몰랐습니다."

그가 황송하다는 표정을 지으면서 공손한 목소리로 대답했다. 메드닉은 다시 레베카를 바라보면서 미소를 지었다. 그녀는 조용히 자리에서 일어나 차를 끓이기 위해 밖으로 나갔다.

두 사람이 남게 되었을 때 제프리가 다시 말을 꺼냈다.

"조금 전에 유언장의 정정에 대한 이야기를 들었습니다. 그동안 어떤 심경의 변화라도 있으신 건가요?"

"그렇다네."

메드닉은 대답을 하고 나서 잠시 생각에 잠긴 것처럼 두 눈을 감았다. 제프리는 한참 동안이나 침묵을 유지하고 있는 메드닉 회장의 모습을 가만히 응시하고 있었다. 마침내 메드닉은 무엇인가 결심했다는 듯이 고개를 끄덕이면서 다시 말하기 시작했다.

"자네에게 모든 것을 다 말해 주겠네. 자네는 내 아내였던 니콜에 대해서 알고 있나?"

"그렇습니다. 니콜은 은막에 대단한 명성을 날리고 있었죠."

"나와 니콜 사이에는 두 명의 아들이 있었다네. 지금까지 아무도 모르고 있었지만 말이야."

"네?"

그는 깜짝 놀라면서 메드닉을 바라보았다. 그는 메드닉의 말을 잘 못 알아들은 것은 아닌지 혼란스러운 상태였다.

"돌아가신 자네 장인도 그 사실을 알고 있었지. 자네 장인이 내 법률 고문으로 있을 때 나는 사실 니콜과 이혼했거든. 나는 그 당시에 니콜이 임신을 하고 있었다는 사실을 알고 있었어. 하지만 나는 사랑하는 사람으로부터 배신당했다는 생각 때문에 무척 화가 나 있었고 이혼 이외에는 아무런 생각도 할 수 없었어."

메드닉이 무거운 표정을 지으면서 말했다.

"이해할 수 있습니다."

그가 심각한 표정을 지으면서 메드닉 회장을 향해 말했다.

"결국 나는 니콜을 내쫓고 말았어. 그 후에 니콜은 혼자서 아이를 낳았던 거야. 나는 니콜과 관계된 것들을 모두 내 기억 속에서 지워 버리려고 애를 썼어. 그 아이도 내 자식이 아니라고 생각했지. 실제로 나는 니콜과 그 아이가 어떻게 되었는지 전혀 모르고 지냈다네."

메드닉이 과거의 일에 대해 말하고 있을 때 레베카가 방으로 들어왔다. 그녀의 손에는 찻잔이 담긴 쟁반이 들려 있었다. 그녀가 다가와서 탁자 위에 찻잔을 내려놓을 때 제프리가 입을 열었다.

"그런데 그들이 어떻게 되었는지 지금 알게 되신 거로군요."

"맞아. 그 이야기는 레베카가 잘 알고 있지. 레베카가 자세한 내용을 말해 줄 거야."

메드닉이 레베카를 바라보면서 말했다. 그녀는 가벼운 미소를 지으면서 말하기 시작했다.

"니콜은 아기를 낳은 후에 얼마 지나지 않아서 죽었어요. 그 아이의 이름은 에릭이었죠. 에릭은 니콜의 친구 집에서 자라났죠. 20년 후에 에릭은 로즈마리와 결혼했어요. 로즈마리는 그를 키워 주었던 사람의 딸이었어요. 그들 사이에서 다시 딸이 태어났죠. 그런데 불행하게도 에릭은 베트남 전쟁에서 죽고 말았어요. 에릭과 로즈마리 사이에서 태어난 딸의 이름은 엘리자베스예요. 그녀는 바로 메드닉 회장님의 새로운 손녀입니다."

그것은 몹시 놀라운 일이었다. 놀라울 뿐만 아니라 믿기 어려운 일이었다.

뉴월드 그룹의 총수 메드닉 회장에게 지금까지 전혀 알려지지 않았던 새로운 손녀가 있다는 사실은 누구에게나 충격적인 일이 아닐 수 없었다.

"정말 믿기 어려운 일이군요."

그가 겨우 정신을 차렸다는 듯이 입을 열고 말했다. 메드닉은 그의 반응이 아주 당연하다는 듯이 고개를 끄덕였다.

"나도 모든 사실을 알고 나서 커다란 충격을 받았다네. 사실 니콜은 아주 착한 여자였어. 나의 고집이 그녀를 죽게 했던 거야. 결과적으로 나는 두 명의 아들을 차례로 잃고 말았지. 앤드류와 에릭, 두 명

모두 내 곁을 떠났지. 지금까지 나에게 남아있는 유일한 가족은 로라 뿐이었어. 하지만 이제 나는 새로운 손녀를 찾게 된 거야."

"정말 다행스러운 일이군요."

"엘리자베스는 나에게 아주 커다란 의미가 있어. 나는 엘리자베스를 정식으로 나의 핏줄로 인정하기로 결심했네. 그래서 먼저 내 유언장에 엘리자베스에 대한 권리를 기록해 두려는 거야. 나에게 어떤 일이 생기더라도 엘리자베스에게 정당한 상속권을 주려는 거지. 내 말을 알아듣겠나, 제프리?"

메드닉은 고뇌에 찬 표정으로 말했다.

"알겠습니다, 회장님."

"일을 번거롭지 않게 하기 위해서 새로 작성한 유언장은 미리 준비를 해 두었네."

"어떤 내용을 수정했습니까?"

제프리가 궁금한 듯이 물었다.

"자네가 직접 그 서류를 읽어보게. 다시 만든 유언장은 레베카가 보관하고 있다네. 레베카, 제프리에게 그 서류들을 보여주게."

"알겠습니다."

그녀는 새로 작성한 유언장을 꺼내서 그에게 보여주었다. 그것은 이미 사인을 마친 메드닉의 새로운 유언장이었다.

제프리는 서둘러 유언장의 내용을 읽어보았다. 그것은 모든 후손들에게 똑같은 권리를 인정한다는 내용이었다. 이 내용대로라면 메드닉의 상속 재산은 로라와 엘리자베스가 똑같이 나누어 가지게 될 것이다.

"다른 사람들도 이 사실을 알고 있나요?"

그가 메드닉을 쳐다보면서 물었다.

"아직까지는 아무도 모르고 있네. 하지만 내일이면 모두가 다 알게 될 걸세. 나는 내일 열리는 길버트 부부의 파티에서 엘리자베스가 내 손녀라고 정식으로 발표할 생각이야. 그 자리에 참석한 저명인사들과 기자들 앞에서 이 사실을 공식적으로 선언할 작정이지."

"제가 도와 드릴 일은 없습니까?"

"자네는 곧바로 돌아가서 내 유언장만 접수시키면 되네. 효력이 즉시 발생할 수 있도록 조치를 취해 주게. 그리고 다시 이곳으로 와 주게나. 자네가 나를 위해서 해야 할 일들이 아주 많아."

"알겠습니다, 회장님."

그는 정중한 태도로 대답한 뒤에 유언장을 서류 가방에 조심스럽게 집어넣었다. 메드닉과 레베카는 그 모습을 바라보면서 미묘한 표정을 짓고 있었다.

얼마 전에 바하마에 도착한 리차드 상원의원은 아미보섬 호텔 특실에 투숙했다. 그는 간단하게 점심 식사를 하고 해변을 산책하기 위해 밖으로 나갔다. 그가 이곳에 온 것은 한 가지 중요한 일을 처리하기 위해서였다. 지금까지 치밀하게 진행했던 계획이 수확을 앞두고 있었던 것이다.

그는 어디에 내놓아도, 어떤 문제가 생겨도 거뜬히 처리할 만한 능력을 가진 사람이었다. 그는 어려운 상황에 처했을 때 그것을 피하기보다는 정면으로 돌파하는 스타일을 가지고 있었다. 위기의 순간에는 재치와 용기를 발휘하면서 헤쳐 나왔다. 그는 결코 만만하게 볼 수 있는 사람이 아니었다.

최근 몇 년 동안 그의 정치적 입지는 경이적인 것이었다. 그는 민주당 플로리다 주 주지사 후보로 선출되면서부터 정치에 입문했다. 그가 플로리다 주에서 민주당의 주지사 후보 지명선거에 출마한 것은 정말 위험한 도박이었다.

그는 그러한 도박을 할 만큼 배짱이 두둑한 사람이었다. 비록 민주당의 예비선거에서 이긴다고 하더라도 이미 세 번이나 연임하고 있으며 공화당의 차기 대통령 후보 예비선거에 출마할 것이 확실시되는 현 주지사 존스를 선거에서 물리치고 승리한다는 것은 매우 어려운 일이었기 때문이었다.

리차드는 주지사 선거의 당선 여부에 대하여 별로 관심을 기울이지 않았다. 그에게 있어 주지사 선거의 승패는 그다지 중요한 문제가 아니었다. 그는 어쨌든 민주당 예비선거에서는 자신이 앞설 수 있다고 생각했다.

그리고 비록 주지사 선거에서 패하더라도 주 전체를 상대로 선거운동에 나서면 아직 잘 알려져 있지 않은 자신의 이름을 모든 국민들에게 알릴 수 있는 좋은 기회가 될 수 있다고 생각했다. 그에게 그것은 장래를 대비한 확고한 정치적 기반이 되는 것이다. 그가 노리는 것은 바로 대통령 선거 출마였던 것이다.

그는 모든 신문과 잡지, 그리고 선거용 선전물에서 자신의 이름이 나오고 자신에 대한 좋은 소문이 나돌게 되면 분명히 그의 이름이 사람들의 기억 속에서 사라지지 않을 거라고 믿었다.

그리고 그의 예측은 적중했다. 국내의 언론들은 플로리다 주의 존스 후보에 대해 많은 관심을 보였다. 존스는 공화당 차기 대통령 후보로 떠오르는 인물이었기 때문이었다. 자연스럽게 플로리다 주는 다른 주들에 비해 언론의 주목을 더욱 많이 받았다. 그리고 존스 후보를 상대하는 리차드의 이름도 더욱 빈번하게 언론에 오르내렸다.

그는 독특한 선거 전략을 사용했다. 선거를 치르는 동안 한 번도 상대방을 비난하거나 무리한 공약을 남발하지 않았다. 그 대신에 자신의 정치적 신념을 알리고 좋은 이미지를 만드는 일에 주력했다. 그리고 다양한 사회 문제에 대해 자신의 관점에서 해결책을 제시했다. 그가 노리는 유권자들은 플로리다 주에서 살고 있는 사람들이 아니라 전 국민이었던 것이다.

다른 주에서 살고 있는 국민들은 플로리다 주의 정책이나 발전에 대한 공약에는 전혀 관심이 없었다. 그렇기 때문에 존스 후보가 화려한 공약을 내걸고 선거유세를 하는 동안 그는 자신의 존재를 알리는 일에 더욱 주력했던 것이다.

연설을 할 때에도 그는 거시적인 안목에서 미국의 미래에 대한 비전을 제시했다. 그의 이런 방식의 선거 전략은 많은 유권자들에게 신선한 이미지를 심어 주었다. 그리고 예상외로 놀라운 성공을 거두었다. 비록 선거에서 근소한 차이로 패하기는 했지만 공화당의 존스 후보와 아슬아슬한 대결을 벌였다는 것만으로도 대성공이라고 할 수 있었다.

공화당의 존스 후보는 주지사 선거에서 비록 승리를 거두기는 했지만 리차드라는 애송이를 상대로 어이없이 고전해야만 했다. 선거에서 민주당의 리차드 후보를 누르고 압승할 거라고 예상했던 존스의 평판은 도저히 만회할 수 없을 만큼 치명적인 타격을 입었고 차기 대통령 후보 지명전을 포기해야 할 지경에까지 이르렀다.

그 반면 리차드에 대한 평판은 정반대였다. 아직은 나이가 젊었기 때문에 촉망받는 정치인으로 성장할 수 있는 가능성이 더욱 커지게 되었던 것이다. 비록 선거에서는 졌지만 정치적으로는 승리를 거둔 셈이었다. 그는 그만큼 야심이 큰 정치가였고 뛰어난 정치적 감각을 갖추고 있었다. 그는 언젠가는 대통령 후보로 출마할 꿈을 갖고 있었다.

그 꿈을 이루기 위해서는 두 가지의 현실적인 기반이 필요했다. 하나는 자신에게 도움이 될 수 있는 인물들을 최대한 많이 사귀는 일과 또 다른 하나는 재정적인 기반을 마련하는 일이었다. 정치적인 인맥을 만드는 일은 그의 타고난 성격과 정세의 변화를 민감하게 읽어내는 감각으로 충분히 가능한 일이었다.

그는 놀라운 정치력을 발휘하면서 정계와 재계에서 뛰어난 사교활동을 벌였다. 미국을 대표하는 저명인사들과 두터운 친분을 유지하고 있었으며 기자들에게도 역시 항상 좋은 평가를 받는 정치인이었다. 그러한 그에게 가장 필요한 것은 충분한 정치자금이었다.

그는 정치자금을 마련하기 위해 아버지로부터 물려받은 재산을 가지고 퓨처기획이라는 회사를 설립했다. 그리고 여러 관광 도시의 카지노를 인수하여 운영하기 시작했다. 카지노는 잘만 운영하면 막대한 돈을 벌어들일 수 있었다. 그는 카지노를 통해 출처를 알 수 없는 거액의 돈을 마음대로 운용했다.

그 중에는 마피아나 부패한 관리들의 자금들도 유입되고 있었다. 카지노를 이용하면 출처를 밝힐 수 없는 검은 돈들을 얼마든지 양성화할 수 있었던 것이다. 하지만 그가 검은 돈을 세탁하는 일에 손을 대고 있다는 사실을 아는 사람은 아무도 없었다. 재무성이나 주정부는 카지노가 엄청난 돈을 뒤로 빼돌리고 있다는 사실을 대충 알고 있었지만 조사에 착수할 수가 없었다. 자신의 막강한 영향력을 이용해서 세무조사를 할 수 없도록 가로막고 있었던 것이다.

카지노를 통해 들어오는 수입으로 그는 자신의 정치적 기반을 착실하게 다질 수 있었다. 그러나 카지노의 수입만으로는 자신의 야망을 실현시킬 수가 없었다. 그는 단번에 수천만 달러의 돈을 끌어 모을 수 있는 사업에 손을 대기 시작했다.

단기간에 막대한 돈을 벌어들이는 가장 좋은 방법은 바로 기업의 인수와 합병이었다. 그는 먼저 자산의 비중이 높고 경영상태가 좋은 기업을 선정한 후에 정치적 수완을 발휘하거나 흑색선전을 통해 자금 사정을 악화시켰다.

일시적인 채무 불능의 상태에 처한 기업은 은행에 대출을 신청하지만 이미 그로부터 통고를 받은 은행들은 아무도 돈을 빌려 주지 않았다. 보유하고 있는 고정자산을 매각해서 채무를 변제하려면 최소한 세 달 이상의 기간이 걸린다.

그는 절대로 그 기회를 놓치지 않았다. 마치 먹이감을 발견한 독수리처럼 날카로운 발톱을 앞세워 다양한 경로를 통해 압력을 가하면서 자신의 먹이감이 된 그 기업이 파산에 처하도록 만들었다. 그리고 퓨처 기획을 통해 그 기업을 인수하는 것이었다.

그는 기업을 인수한 뒤 마구잡이로 자산을 매각했다. 그리고 엄청난 돈을 벌어들인 다음 손을 떼었다. 기업 사냥꾼들이 한 번 지나간 기업은 회생 불능의 상태로 빠져들었다. 아무도 손을 댈 엄두조차 내지 못하도록 파행적으로 운영했던 것이다.

그는 먹이를 노리는 맹수처럼 항상 사냥감을 찾고 있었다. 그는 지금까지 비교적 합병하기 쉬운 기업들을 노렸지만 대통령 예비선거를 앞두고 막대한 정치자금이 필요하게 되자 대기업으로 시선을 돌렸다.

그러다가 적당한 먹이를 발견하게 되었다. 그 기업이 바로 뉴월드 그룹이었다. 재계에서 군림하던 메드닉 회장이 없는 뉴월드 그룹은 별로 어렵지 않게 집어삼킬 수 있을 것 같았다. 그는 뉴월드 그룹을 인수하기 위해 치밀한 계획을 세웠다. 그리고 서서히 뉴월드 그룹은 그의 손아귀 속으로 들어오고 있었다.

그는 산책을 하던 도중 다니엘과 마주쳤다. 두 사람은 반갑게 인사를 나누었다. 젊은 나이에 정계와 재계의 거물로 등장한 두 사람의 만남이었다. 스탠포드 대학 선후배이기도 한 두 사람의 대화는 매우 자연스럽게 이루어졌다.

"다니엘, 나는 당신과 존 포스터가 이번 청문회에서 증언을 해 주었으면 합니다. 우리 분과위원회에서 이번 증언에 대해 기대를 크게 걸고 있는 중입니다. 나는 반드시 대외 무역정책이 수정되어야 한다고 생각해요."

그가 말하는 이번 증언은 미국의 경제 정책에 커다란 영향을 미칠 수 있는 것이었다. 다니엘에게는 사실 부담스러운 일이었지만 그의 말에 고개를 끄덕였다.

"네, 그래요. 저도 상원의회에서 연설할 수 있는 기회를 가지게 되어서 무척 기쁘게 생각합니다."

"이번 일은 정말 잘될 거라고 생각해요. 아마 블레이크 그룹에도 도움이 될지도 모르고……."

"만약 그렇게 된다면 더욱 좋은 일이겠지요."

다니엘이 미소를 지으면서 대답했다. 대화를 하는 도중에 문득 리차드가 손을 들어 아미보섬 호텔이 있는 방향을 가리켰다.

"아, 저기 레베카가 오고 있군요. 그녀는 메드닉 회장의 비서로 있으면서 뉴월드 그룹 전체를 관리하고 있는 여자입니다."

"나도 잘 알고 있습니다."

다니엘이 어깨를 으쓱하면서 대답했다. 그는 하베이와 프랭크로부터 그녀에 대해 들은 이야기를 떠올리면서 대답했다. 사실은 레베카가 아니라 엘리자베스라는 것을……. 그러나 엘리자베스가 왜 레베카의 이름을 쓰고 있는지에 대해서는 아직 모르고 있었다.

리차드가 가까이 다가오고 있는 레베카를 향해 먼저 말을 걸었다.

"안녕, 레베카?"

그녀도 역시 리차드를 바라보면서 반가운 듯이 인사했다.

"의원님을 다시 만나게 되어서 무척 기뻐요."

다니엘은 두 사람이 이미 잘 알고 있는 사이라는 것을 짐작할 수 있었다. 하지만 어떻게 알고 있는지에 대해서는 알 수가 없었다. 그는 매우 젊고 매력적인 그녀가 거물급 인사들과 친분이 있다는 것을 알고 약간 놀라운 느낌이 들었다.

"잡지에 실린 당신에 대한 기사를 읽었어요, 레베카. 정말로 훌륭한 일을 많이 하고 있더군요. 그래요, 정말 수고가 많아요."

"감사합니다."

그녀가 수줍은 듯이 고개를 숙이면서 대답했다.

"레베카, 다니엘은 이미 알고 있겠죠?"

리차드 상원의원이 그녀를 바라보면서 말했다. 그녀와 다니엘은 이미 아미보섬 호텔 식당에서 잠시 만난 적이 있었다.

"안녕하세요. 일간지의 동정란을 통해 자주 기사를 읽었어요. 당신은 아직 젊은 분이지만 놀라운 일을 하고 계시더군요."

"감사합니다."

리차드는 두 사람이 인사를 마치자 그녀를 어느 누구 보다도 잘 알고 있다는 듯이 그녀에 대한 칭찬을 늘어놓기 시작했다.

"다니엘, 레베카로 말하자면 매우 상냥하면서도 겸손한 여자야. 난 레베카가 클라크 상원의원의 보좌관으로 있을 때 알게 되었어. 그 당시에 나는 벌써 레베카의 능력이 대단하다는 걸 직감적으로 알았지. 뉴월드 그룹을 혼자 이끌고 갈 정도로 말이야."

다니엘은 비로소 그들 두 사람이 어떻게 알게 된 사이인지를 짐작할 수 있었다. 그는 정계의 원로라고 할 수 있는 클라크 상원의원 보좌관 출신이라는 말을 듣고 그녀를 새삼스러운 눈으로 바라보았다.

하지만 그녀는 리차드의 말처럼 뛰어난 능력을 갖고 있는지는 모르지만 겸손한 여자는 결코 아니었다. 그녀가 현재 어떤 음모를 꾸미고 있는 주인공일 거라는 짐작이 들었기 때문이다. 그는 그녀의 모든 행동들에 의심의 눈초리를 보냈다.

"리차드 상원의원님은 아직 능력도 제대로 갖추지 못한 저를 항상 좋게 보아 주시고 계시죠."

그녀가 리차드의 팔에 매달리면서 미소를 지었다. 다니엘은 리차드와 레베카 사이가 어떤 관계인지 몹시 궁금했다. 뛰어난 미모에다 매력을 풍기는 젊은 여자와 출세욕이 남다른 현직 상원의원과의 관계이다.

게다가 메드닉 회장이 운영하던 뉴월드 그룹을 도맡아서 경영하고 관리할 정도라면 어지간한 실력으로는 도저히 불가능한 일이었다. 아무리 그녀가 뛰어나다고 해도 누군가 조언을 하거나 도움을 주지 않는다면 매끄럽게 운영할 수 없는 일이었다.

그 순간 그의 머리 속에는 몇 가지 의문들이 스쳐가기 시작했다. 메드닉은 레베카가 엘리자베스라는 사실을 알고 있을까? 만약 알고 있다면 문제는 간단하다. 메드닉은 엘리자베스인 레베카를 자신의 손녀로 인정하고 사업에 관한 모든 것을 맡기고 있는 것이다. 그리고 적당한 기회에 레베카를 자신의 손녀라고 세상에 밝힐 것이다. 그것으로 모든 의문은 쉽게 풀릴 수 있었다.

하지만 메드닉이 레베카가 엘리자베스라는 사실을 전혀 모르고 있다면 어떻게 되는가? 메드닉이 레베카가 자신의 손녀라는 사실을 조금도 모르고 있다면 문제는 매우 복잡하게 얽힌다. 레베카는 어떤 이유인지는 몰라도 자신이 메드닉의 손녀라는 사실을 숨기고 있다는 것이 된다.

그 이유가 무엇인지는 알 수 없지만 떳떳하게 나설 수 없는 입장이 분명히 있을 것이다. 아마도 메드닉이 어떤 이유에서 엘리자베스를 자신의 손녀로 인정하지 않기 때문에 레베카로 둔갑한 엘리자베스가 메드닉이 알지 못하는 어떤 음모를 꾸미고 있다고 생각할 수 있었다. 그는 그 점이 매우 궁금했다.

도대체 레베카는 어떤 생각을 가지고 있을까? 메드닉은 레베카에 대해서 얼마나 알고 있는 것일까?

다니엘이 의문을 키우고 있는 사이에 리차드 상원의원이 레베카의 어깨 위에 다정하게 손을 얹으면서 말했다.

"그렇지 않아요, 레베카. 나는 당신에 대해 조금도 과장한 게 아니에요. 모두가 느낀 그대로죠. 그러니까……."

리차드는 거기에서 말 끝을 흐리더니 다른 곳을 바라본 다음에 갑자기 무슨 중요한 일이 생겼다는 듯한 표정을 지었다.

"이만 실례를 해야겠군요. 저기 에드워드 코웰이 있어요. 저 사람하고 인사를 좀 나누어야겠어요. 나중에 다시 봅시다."

리차드는 두 사람에게 양해를 구한 다음 아주 자연스럽게 그 자리를 떠났다. 잠시 리차드의 뒷모습을 바라보던 레베카가 다시 다니엘에게 시선을 돌렸다. 그녀는 상냥하고 친절한 미소를 얼굴에 가득 담고 있었다.

"혹시 불편한 점은 없으신가요?"

"아닙니다. 아주 좋아요."

다니엘은 대답하고 나서 그녀의 얼굴을 뚫어지게 바라보았다. 그 시선이 부담스럽게 느껴졌는지 그녀가 그에게 물었다.

"왜 그러세요?"

"전혀 뜻밖이군요."

그가 차분한 목소리로 말했다. 그녀는 이해할 수 없다는 표정을 잠깐 지어 보였다.

"뭐가요?"

"당신은 내가 예상했던 것보다 훨씬 젊고 아름다운 여자입니다."

"정말 고마운 일이군요. 당신은 제가 매력적이라고 생각하세요?"

"물론이죠. 게다가 당신은 굉장한 권력을 지니고 있는 여자이지요. 메드닉 회장의 대리인으로, 실질적으로 뉴월드 그룹을 이끌고 있으니까요."

"그렇지만 아직은 많이 부족해요."

그는 가벼운 미소를 지으면서 그녀에게 한 가지 부탁의 말을 꺼냈다.

"미안하지만 레베카, 메드닉 회장님과 한 번 만날 수 없겠습니까? 몇 가지 나누고 싶은 이야기가 있어서……."

그녀는 조금도 망설이지 않고 아주 자신만만한 태도로 그의 부탁을 받아들였다.

"메드닉 회장님도 당신을 만나고 싶어 하세요. 회장님은 과거에 인연을 가졌던 분들에 대한 이야기를 많이 하셨어요. 당신에 대해서도 특히 많은 호감을 가지고 계시더군요. 하지만 조금 더 기다리셔야 해요. 그 시간이 그렇게 길지는 않겠지만 말이에요."

그녀의 대답은 한 마디로 완벽했다. 그녀의 설명에 의문을 느낄 사람은 아무도 없을 정도였다.

"메드닉 회장님이 나에 대해 좋게 말했다는 걸 들으니까 정말로 기분 좋군요."

그가 정중하게 대답했다. 그 사이에 그녀는 어떤 사람을 발견하고 자리를 뜨려고 했다.

"아, 이만 실례하겠습니다. 길버트 부부가 도착하신 모양이에요. 즐거운 시간 보내세요."

"감사합니다, 레베카."

"천만에요."

그는 호텔을 향해 걸어가는 그녀의 뒷모습을 잠시 바라보면서 도무지 알 수 없다는 듯이 가만히 고개를 가로 저었다.

제임스는 제이미라는 여자를 만나기 위해 별장으로 찾아갔다. 다행스럽게도 그 별장은 아미보섬 호텔에서 그다지 멀지 않은 곳에 위치하고 있었다. 절벽과 인접한 곳에 자리 잡은 별장을 바라보면서 그는 정말 멋진 곳이라고 생각했다.

잠시 후에 별장에 도착한 그는 조심스럽게 초인종을 눌렀다. 경쾌한 새 울음소리가 들리더니 인터폰에서 여자의 목소리가 흘러나왔다.

"누구시죠?"

"제임스입니다."

"어서 들어오세요. 문은 열려 있어요."

그는 집안으로 들어서서 주위를 둘러보았다. 하지만 그곳에는 아무도 보이지 않았다. 그가 그 자리에 가만히 서 있을 때 침실인 듯이 보이는 방에서 여자의 목소리가 들렸다.

"저는 지금 옷을 갈아입는 중이에요. 한 잔 하시고 싶으시면 거실

왼쪽에 있는 진열대로 가세요. 그곳에 술과 마실 것들이 있어요."

"고맙습니다."

그는 목소리의 주인공에게 정중하게 인사하고 진열대로 걸어갔다. 그는 버본을 한 잔 따라서 들고 창문이 있는 곳으로 걸어갔다. 창문 너머로 잘 꾸며진 발코니가 있었다. 그가 창문을 열고 발코니로 나갔을 때 마치 관광지의 전망대에서 내려다보는 것처럼 멀리 수평선 위의 섬들이 한눈에 들어왔다.

"안녕하세요, 제임스 씨?"

여자의 목소리가 그의 등 뒤에서 들려왔다. 그는 돌아서서 그 여자를 바라보았다. 매력적인 중년 여성이 웃음 띤 얼굴로 그를 바라보고 있었다.

"안녕하세요. 당신이 제이미인가요?"

"네, 그래요."

"만나서 반갑습니다."

그는 정중하게 머리를 숙이면서 인사했다. 제임스가 거실로 들어가자 제이미는 미소를 지으면서 말했다.

"버본 위스키를 좋아하세요?"

"네, 가끔씩 마시는 편입니다. 이렇게 경치가 좋은 곳에서는 마시지 않을 수가 없군요."

그가 술잔을 약간 들어올리면서 말했다. 술잔에 담긴 위스키가 찰랑거리면서 작은 물결을 일으켰다.

갑자기 초인종 소리가 들렸다. 그가 확인이라도 하듯이 제이미를 돌아보면서 말했다.

"누가 찾아왔나 보군요."

제이미는 고개를 돌려서 벽에 걸린 시계를 바라보았다. 시계는 3시 20분을 가리키고 있었다.

"아, 그분이 도착했나 보군요. 그렇지 않아도 지금 기다리는 중이었는데……."

"그렇다면 먼저 다른 분과 약속이 있었던 겁니까? 혹시 제 방문이 당신을 불편하게 만들지나 않았는지 모르겠습니다."

"아니, 전혀 그렇지 않아요. 아마 그분도 당신을 만나고 싶어 할 거예요."

그녀는 이렇게 말하면서 문을 열어 주었다. 문이 열리자 그곳에 낯선 노인이 서 있었다. 그는 그 노인을 한 번도 만난 적이 없었다.

"어서 오세요, 메드닉 해리슨 회장님. 지금 제임스 교수님이 이곳에 와 계세요."

그녀가 정중하게 고개를 숙이면서 인사를 보냈다. 그는 그녀의 말을 들으면서 깜짝 놀라고 말았다. 지금 현관에 서 있는 노인이 바로 뉴월드 그룹의 회장 메드닉이라는 말인가?

그는 그 노인의 모습을 자세히 살펴보았다. 노인의 태도 속에서 어딘지 모르게 기품을 느낄 수 있었다. 함부로 가까이 다가갈 수 없도록 만드는 그런 분위기가 노인의 몸에서 흘러나오고 있었던 것이다.

"이분은 메드닉 회장님입니다. 사실 당신을 이곳으로 부른 것도 메드닉 회장님께서 만나보고 싶다고 하셨기 때문입니다. 메드닉 회장님에 대해서는 당신도 이미 알고 계시겠죠, 제임스 교수님?"

그녀가 제임스를 똑바로 쳐다보면서 말했다. 하지만 그는 아무런 대답도 하지 않고 두 사람을 번갈아 가면서 바라보았다. 그는 이런 곳에서 메드닉 회장님을 만나게 될 거라고는 전혀 생각하지 못했기 때문에 몹시 당황하고 있었다.

잠시 동안 침묵을 지키던 제임스가 드디어 입을 열었다.

"반갑습니다. 메드닉 해리슨 회장님. 그렇지 않아도 반드시 회장님을 만나고 싶었습니다. 긴히 드릴 말씀도 있고 해서……."

"나는 당신이 무슨 말을 하려고 하는지 알고 있어요. 우선 자리에 앉읍시다."

노인이 부드러운 미소를 지으면서 말했다. 그는 지금까지 메드닉 회장이 고집스럽고 괴팍한 노인일 거라고 상상하고 있었다. 하지만 그가 만나고 있는 메드닉 회장은 그의 생각과는 달리 매우 점잖고 친절한 표정이었다.

"로라에게 이미 당신이 했던 이야기를 들었습니다. 뉴월드 그룹을 노리는 사람들에 대한……. 나는 레이더스에 대해 좀더 자세한 내용을 알고 싶어요. 나에게 모든 것을 말해 줄 수 있나요?"

"물론입니다."

그러고 나서 그는 자신이 지금까지 알아낸 사실들에 대해 이야기하기 시작했다. 뉴월드 그룹의 재정 상태와 주식 동향, 그리고 투자의 방식과 경영상태에 대해 설명했다. 비밀스럽게 주식을 사들인 리차드와 로즈마리, 다니엘에 관한 이야기도 자세하게 들려주었다.

그의 이야기는 점점 열기를 띠고 있었다. 그가 말하고 있는 동안 메드닉은 계속 머리를 끄덕이면서 조용히 듣고 있었다.

메드닉은 오랫동안 뉴월드 그룹의 경영 일선에서 물러나 있었지만 그의 말을 잘 이해하고 있는 것 같았다. 로라에게 이미 대강의 이야기를 들어서인지 그렇게 놀라는 표정도 아니었다.

마침내 그의 이야기가 모두 끝났을 때 메드닉은 희미한 신음을 토해냈다. 처리하기 곤란한 문제를 어떻게 해결한 것인지에 대해 고민하는 사람처럼 메드닉은 턱에 팔을 괸 채 소파에 등을 파묻고 있었다.

무거운 침묵이 흐르고 있었다. 한참 동안이나 침묵을 지키고 있던 메드닉은 드디어 무엇인지 결정을 내린 사람처럼 몸을 앞으로 내밀면서 입을 열었다.

"제임스 교수님, 정말 대단한 사실을 알아내셨군요. 앞으로 바하마에 계속 머물면서 이번 일이 정리될 때까지 나에게 도움을 주시기 바랍니다. 교수님의 힘이라면 나에게 아주 커다란 도움이 될 겁니다."

"힘껏 돕도록 하겠습니다."

"그런데 한 가지 궁금한 점이 있어요."

메드닉이 그를 응시하면서 말했다.

"어떤 겁니까?"

"이번에 당신이 알아낸 사실들에 대해서 다른 사람에게 말을 한 적이 있나요?"

"아직까지는 로라에게만 말해 주었을 뿐입니다. 너무나 중요한 내용이기 때문에 비밀을 지키는 게 좋을 것 같아서······."

메드닉은 알겠다는 듯이 고개를 끄덕였다.

"내 일에 그렇게 신경을 써 주니 매우 고맙습니다."

"천만에요. 회장님께서 배려해 주시지 않았다면 제가 어떻게 바하마의 아미보셤 호텔에서 휴가를 보낼 수 있었겠습니까? 회장님에 대한 저의 작은 보답이라고 생각해 주십시오."

"정말 고맙습니다. 이제 다른 일들은 모두 잊어버리고 호텔에서 편히 쉬기 바랍니다."

"저는 이만 돌아가도록 하겠습니다."

그는 메드닉 회장과 악수를 나누고 나서 자리에서 일어났다. 그는 악수를 하면서 약간 이상한 느낌을 받았다.

메드닉 회장은 분명히 지난 몇 년 동안 건강이 악화되었기 때문에 요양을 하는 중이라고 알고 있었다. 그런데 그와 악수를 나누었던 손은 오랫동안 앓고 있었던 노인의 손이라고 보기에는 너무나 힘찬 손이었다.

"이걸 가지고 가셔야죠."

제이미가 그의 지갑을 내밀었다.

"아, 그렇군요. 그런데 이게 어떻게 해서 카지노에 떨어져 있었는지 모르겠군요. 어쨌든 다시 찾았으니까 다행입니다. 정말 감사합니다."

그는 그녀를 향해 인사를 하고 나서 문으로 걸어갔다. 그는 문을 나서기 전에 두 사람을 향해 손을 들어 올리면서 다시 한 번 예를 표했다.

그녀는 문 앞에서 그의 모습이 보이지 않을 때까지 배웅했다.

그가 호텔을 향해 떠난 뒤 제이미는 다시 거실로 들어갔다. 메드닉은 마치 돌처럼 딱딱한 표정을 짓고 있었다.

"어떻게 생각하지, 로즈마리?"

메드닉이 중년의 매력적인 여성에게 물었다. 제임스에게 자신을 제이미라고 소개한 여자는 바로 로즈마리였던 것이다. 그녀는 메드닉을 쳐다보면서 가볍게 입을 열었다.

"우리 일에 방해가 될 수도 있어요. 이런 일은 될 수 있는 한 빨리 처리하는 게 좋지 않을까요?"

"나도 그렇게 생각해. 아무래도 서두르는 것이 좋겠어. 불씨는 빨리 꺼 버려야 해."

메드닉이 심각한 얼굴로 대답했다. 로즈마리도 싸늘한 표정을 지으면서 입술을 깨물었다.

프랭크는 뉴욕 시립병원의 문을 열고 안으로 들어섰다. 병원 입구에는 진찰을 받기 위해 찾아온 환자들과 가족들로 붐비고 있었다.

간호사와 의사는 수많은 환자들을 돌보기 위해 분주하게 움직이고 있었다. 그는 곧장 정면에 있는 안내 창구로 걸어갔다.

"웨더비 박사의 연구실이 어디에 있습니까?"

"8층으로 올라가시면 복도 끝에 있습니다. 왼쪽에 있는 엘리베이터를 이용하시면 됩니다."

안내를 담당하고 있는 아가씨가 친절하게 알려 주었다. 그는 고맙다는 인사를 하고 나서 엘리베이터를 향해 걸어갔다. 그는 8층에서 웨더비 박사의 연구실을 쉽게 찾을 수 있었다.

그는 연구실의 문을 가볍게 두드렸다. 하얀 가운을 입은 젊은 여자 연구원이 문을 열고 고개를 내밀었다.

"누구세요?"

젊은 여자 연구원이 낯선 방문자를 보면서 이상하다는 표정을 지었다. 프랭크는 따분한 연구실을 방문하는 낯선 남자는 그리 흔하지 않을 거라고 생각했다.

"웨더비 박사님을 만나기 위해 찾아왔습니다. 나는 프랭크 로시라고 합니다."

"들어오세요."

그는 여자 연구원을 따라 안으로 들어갔다. 연구실에는 여러 가지 실험장치들과 실험용 동물들이 있었다.

"미안하지만 가운을 입어 주세요."

여자 연구원이 옷걸이에 걸려 있는 하얀색 가운을 꺼내 그에게 건네주었다. 그가 가운을 들고 잠시 망설이자 여자 연구원이 다시 말했다.

"이곳은 중요한 실험을 하는 연구실입니다. 방문을 하는 사람들도 모두 이 옷을 입어야만 합니다."

그가 알겠다는 표시로 고개를 끄덕이고 가운을 걸치자 여자 연구원은 그를 사방의 벽이 하얗게 칠해진 웨더비 박사의 실험실로 안내했다.

"안녕하십니까, 박사님?"

그가 정중한 태도로 먼저 인사를 던졌다.

"당신은 누구시지요?"

커다란 뿔테 안경에 머리가 조금 벗겨진 웨더비 박사가 연구를 하기 위해 현미경을 들여다보고 있다가 그를 맞이했다.

"저는 프랭크 로시라고 합니다. 한 가지 확인할 사항이 있어서 찾아오게 되었습니다."

"무슨 일이죠?"

웨더비 박사는 수술용 고무장갑을 끼고 실험용 흰쥐가 있는 곳으로 걸어가면서 질문을 던졌다.

"항상 연구를 하고 계시는군요."

그가 감탄한다는 듯이 고개를 끄덕이며 말했다.

"이게 나의 일이니까요."

웨더비는 옆에 놓인 시험관을 집어 들었다. 시험관 속에는 투명한 액체가 들어 있었다. 그는 주사기로 그 액체를 빨아들인 다음 실험용 쥐에게 조심스럽게 주사를 놓았다. 그는 주사기를 내려놓고 장갑을 벗으면서 그를 바라보았다.

"박사님, 저를 도와주십시오."

"내가 무엇을 도와 드리면 되는 거죠?"

"이것을 좀 확인해 주십시오."

그는 로즈마리의 집에서 가져온 편지를 내밀었다. 웨더비는 편지를 받아들고 읽어보았다.

"이건 굉장히 오래 전의 일이군요."

"편지 봉투에 1975년이라는 직인이 찍혀 있었습니다만……."

"그래요. 기억납니다. 메드닉 씨의 의뢰로 유전자 감식을 한 겁니다. 샘플은 메드닉 씨의 혈액과 어떤 여자가 자신의 남편의 것이라고 하면서 주었던 뼛조각과 모발이었습니다."

웨더비 박사가 기억을 더듬으면서 말했다.

"혹시 그 여자의 이름을 기억하십니까?"

"글쎄요……."

"로즈마리가 아닌가요?"

"그래요. 맞습니다. 로즈마리라고 했어요. 그리고 로즈마리가 죽은 남편의 아버지라고 주장하는 사람이 바로 메드닉 씨였죠."

"결과가 어떻게 나왔습니까?"

"그 편지에 적힌 그대로입니다."

대답을 하고 나서 웨더비는 다시 실험을 시작하려는지 고무장갑을 끼기 시작했다.

"만약 감식 결과가 잘못되었을 수도 있지 않을까요?"

그가 날카롭게 지적했다.

"그럴 가능성이 전혀 없는 건 아니라고 할 수 있겠죠. 하지만 나로서는 아무런 대답도 할 수가 없습니다. 너무 오래 전의 일이기 때문에……."

"그 결과를 직접 확인하고 싶습니다. 혹시 그 당시에 서류들을 볼 수 있을까요?"

"그건 아마 어려울 겁니다. 그 샘플에 관한 자료는 지금 찾을 수가 없으니까요."

"전혀 찾을 수 없는 건가요?"

"그렇습니다. 병원의 규칙상 아무런 조치도 없이 20년 이상이 지난 자료는 폐기처분하도록 되어 있습니다. 아주 특별한 자료가 아니라면 말입니다. 그 자료도 역시 쓰레기로 분류되어서 연기로 사라졌을 겁니다. 자, 이제는 헤어져야 할 시간이 되었군요. 나는 실험을 계속해야 하니까요."

웨더비가 이제 나가달라는 듯이 그를 바라보면서 말했다.

다니엘은 레베카와 헤어진 후에 호텔 정원을 산책하고 있었다. 그러다가 커다란 주먹을 휘두르면서 달려오는 건장한 체격의 흑인을 만나게 되었다.

"아니, 이게 누구야?"

다니엘은 반가운 듯이 소리쳤다. 그가 발견한 것은 조깅을 하면서 잠시도 쉬지 않고 주먹을 내뻗는 권투선수였다. 그는 오래 전부터 친분을 유지해 오고 있던 토미라는 권투선수였다.

"챔피언!"

다니엘이 그 남자를 쳐다보면서 말했다, 챔피언이라고 불린 그 남자가 소리가 들린 곳을 돌아보았다. 다니엘을 발견하고는 반갑게 웃으면서 다가왔다.

"다니엘, 안녕하세요?"

가까이 다가온 그는 커다란 손을 내밀면서 소년처럼 환한 미소를 지었다. 그는 챔피언의 손을 잡고 악수를 나누었다. 챔피언의 손은 그의 손보다 몇 배는 더 큰 것처럼 보였다. 링 위에서 사나운 야수처럼 싸우던 모습과는 달리 평소에는 무척이나 순한 사람이었다.

"정말 반가워요, 토미. 이제 보니까 세상에서 가장 힘이 센 사람이 바로 여기에 있었군요."

"과찬의 말씀이십니다."

"그런데 챔피언, 바하마에는 무슨 일로 왔어요?"

"내일 벌어질 길버트 부부의 파티에 초청되었어요. 그 파티에 대해 알고 있나요, 다니엘?"

"네, 나도 알고 있어요. 정말 굉장한 파티가 되겠군요. 정치계, 경제계에다 영화계와 스포츠계까지 각계각층의 인사들이 모두 모이는 것 같습니다. 그래서인지 경비도 몹시 삼엄하고……."

"나도 그건 좀 이상하다고 생각했어요."

토미가 주위를 두리번거리면서 말했다. 토미도 아미보섬 호텔의 분위기가 예전과 다르다고 느끼는 모양이었다. 그가 갑자기 무엇인가 생각난 듯이 토미를 쳐다보았다.

"지난번에 텔레비전에 나온 당신의 모습을 보았어요."

"맥주 선전에 나온 모습을 보신 모양이군요."

토미가 매우 자랑스러운 듯이 어깨를 으쓱거리면서 말했다.

"그게 아니라 아마 내가 본 건 베이비 파우더의 선전이었을 겁니다."

"내 모습이 귀엽게 나왔나요?"

커다란 체격의 흑인이 매우 쑥스럽다는 듯이 어색한 미소를 지으면서 말했다. 다니엘은 그 모습을 보면서 도저히 웃지 않을 수가 없었다.

토미의 얼굴에는 권투선수로 생활하면서 얻은 상처가 여러 곳에 나 있었다. 콧날도 약간 주저앉은 것처럼 보였지만 특히 턱이 강하다는 평을 듣고 있는 선수답게 강인한 턱이 돋보였다.

게다가 헤비급인 체구는 그의 두 배는 되어 보일 정도로 우람했다. 그러면서 표정은 무척 순수했기 때문에 마치 어린 소년을 연상시키고 있었다.

그는 토미의 모습을 보자 문득 생각나는 일이 있다는 듯이 질문을 던졌다.

"참, 궁금한 게 있어요. 당신이 은퇴한다는 소문이 나돌고 있어요. 그게 사실인가요?"

토미는 헤비급 챔피언 벨트를 빼앗긴 후에 한참동안이나 슬럼프에 빠져 있었다.

"매니저는 재기전을 하라고 자꾸만 보채고 있어요. 하지만 내가 매니저에게 뭐라고 했는지 아십니까?"

챔피언이 얼굴에 미소를 지으면서 반문했다. 그는 잘 모르겠다는 듯이 고개를 가로 저었다.

"내가 그랬어요. 앞으로는 1천만 달러 이하의 개런티로는 어느 누구도 때리지 않겠다고 말입니다."

토미는 그렇게 말하면서 활짝 웃었다. 순진하게 웃는 챔피언을 바라보면서 그도 따라 웃었다.

길버트 부부가 계획한 공식적인 행사는 내일 오후부터 열리도록 되어 있었다. 삼엄한 경비 속에서 초대를 받은 사람들이 점차 바하마로 모여들고 있었다.

하지만 경호원들이 여기저기에서 눈빛을 반짝이며 주위를 경계하고 있는 모습이 성대한 파티와 어울리지 않게 긴장감을 느끼도록 만들었다. 마치 백악관의 주인이 와 있는 것이 아닌가 싶을 정도로 경비가 삼엄했던 것이다. 그런 가운데 레베카는 손님을 맞이하기 위해 잠깐씩 얼굴을 나타내면서 전체적인 분위기를 주도하고 있었다.

하베이는 특유의 기질을 발휘하면서 무언가 냄새를 맡았지만 메드닉의 모습이 아직 나타나지 않자 궁금증이 좀 쑤시고 있었다. 그는 메드닉을 만나기 위해 다시 옥상에 잠입했다. 운이 좋으면 메드닉 회장의 전용실에서 그의 모습을 카메라에 담을 수도 있을 것이라고 생각했다.

그는 메드닉과 레베카의 모습을 직접 카메라에 담을 생각이었다. 지난번에는 그들이 나누는 대화를 도청해서 녹음했다. 그 중에 가장 중요한 부분은 레베카와 앤소니가 주고받았던 의문의 대화였다. 그것은 그들 사이에 어떤 음모가 진행되고 있다는 사실을 단적으로 말해 주는 증거였다.

그는 우선 레베카와 함께 발코니에 있는 메드닉의 모습을 찍기로 했다. 하지만 그것은 쉬운 작업이 아니었다. 건물의 구조상 상체를 앞으로 내밀지 않고서는 발코니에 있는 피사체를 포착할 수가 없었다. 지금 그가 볼 수 있는 것은 안락의자에 앉아 있는 메드닉뿐이었다.

지난번에도 메드닉은 앤소니에 의해 주사를 맞고 정신이 혼미한 상태에서 레베카가 지정한 서류에 서명했다. 자세히 알 수는 없지만 메드닉은 지금 안락의자에 앉아서 잠들어 있는 것 같았다. 레베카와 앤소니의 모습은 보이지 않았다.

그가 좀더 자세히 바라보기 위해 고개를 내밀었을 때 레베카와 앤소니가 발코니로 나왔다.

"아무래도 그의 행동이 좀 지나친 것이 아닐까요?"

앤소니가 레베카를 응시하면서 투덜거렸다.

"하지만 어쩔 수 없는 상황이긴 했어요."

레베카가 그를 달래면서 말했다. 하지만 그는 여전히 불만스러운 듯한 표정이었다.

"난 그 교수를 죽일 필요까지는 없었다고 생각해요. 그렇지 않아요, 메드닉?"

'메드닉?'

하베이는 자신도 모르게 중얼거렸다. 그는 두 사람이 나누고 있는 대화를 도저히 이해할 수 없었다. 두 사람의 대화를 분석해 보면 메드닉은 레베카의 공모자이며 그가 누군가를 살해한 것이다. 그리고 지금 앤소니는 메드닉이 누군가를 살해했다고 말했다. 하지만 메드닉은 안락의자에 앉아서 여전히 잠을 자고 있었다. 그런데 그가 누군가를 살해하다니?

"앤소니, 그렇게 할 수밖에 없었다는 걸 이해할 수 있잖아요? 그는 너무 많은 것을 알고 있어요. 우리 계획이 탄로날 수도 있어요. 모든 게 물거품이 되게 할 수는 없어요."

그것은 분명히 메드닉의 목소리였다. 그는 깜짝 놀라면서 다시 한 번 메드닉을 쳐다보았다. 그는 여전히 안락의자에 앉아서 잠을 자고 있었다.

잠든 메드닉이 그런 말을 했을 것 같지는 않았다. 그렇다면 조금 전에 말을 한 메드닉은 도대체 누구란 말인가?

그는 갑자기 머리 속에서 경련이 일어나는 듯한 혼란을 느꼈다, 지금의 상황은 도저히 이해할 수가 없었다. 메드닉도 무서운 음모와 살인의 공모자라는 것인가? 그는 메드닉이 레베카와 공모하고 있다는 것에 대해 상상조차 할 수 없었다.

그렇다면 결론은 간단하다. 그녀와 이야기를 하고 있는 사람은 메드닉이 아니었다.

그 순간 하베이는 그녀가 무슨 일을 꾸미고 있는지 대충 짐작이 가는 듯 했다. 그녀는 가짜 메드닉을 만들어서 뉴월드 그룹을 집어삼킬 음모를 꾸미고 있는 것이다.

"메드닉, 지금부터 어떻게 할 작정인가요?"

앤소니가 초조한 목소리로 묻고 있었다.

"지금 상황은 너무 위험해요. 어떻게 할 건지 잘 생각해서 결정해야만 합니다. 몹시 중요한 일이니까……."

도대체 메드닉으로 변신한 남자는 이번 일과 어떤 연관을 맺고 있는 것일까? 그의 머리 속은 점점 더 복잡해지고 있었다. 제대로 숨도 쉬지 못할 만큼 긴장하고 있는 그의 귀에 다시 레베카의 목소리가 들렸다.

"위험하지만 어쩔 수 없어요. 계획대로 밀고 나가야만 해요."

"그렇게 하는 게 가장 좋아요. 내일만 넘기면 모든 일이 우리 뜻대로 이루어질 겁니다. 우리의 일을 방해할 사람은 더 이상 없을 겁니다."

가짜 메드닉의 목소리였다. 하베이는 가짜 메드닉의 얼굴을 확인하고 카메라에 담아야겠다고 생각했다.

그는 다리가 떨리는 것을 느끼면서 적당한 위치를 잡기 위해 상체를 앞으로 내밀었다.

철저하게 통제되고 있는 옥상에 누군가 침입한다는 것은 불가능한 일이라고 생각했기 때문에 경비원들은 거의 신경을 쓰지 않았다. 그 덕분에 그는 발각당하지 않고 발코니를 내려다볼 수 있었다.

마침내 하베이는 가짜 메드닉의 모습을 목격하게 되었다.

'맙소사, 완벽한 메드닉이잖아!'

그곳에서는 분명히 메드닉이 레베카와 이야기를 나누고 있었다. 다른 한 명의 메드닉은 여전히 안락의자에 앉아서 잠을 자고 있었다.

'메드닉이 두 명이라니!'

그는 정신이 번쩍 드는 것을 느꼈다. 가짜 메드닉과 레베카, 그리고 앤소니가 서로 공모하면서 어떤 음모를 꾸미고 있었다. 그 일을 진행하는 과정에서 살인도 자행하고 있는 것이다. 그렇다면 그들이 꾸미고 있는 음모는 도대체 무엇일까?

그는 몹시 의아했지만 가만히 있을 수 없었다. 지금 이 세 사람이 나눈 대화에 대한 증거를 확실하게 잡아두어야만 했다. 그는 사진을 찍기 위해 먼저 아래쪽 정원을 살펴보았다. 경비가 삼엄했지만 옥상에 신경을 쓰는 사람은 아무도 없었다.

하베이는 가짜 메드닉의 모습을 카메라에 담았다, 막 셔터를 누르는 순간 갑자기 한 줄기 바람이 불었다. 그 바람은 그가 쓰고 있던 모자를 허공으로 날려버렸다. 모자는 허공에서 선회하다가 정원으로 떨어지고 말았다.

경호원은 하늘에서 모자가 떨어지자 이상하다는 듯이 옥상을 올려다보았다. 그는 그곳에서 무엇인가 재빨리 움직이는 것을 보았다. 의심의 여지가 없었다. 누군가 침입한 것이다.

"옥상에 침입자가 있다. 도망치기 전에 잡아라!"

경호원은 무전기를 통해 재빨리 다른 경호원들에게 통보했다. 불과 1분도 채 지나지 않아서 연락을 받은 경호원이 권총을 들고 옥상에 나타났다.

건장한 체격의 경호원이 돌처럼 차가운 표정을 지으면서 나타나자 그는 순간적으로 아찔한 현기증이 일어나는 것을 느꼈다.

"안녕하세요?"

그는 일부러 어수룩한 사람처럼 보이려 노력했다. 경호원의 표정은 여전히 목석처럼 변화가 없었다.

"저, 난 이 호텔에 투숙하고 있는 사람입니다. 엽서로 사용할 사진을 좀 찍으려고……."

"이곳은 출입을 통제하는 구역입니다. 아무도 올라올 수 없어요."

경호원이 건조한 목소리로 말했다. 아무도 올라올 수 없는 구역에 있다는 사실을 그 자신도 잘 알고 있었다. 한 번 빠지면 헤어 나올 수 없는 무서운 늪에 이미 두 발을 담그고 있는 상황이었.

성큼 다가온 경호원은 그의 카메라를 빼앗은 후에 안에 들어 있던 필름을 꺼냈다. 그것으로 사진은 영원히 사라지고 말았다. 그러자 그는 태도를 바꾸었다.

"이것 보세요. 나도 역시 이런 일은 별로 좋아하지 않습니다. 좋아요, 그러니까 피차간에 없었던 일로 합시다. 나에게도 잘못이 있으니까 당신이 꺼내버린 필름값은 받지 않겠어요."

그는 절박한 상황에서 최대한 침착하려고 노력했다. 경호원이 그를 향해 바짝 다가섰다.

"뒤로 돌아서!"

경호원이 차가운 표정을 지으면서 명령했다.

"하지만 내 말을 좀 들어보세요."

"돌아서!"

경호원의 태도는 몹시 단호했다. 그는 어쩔 수 없이 뒤로 돌아섰다. 그는 시간을 벌 생각으로 다급하게 중얼거렸다. 말을 걸면서 위기를 벗어날 적당한 기회를 찾을 생각이었다.

"여긴 전망이 매우 좋군요, 그렇죠? 그래서 풍경사진을 좀 찍으려고 이렇게 올라왔던 겁니다. 그런데 여긴 아무나 올라오는 장소가 아닌 모양이군요. 그래요, 당신의 표정을 보면 알 수 있어요. 나도 미안하게 생각합니다. 이번에는……."

그의 말이 갑작스럽게 중단되고 그 직후에 처절한 비명으로 바뀌었다. 가까이 다가온 경호원이 그의 두 발을 번쩍 들어서 건물 아래로 던져 버린 것이다. 그의 몸은 처절한 비명소리와 함께 호텔 바닥으로 떨어져 내리고 있었다.

제10장 지독한 운명

　　　　다니엘과 토미는 아미보섬 호텔 정원에서 대화를 나누고 있었다. 그들은 지난번에 벌어진 토미의 시합에 대해 이야기하고 있었다.
　"챔피언, 지난번 시합에서는 왼손을 적절하게 사용하지 못했던 것 같아요. 특히 왼손 잽이 좋지 않았어요."
　다니엘이 토미를 향해 장난스럽게 왼손을 쭉 뻗으면서 말했다. 그 순간 처절한 비명소리가 들렸다. 그리고 곧이어 공중에서 무엇이 떨어져 내렸고 뭔가 터지는 둔탁한 소리가 정원에 있던 사람들을 경악시켰다.
　두 사람도 소스라치게 놀랐다. 그들은 공중에서 사람이 추락하는 것을 한눈에 알아볼 수 있었지만 전혀 손을 쓸 수 없는 상황이었다. 두 사람은 사람이 떨어진 곳으로 뛰어갔다.

다니엘은 처참한 광경에 몸서리를 쳤다. 방금 눈앞에서 벌어진 광경을 어떻게 믿어야 좋을지 알 수가 없었다. 공중에서 떨어져 내린 사람은 불과 얼마 전에 함께 이야기를 나누었던 하베이가 아닌가. 그는 공중에서 떨어지는 순간 즉사하고 말았다. 그는 등골이 오싹하는 것을 느꼈다.

그는 하베이의 죽음에 깊은 의문을 가질 수밖에 없었다. 그것은 단순한 살인 사건이 아니었다. 그는 뉴월드 그룹을 둘러싸고 벌어지는 음모에 대해 조사하고 있었던 것이다. 그가 통제구역 안으로 들어간 이유나 들어갈 수 있었던 방법도 의문이었다. 그가 옥상에서 추락한 원인과 삼엄한 경비가 결코 무관하지 않다는 생각이 들었다.

그는 하베이가 어떤 비밀을 캐내기 위해 삼엄한 경비망을 뚫고 옥상에 잠입하는 일에 성공했지만 도중에 발각되어서 끔찍한 일을 당했을 것이라고 추리를 하고 있었다. 그는 하베이의 죽음을 그대로 지나칠 수가 없었다. 거꾸로 말하면 메드닉의 주위에서 벌어지고 있는 일이 사람을 죽일 만큼 중요한 비밀이 있다는 이야기가 아닌가? 더구나 죽은 사람은 그와 절친한 기자였다.

산업 스파이나 재산을 노린 강도였다면 모르지만 기자라는 확실한 신분을 가진 인물을 죽인다는 것은 이해할 수 없었다. 정말로 특별한 이유가 아니고서는 있을 수 없는 일이었다. 그런 점에서 아미보섬 호텔에서 하베이가 살해당했다는 것은 아주 심각한 문제였다.

그의 죽음을 조사하기 위해 파견된 경찰은 사망자의 신원부터 파악하기 시작했다. 그는 죽은 사람이 하베이라는 사실을 확인해 주었다. 그는 그의 사망원인에 대해 강한 의혹을 품고 있었다. 하지만 경찰에서는 실족에 따른 사고라고 간단히 결론을 내리고 별다른 수사도 진행하려 하지 않았다.

그러나 그는 결코 단념하지 않았다. 그는 살인이라는 결론을 내리고 그 단서를 찾아내기 위해 노력하고 있었다.

"피해자의 신분을 확인해 주셔서 감사합니다, 다니엘. 저는 형사반장 지미라고 합니다. 그런데 하베이와 마지막으로 만난 사람이 당신이라는 겁니까?"

지미 경감이 그에게 물었다.

"마지막으로 본 게 내가 아니라면 아마 옥상에서 그를 떠밀어 떨어뜨린 사람이 되겠지요."

그는 하베이가 옥상에서 누군가에 의해 강제로 떨어뜨려 추락했다는 것을 거의 확신하고 있었다. 하지만 지미 경감은 전혀 다른 의견을 가지고 있었다.

"잠깐 기다려요. 분명히 해 두고 싶은 게 있습니다. 현장 검증을 철저하게 해 보았지만 누가 떠밀었다는 증거는 전혀 발견되지 않았습니다. 그 점을 분명히 알고 계시기 바랍니다."

그러나 지미 경감의 말에 그는 전혀 동의할 수가 없었다. 그가 알고 있는 하베이는 옥상에서 발을 헛디뎌 실수로 떨어져 죽을 사람이 결코 아니었다.

"이것 보세요, 지미 경감님. 조금 전에 당신은 그 사람이 가지고 있던 카메라에 필름이 들어 있지 않았다고 하지 않았나요?"

"그렇습니다."

"그게 좀 이상하다는 생각이 들지 않습니까?"

그가 날카롭게 이의를 제기했지만 지미 경감은 그 말에 동의하지 않았다.

"그 문제에 대한 제 의견은 이렇습니다. 카메라에 필름이 들어 있지 않다는 것은 사진을 찍는 게 목적이 아니었기 때문이죠. 그 사람은 단지 높은 곳에서 전망을 보기 위해 옥상에 올라갔던 겁니다."

지미 경감이 대수롭지 않다는 듯이 대답했다. 하지만 다니엘 역시 자신의 생각을 절대로 단념할 수 없었다. 그는 자신이 이의를 느끼는 문제에 대해 어떠한 경우에도 양보하지 않는 성격이었다.

"그 사람은 뛰어난 기자였어요. 아마 또 다른 목적이 분명히 있었을 겁니다. 지금으로서는 어떻게 말씀드릴 수 없지만 아마 굉장히 중요한 일이었을 거라는 생각이 드는군요. 그 점에 대해 경찰에서 혹시 밝혀낸 일이라도 없습니까?"

지미 경감은 고개를 저으면서 새삼스럽게 건물의 옥상을 쳐다보았다.

"솔직히 말씀드리지만 나도 이해가 안 갑니다."

"무슨 말씀이죠?"

"그 사람이 어떤 방법으로 저 옥상에 올라갈 수 있었는지 모르겠습니다. 외부인은 절대로 올라갈 수 없다는 곳인데……."

그는 지미 경감에게 하베이가 어떤 의도를 가지고 옥상에 올라갔는지에 대해 말을 하는 것이 좋겠다고 생각했다. 그는 하베이와 만났을 때 나누었던 이야기를 간략하게 들려주었다.

"하베이는 뉴월드 그룹을 둘러싸고 벌어지는 사건을 캐고 있는 중이었어요."

"혹시 그게 무슨 사건인지 이야기하지 않았습니까?"

"메드닉 회장과 밀접하게 관련된 일이었어요. 그 자신도 아직은 확실한 단서나 증거를 잡지 못한 것 같았지만 분명히 무언가 알고 있는 것 같았습니다. 그는 그 증거를 모으기 위해 옥상으로 잠입했던 겁니다."

그는 잠시 고개를 돌려 근처에서 서성이고 있는 레베카를 바라보았다. 그는 그녀에 대한 의혹이 점점 더 강해지는 것을 느끼고 있었다.

"아마 레베카 양은 그것에 대해 잘 알고 있을 겁니다."

"다니엘, 당신의 심정은 충분히 이해할 수 있습니다. 하지만 그 일은 매우 불행한 사고였을 뿐입니다."

"사고라구요?"

그는 지미 경감의 태도에 불만을 느끼면서 반문했다. 경감은 그 일을 단순 사고로 처리하려는 것이 분명했다. 하지만 그는 결코 동의할 수 없었다. 경감은 그의 카메라에 필름이 없다는 사실을 간과하고 있는 것이다. 기자에게 사진은 자신의 목숨과도 같은 것이다. 민완기자인 하베이가 전망이나 구경하기 위해 위험을 무릅쓰고 엄중한 통제구역에 잠입할 까닭이 전혀 없는 것이다.

"그렇습니다. 하베이의 죽음은 매우 불행한 사고였습니다. 하지만 지금은 더 이상 문제를 확대시키지 않는 게 좋겠군요."

경감이 고개를 흔들면서 말했다. 그는 경감과 더 이상 대화를 나누어도 별다른 소득이 없을 거라는 사실을 깨달았다.

그는 지미 경감과 헤어진 다음 제임스를 만나기 위해 호텔 지하에 있는 바로 향했다. 그와 약속한 시간이 얼마 남지 않았던 것이다. 시계는 벌써 4시 40분을 가리키고 있었다.

그러나 아무리 오랫동안 기다려도 제임스 교수는 끝내 나타나지 않았다.

레베카의 방에서는 금방 폭발할 것만 같은 팽팽한 긴장감이 감돌고 있었다. 그 방안에는 레베카와 앤소니와 경호실장 마틴이 앉아 있었다. 그들 앞의 탁자에는 하베이가 갖고 있던 소형 녹음기가 놓여 있었다. 세 사람은 하베이의 소형 녹음기를 확인하고 있었다. 하베이를 옥상에서 집어던진 사람은 바로 경호실장 마틴이었다.

세 사람은 소형 녹음기를 앞에 놓고 제각기 다른 표정을 짓고 있었다. 앤소니는 무엇인가 매우 못마땅한 표정을 짓고 있었다. 하지만 레베카는 전혀 그렇지 않았다. 손님들을 대할 때와는 전혀 다르게 매우 차가운 표정을 짓고 있었다. 마틴은 내심 그녀가 어떻게 나올지 눈치를 살피고 있었다.

레베카가 마틴에게 손짓을 보냈다. 마틴이 소형 녹음기의 재생 버튼을 누르자 낯익은 목소리가 흘러나오기 시작했다.

"앤소니, 그동안 너무나 고생이 많았어요."

"축하해요. 이제 뉴월드 그룹이 모두 당신 손으로 들어가는 것은 시간문제입니다. 그리고 적어도 네 시간 안에는 메드닉 회장의 의식이 돌아오지 않을 겁니다."

녹음기에서 흘러나온 것은 레베카와 앤소니의 대화 음성이었다.

"다시 음악을 틀어 드리겠어요, 회장님."

그녀의 목소리는 깨어있는 메드닉을 대할 때 들을 수 있었던 상냥한 목소리였다. 녹음기에서 자신의 목소리가 흘러나오자 그녀는 매우 화가 난 것 같았다.
그녀는 갑자기 거친 동작으로 녹음기에서 테이프를 꺼냈다. 그녀의 시선이 마틴을 향하고 있었다.
"그 기자의 몸에서 찾아낸 것은 이게 전부인가요?"
"그렇습니다."
마틴은 고개를 끄덕이면서 대답했다. 언제나 그렇지만 그녀를 대하는 마틴의 태도는 매우 정중했다.
"그 기자는 카메라를 가지고 있었는데 혹시 우리의 모습을 찍은 사진 같은 것은 없었나요?"
"없었습니다. 내가 그 자리에서 필름을 빼내 버렸으니까요."
그녀는 불안한 듯이 뒤로 돌아서서 창문을 향해 걸어갔다. 그녀는 해변을 내다보면서 걱정스럽게 입을 열었다.
"그건 정말 잘한 일이지만 아무래도 예감이 좋지 않아요."
"나도 그렇게 생각합니다."
"하긴 이 녹음테이프 하나를 가지고는 어떤 일이 벌어지고 있는지 짐작할 수 없을 거예요. 그 기자가 무엇인가 눈치를 챈 것 같지만 아주 적절하게 처리해서 정말 다행이에요."

그녀는 창가에 기대어 선 채 바다를 바라보면서 아무렇지도 않은 듯이 말했다. 그녀는 사실 몹시 긴장하고 있었다. 누군가 그녀가 어떤 음모를 꾸미고 있다는 것을 알아차렸다는 것은 매우 심각한 문제가 아닐 수 없었다. 도대체 어디에서 꼬리를 잡힌 것일까?

그것을 알아야만 모든 문제를 매끄럽게 처리할 수 있을 것이다.

"멀쩡한 사람을 옥상에서 떨어뜨린 게 잘한 일이란 말인가요?"

앤소니가 그녀의 말을 반박하고 나섰다. 그녀는 얼굴을 찌푸리면서 앤소니를 쳐다보았다.

"그 사람은 실수로 떨어진 거예요, 앤소니. 떨어뜨린 게 아니라구요. 서투른 기자가 메드닉을 취재하기 위해 지나친 의욕을 부리다가 사고를 당한 것뿐이에요. 경찰도 그렇게 믿고 있는데 당신은 왜 그렇게 어렵게 생각하는지 모르겠군요. 나는 마틴의 행동이 가장 현명한 선택이었다고 생각해요. 더 이상 다른 방법이 없었어요. 우리의 계획이 실패할 수도 있었단 말이에요."

그녀가 단호한 태도로 말했다. 하지만 앤소니는 그 말에 쉽게 수긍하지 않았다.

"레베카, 나는 의사예요. 사람의 생명을 구해야 하는 사람이란 말입니다. 알겠어요?"

앤소니가 의사라는 말을 하자 그녀의 얼굴에 노골적으로 비웃는 듯한 표정이 나타났다.

"이봐요, 앤소니. 지금이 히포크라테스의 선서나 외우고 있을 때인 줄 알아요? 이것은 우리의 운명이 걸린 일이에요."

그녀는 마음의 동요를 일으키고 있는 앤소리를 향해 소리쳤다. 그는 풀이 죽은 듯이 고개를 숙였다.

"앤소니, 이번 일에 대해 더 이상 이야기를 하지 않도록 해요. 그 기자는 실수로 죽은 거예요."

그녀는 마틴이 서 있는 곳으로 걸어가서 하베이의 테이프를 건네주고 파기시키도록 명령했다.

"이걸 당장 없애 버리세요."

"알겠습니다, 레베카."

마틴이 정중한 태도로 테이프를 받아들였다. 그는 이제 메드닉의 안전을 위해 일하는 경호원이 아니라 그녀의 말에 절대복종하는 충실한 부하처럼 보였다.

"그런데 한 가지 의심스러운 점이 있어요."

그녀가 몹시 심각한 표정을 지으면서 마틴에게 말했다. 앤소니는 몹시 기분이 상한 듯이 발코니로 나갔다.

"어떤 겁니까?"

"도대체 그 사람이 어떻게 아미보섬 호텔의 옥상까지 올라갈 수 있었는지 모르겠군요. 그 점에 대해 뭐 좀 알아낸 게 있나요?"

"전혀 없습니다. 아무리 생각해도 정말 이상한 일입니다."

"아직 모른다면 빨리 알아보도록 하세요. 앞으로 이런 일이 두 번 다시 일어나지 않도록 하세요. 어느 누구도 아미보섬 호텔 옥상에 접근해선 절대로 안 돼요. 무슨 뜻인지 알겠죠?"

"알겠습니다."

마틴은 허리를 숙이면서 인사를 한 후에 그녀의 곁을 떠났다. 그녀는 잠시 깊은 생각에 잠겼다. 옥상에 외부인이 잠입할 수 있었다는 것은 아주 심각한 문제가 아닐 수 없었다.

하베이가 옥상까지 잠입할 수 있었다면 다른 누군가도 건물 안의 어떤 장소에 침입할 가능성이 있다는 것이다. 만약 외부 사람이 메드닉의 전용층에서 벌어지고 있는 일을 알게 된다면 그동안 심혈을 기울였던 그녀의 모든 계획은 수포로 돌아가고 마는 것이다.

마틴이 방을 나간 다음 잠시 생각에 잠겼던 그녀는 발코니에 서 있는 앤소니의 모습을 물끄러미 바라보았다. 그는 등을 돌린 채 멀리 수평선을 바라보고 있었다. 그녀는 지친 듯한 그의 뒷모습을 바라보면서 입가에 엷은 미소를 지었다. 그가 아무리 화를 낸다고 해도 전혀 두려운 일이 아니었다.

그녀는 언제라도 그의 기분을 되돌려 놓을 자신이 있었다. 그는 범죄와는 별로 어울리지 않는 사람이었지만 그녀는 그를 완전히 자기 사람으로 만들었다.

그를 바라보던 그녀는 발코니를 향해 천천히 걸어갔다. 그는 등 뒤로 여인의 향기로운 체취를 느낄 수 있었다. 그녀가 등뒤로 다가선 것을 그의 오감은 이미 읽고 있었다.

"화났어요, 앤소니?"

그녀는 그의 어깨에 손바닥을 대면서 부드러운 목소리로 속삭였다. 하지만 그는 아무런 대답도 하지 않았다.

"설마 지금 손을 떼겠다는 건 아니겠죠? 조금만 더 참아 주세요. 내일이면 모두 끝날 거예요."

"이해할 수 없어요, 레베카. 도대체 이곳으로 사람들을 불러들인 이유가 뭐죠?"

"거기에 대해서는 이미 여러 번이나 말했잖아요. 당신도 한 번 생각해 보세요. 메드닉 회장이 많은 사람들 앞에서 직접 이야기를 하지 않는다면 누가 우리의 말을 믿겠어요? 우리가 다른 사람들의 의심을 받게 된다면 경찰이나 기자들이 가만히 있겠어요? 안 그래요, 앤소니?"

그녀의 부드러운 입김이 그의 귀를 자극하였다. 그녀는 그의 말초신경을 조금씩 건드리면서 말을 계속했다.

"그럴 경우에 계획을 밀고 나가기가 더욱 어렵다고 했잖아요. 그 말을 벌써 잊었나요, 당신은?"

"그건 나두 알아요. 알고 있어요. 하지만……."

앤소니가 머리를 흔들면서 말했다. 그러나 그의 목소리에는 이미 힘이 빠져 있었다.

"우리가 이번 일을 계획하면서 얼마나 힘이 들었는지 알고 있잖아요, 안 그래요? 그 생각을 한 번 해 보세요. 우리가 몇 년 동안이나 고생한 보람이 비로소 나타날 단계가 되었다구요."

그녀는 앤소니의 두 눈을 응시하고 있었다. 그녀는 매우 부드럽고 신속하게 손을 움직여 그의 바지 지퍼를 열었다. 바지 속으로 손을 집어넣은 그녀의 손은 이미 반응을 나타내기 시작한 그의 남성을 가만히 움켜쥐었다.

그의 눈이 더 이상 참을 수 없다는 듯이 소리 없이 감겼다. 그의 손길이 그녀의 등 뒤로 감아들었다. 그녀는 그의 뜨거운 입김을 목덜미에 느끼면서 야릇한 미소를 짓고 있었다.

날이 저물기 시작하고 있었다. 다니엘이 호텔 바에서 술을 마시고 있을 때 경호원처럼 보이는 남자가 그를 만나기 위해 찾아왔다. 그 남자는 사무적인 태도로 입을 열었다.

"다니엘 블레이크 씨입니까?"

"그런데요. 무슨 일이죠?"

다니엘이 고개를 돌리면서 반문했다.

"저는 윌리라고 합니다. 경호실에서 일하고 있습니다. 당신을 모시기 위해 찾아왔습니다. 메드닉 해리슨 회장님이 당신을 만나고 싶어 하십니다."

"좋습니다. 그렇지 않아도 연락이 오기를 기다리고 있었습니다."

그는 술잔을 비우고 자리에서 일어났다. 윌리는 매우 정중한 태도로 그를 대하고 있었다.

"회장님이 지금 선착장에서 기다리고 계십니다."

"그곳으로 가도록 하죠."

그는 윌리의 안내를 받으면서 선착장을 향해 걸어갔다.

잠시 후에 요트가 정박하고 있는 선착장이 보이기 시작했다. 메드닉은 선착장에서 한없이 펼쳐져 있는 푸른 바다를 바라보고 있었다. 석양이 지고 난 후의 바다는 고요하게 어둠이 깔리고 있었다.

그는 한눈에 메드닉 해리슨 회장을 알아볼 수 있었다. 오랫동안 만나지 못했지만 그의 분위기는 매우 독특했기 때문에 그를 알아보는 것은 그다지 어려운 일이 아니었다.

"안녕하십니까, 메드닉 회장님?"

그가 메드닉의 등 뒤로 천천히 다가가면서 먼저 말을 꺼냈다.

"반갑군요. 정말 오랜만에 다시 만나게 되었군요."

메드닉은 고개를 돌려서 다니엘의 얼굴을 잠시 바라보았을 뿐 특별한 행동으로 반가움을 표시하거나 악수를 청하지는 않았다. 메드닉은 다시 멀리 수평선을 응시하면서 말을 이어갔다.

"다니엘, 역시 내 눈은 틀리지 않았어요. 당신은 정말 성공적으로 사업을 이끌었어요. 그건 여기에 있는 나도 충분히 알 수 있습니다. 당신의 사업이 몹시 번창하고 있다는 말을 계속 듣고 있었어요. 그런데 내가 빌려 주었던 5만 달러가 도움이 되었나요?"

메드닉은 그렇게 말하고 나서 즐거운 듯이 큰 소리로 웃었다. 다니엘도 가벼운 미소를 지으면서 그를 바라보았다.

아무리 보아도 메드닉의 모습은 몇 년 전에 보았을 때와 거의 변하지 않았다. 자기에게 빌려주었던 5만 달러에 관한 일도 잘 기억하고 있었다. 그는 몇 년 전에 메드닉을 처음 만났을 때를 기억하면서 미소를 지었다.

"회장님, 저를 아직까지 기억해 주시다니 정말 감사합니다."

그가 정중하게 고개를 숙이면서 인사했다. 하지만 메드닉은 시선을 계속 다른 곳에 두고 있었다. 그도 선착장 근처를 둘러보았다. 그 요트들은 모두 메드닉의 소유인 것 같았다. 그는 예전과 다름없이 건강한 모습을 유지하고 있었다. 그런 메드닉의 모습을 보면서 약간 의아스러운 생각이 들었다.

메드닉이 여전히 건강하다면 무엇 때문에 지난 몇 년 동안이나 은둔 생활을 하고 있었던 것일까? 그것도 레베카라는 젊은 여자에게 모든 업무를 맡기다시피 하면서 자신은 일선에서 물러나 있는 것일까?

"회장님께서는 좋은 요트와 배들을 많이 소유하고 계시군요. 그런데……, 회장님의 건강이 좋지 않다는 이야기를 많이 들었는데 지금 보니까 완전히 건강을 회복하신 모양입니다. 무슨 비결이라도 있으십니까?"

그의 질문에 메드닉은 갑자기 큰소리로 웃었다. 그 웃음소리에는 예전과 다름없는 활력이 넘치고 있었다. 어디 하나 약해졌다거나 힘들어하는 모습이 전혀 보이지 않았다. 그럴수록 다니엘은 점점 더 의아한 느낌을 떨쳐 버릴 수가 없었다.

"그동안 나는 너무 지쳐 있었지요. 오랫동안 휴식을 취했더니 다시 몸이 좋아졌어요."

메드닉이 어깨를 약간 으쓱거리면서 말했다. 문득 그는 무엇인가 이상하다는 생각이 들었다. 지금까지 메드닉이 한 번도 자신을 똑바로 바라보지 않고 있다는 느낌이 들었던 것이다. 그는 그러한 메드닉의 태도가 어쩐지 석연치 않게 느껴졌다. 그가 알고 있는 메드닉은 의도적으로 다른 사람의 시선을 피할 사람이 아니었다. 평소 그는 언제나 다른 사람의 눈을 똑바로 쳐다보면서 말하는 버릇이 있었던 것이다.

"갑자기 오래 전에 회장님께서 하셨던 말씀이 생각납니다. 아무리 숨기려고 해도 진실은 드러날 수밖에 없다고 하셨지요. 블레이크 그룹을 운영하면서 항상 회장님이 하신 말씀을 마음에 담아 두고 있었습니다."

메드닉은 그의 말을 듣고 약간 당황하는 표정을 지었다.

"그런 이야기를 한 것도 같군요. 그래요, 아마 내가 그런 말을 했을 겁니다."

그는 메드닉이 무엇인가 적당히 얼버무리고 있다는 사실을 알아차렸다. 메드닉은 어딘지 모르게 불안한 듯이 자꾸만 주위를 두리번거리고 있었다. 그는 하베이에 대한 이야기를 잠시 꺼내 보기로 했다. 메드닉이 자기 주변에서 발생한 일에 대해 어느 정도나 알고 있는지 궁금했기 때문이었다.

"회장님도 이미 알고 계시겠지만, 하베이 기자의 일은 정말로 불행한 사건입니다."

그가 예상했던 대로 하베이의 사건에 대해서는 메드닉도 이미 알고 있었다.

"그렇습니다. 그 사람은 오래 전에 나를 직접 인터뷰한 적도 있어요. 내가 보기에는, 그 사람은 아주 뛰어난 기자였죠. 다니엘, 당신도 내가 함부로 누군가를 추켜세우거나 하지 않는 성격이란 걸 잘 알고 있을 겁니다. 그런 사람이 어쩌다가 그런 불행한 사고를 당했는지 지금도 마음이 아프군요."

메드닉이 한숨을 쉬면서 말했다. 하지만 하베이를 그전부터 잘 알고 있었다는 메드닉의 말이 다시 그의 마음에 오히려 의혹을 불러일으키고 있었다. 왜냐하면 하베이의 죽음이 단순한 사고가 아니라면 분명히 메드닉과 관계된 어떤 이유에 의해서 발생한 사건일 것이기 때문이었다. 그리고 메드닉은 하베이가 바하마까지 찾아온 이유를 분명히 알고 있을 것이다. 하지만 메드닉은 그 이상의 어떠한 이야기도 하지 않았다.

그는 다시 한 번 메드닉의 모습을 유심히 바라보았다. 메드닉은 의도적으로 그와 시선이 마주치지 않으려고 조심하는 것 같았다.

그가 메드닉을 바라볼 때마다 그는 서둘러 고개를 다른 곳으로 돌렸다. 그는 메드닉이 하베이에 대해 알고 있는 무엇인가를 감추고 있다는 생각을 떨쳐 버리지 못했다.

"나는 하베이가 죽기 직전에 마지막으로 만났습니다. 그는 나에게 몇 가지 비밀을 들려주었습니다. 그것은 회장님의 뉴월드 그룹과 밀접한 관련이 있는 것이었습니다."

그는 좀더 노골적으로 하베이의 죽음이 메드닉과 어떤 관련이 있는지 알아보고 싶었다. 하지만 메드닉은 전혀 다른 이야기를 꺼냈다. 그는 더 이상 하베이에 대해 말하고 싶지 않다는 태도였다.

"그 문제에 대해서는 잘 모르겠습니다. 만약 뉴월드 그룹에 무슨 문제가 생겼다면 내가 가장 먼저 알고 있을 겁니다. 하지만 지금까지는 별다른 어려움을 느끼지 않고 호텔이 잘 운영되고 있어요."

"그런데 무엇 때문에 길버트 부부의 스키 기증식 행사를 아미보섬 호텔에서 열게 되었습니까?"

"그건……."

메드닉이 먼 바다를 바라보면서 대답하기 위해 입을 열었다.

시간이 갈수록 메드닉의 태도에 대해 그의 의혹은 점점 증폭하고 있었다. 그는 메드닉의 태도에서 이미 몇 가지 이상한 점을 발견하고 있었다.

예전에 만났던 메드닉의 모습과 지금의 메드닉은 어쩐지 매우 커다란 간극이 있다고 느껴졌다. 시선을 계속 다른 곳에 두면서 말하고 있는 메드닉의 모습을 보면서 그는 강한 의혹을 느꼈다.

"내가 다시 돌아왔다는 사실을 알리고 싶어서 그런 겁니다."

"무슨 뜻이죠?"

그는 조심스럽게 질문을 던졌다. 메드닉은 잠시 동안 망설이다가 입을 열었다.

"나는 오랫동안 회사의 운영에서 손을 떼고 있었어요. 그래서 지금 많은 사람들이 나에 대해 이러쿵저러쿵 말들을 많이 하고 있지요. 메드닉 해리슨이 여기에 있다느니, 메드닉 해리슨이 저기에 있다느니, 메드닉 해리슨이 죽었다느니, 아주 말들이 많아요."

메드닉은 계속 말하면서 요트 위로 올라갔다. 다니엘도 자연스럽게 그의 뒤를 따라 요트 위로 올라갔다. 그는 메드닉의 뒤를 따르면서 뒷모습을 유심히 관찰했다. 하지만 겉모습에서는 아무런 이상한 점이 발견되지 않았다.

잠시 후에 메드닉은 요트의 선실 안으로 들어갔다. 선실의 탁자 위에는 술병이 놓여 있었다. 그것은 위스키였다. 그는 독한 위스키도 거뜬히 마실 만큼 건강을 완전히 회복한 상태인 것 같았다.

"그래서 내가 아직 건재하다는 사실을 공식적인 자리에서 알리고 싶었습니다."

"말씀을 듣고 보니 알겠군요."

"파티에 참석한 사람들이 모두 나의 건강에 대해 증언을 해 줄 겁니다."

그는 메드닉의 표정을 살피면서 다시 입을 열었다.

"그렇다면 우리는 증인이 되기 위해 이곳에 왔군요."

"그렇소. 바로 그거요, 다니엘."

메드닉이 처음으로 그의 눈을 똑바로 쳐다보았다. 그 말은 언뜻 들으면 하베이가 했던 말과 일치했다. 메드닉은 거대한 그룹의 회장으로서 항간에 떠도는 무성한 소문의 대상이었다.

그는 이번 기회에 잡다한 소문을 불식시키기 위해 자신의 건강한 모습을 모두에게 보여 줄 생각이라는 것이었다. 하지만 아직 이해할 수 없는 부분들이 남아 있었다. 하베이가 죽기 전에 했던 말이 머리 속에서 떠나지 않았다.

"하베이 기자도 죽기 전에 그런 말을 했습니다. 우리 모두가 증인이 될 거라고 말입니다."

메드닉은 다시 하베이에 대한 언급이 나오자 잠시 다니엘을 바라보는가 싶더니 재빨리 술병이 있는 곳으로 눈길을 돌렸다.

"그 사람은 머리가 굉장히 좋아요. 당신도 위스키를 마시겠소?"

메드닉이 술잔에 위스키를 부으면서 그에게 물었다.

"감사합니다, 회장님. 그런데 한 가지 궁금한 점이 있습니다."

"어떤 겁니까?"

그는 바하마에 오기 전부터 이상하게 생각하고 있었던 점에 대해 물어보기 시작했다.

"내가 참견할 일은 아닌 것 같습니다만 회장님께서 평소에 아끼시던 기업의 주식을 최근에 대대적으로 매각하고 계시더군요. 그래서 나도 이번 기회에 뉴월드 그룹의 주식을 많이 구입해 두었습니다. 혹시 내가 알아두어야 할 일이라도 있으면 말씀해 주시겠습니까?"

그것은 메드닉의 주위에서 벌어지고 있는 사건들 가운데 가장 이상한 부분이었다. 다니엘은 그의 건강이 아주 좋다는 것을 확인하면서 그 문제가 더욱 의아하게 생각되었다.

그의 건강이 매우 나쁘다면 운영하기 힘든 일부 기업을 매각하는 것에 대해 이해할 수도 있을 것이다. 하지만 지금처럼 건강한 그가 일을 그런 식으로 처리하고 있다는 것이 아무래도 이상했다.

"항공사를 매입하기 위해 내가 보유하고 있는 주식을 처분하는 겁니다. 새로운 사업을 시작하자면 막대한 투자를 할 자금이 필요하니까요."

메드닉은 마치 질문에 대한 대답을 준비해 두었던 것처럼 담담하게 대답했다. 그는 메드닉이 항공사에 참여할 계획이 있다는 것은 이미 알고 있었다. 하지만 주식과 기업을 대량으로 매각하면서까지 항공기 사업에 뛰어든다는 것은 경영자의 입장에서 이해하기 힘든 일이었다.

"혹시라도 그 부분에 대해 나의 도움이 필요하시면 언제든지 말씀을 하십시오."

그가 정중한 목소리로 말했다. 그런데 그 말에 대한 메드닉의 답변은 의외로 강경한 것이었다.

"나는 사업 때문에 누구에게 부탁 같은 것은 하지 않습니다. 그것은 내가 가장 싫어하는 일이지요."

"하지만 어려운 시기에는……."

"그런 말은 지금 이 자리에서 더 이상 듣고 싶지 않군요. 또 질문할 것이 있나요, 다니엘?"

"아닙니다."

두 사람은 나란히 술잔을 들고 위스키를 마셨다. 잠시 후에 메드닉은 몹시 피곤하다고 하면서 쉬는 것이 좋겠다고 말했다.
"이제는 그만 쉬고 싶군요, 다니엘. 오늘 당신을 만나서 무척 반가 웠어요. 우리는 나중에 다시 만날 수 있을 겁니다."
메드닉은 어쩐지 초조한 표정을 지으면서 말했다. 다니엘은 고개를 끄덕이면서 대답했다.
"알겠습니다. 나중에 뵙도록 하죠."
선착장에서 벗어나 호텔로 돌아오는 길에 다니엘은 복잡한 생각들을 정리해 보았다. 메드닉을 만나기 전보다 의혹이 오히려 더욱 커졌다. 지금까지는 메드닉의 주변에서 벌어지고 있는 일에 대해서만 의문을 가지고 있었다, 하지만 지금은 메드닉까지도 의심스러울 지경이었다.
그는 지금의 메드닉이 자신이 알고 있었던 메드닉이 아니라는 생각을 떨쳐 버릴 수 없었다. 예전의 메드닉은 언제나 자신만만하고 활기찬 사람이었다. 그런데 조금 전에 만난 메드닉은 건강해 보이기는 했지만 어딘가 그늘진 구석이 엿보였던 것이다.

로라는 기분을 전환하기 위해 수영을 하고 있었다. 차가운 물속을 헤엄치면서 복잡한 생각을 정리하고 싶었던 것이다. 라인을 따라서 자유롭게 수영을 하던 그녀는 누군가 자기를 부르는 것 같아 고개를 들었다.
고개를 들고 소리 나는 곳을 쳐다보았다. 수영장가에 어떤 낯선 남자가 그녀를 부르면서 손짓하고 있는 모습이 보였다. 그녀는 무슨 일인지 궁금해 하면서 그 남자가 있는 곳을 향해 헤엄쳤다.

"로라 양이죠?"

"네, 그렇습니다만……."

그녀가 물속에서 나오면서 대답했다. 그 남자는 그녀가 올라오는 것을 도와주기 위해 손을 잡아주었다.

"저는 바하마 경찰서의 지미 경감입니다."

"무슨 일이지요?"

그녀가 잔뜩 긴장하면서 질문했다. 그녀의 몸에서 흘러내린 물방울이 바닥을 적시고 있었다.

"로라, 혹시 제임스 교수님을 알고 있나요?"

"알고 있어요, 그런데……?"

"제임스 교수가 사고를 당했습니다. 절벽에서 미끄러져 바다에 빠진 것 같습니다."

"맙소사!"

충격적인 소식을 듣고 그녀는 갑자기 온몸에 힘이 빠져 나가는 것을 느꼈다.

"그래서 어떻게 되었나요?"

"지금 병원 영안실에 있습니다."

"죽었다는 말인가요?"

경감이 아무 말도 않고 조용히 고개를 끄덕였다. 그녀는 도저히 믿을 수 없다는 표정을 지었다.

"제임스 교수님이 확실한가요?"

"머리가 온통 부서져서 얼굴을 확인할 수는 없었지만 그 사람이 가지고 있는 신분증을 확인했습니다. 그리고 이 손수건도……. 프레디 씨가 증언을 했습니다. 제임스 교수의 물건이라고 하더군요."

경감이 제임스의 손수건을 보여주었다. 그것을 확인한 뒤 그녀는 아찔한 현기증을 느끼면서 그 자리에 주저앉았다. 경감이 부축하기 위해 그녀의 팔을 잡았다. 그녀는 한참 동안이나 아무런 말도 하지 못한 채 경감에게 기대어 서 있었다. 경감은 그녀를 진정시키기 위해 노력했다.

"로라, 이런 소식을 전하게 되어서 정말 죄송합니다."

"미안해요. 이젠 괜찮아요."

그녀가 겨우 정신을 차리고 대답했다.

"그런데 제임스 교수와 매우 가까운 사이였나 보죠?"

경감의 말을 듣자 그녀는 매우 가슴이 아팠다.

"그분은 학교에서 제가 가장 좋아하고 존경하는 선생님이셨어요. 제 부탁으로 아미보섬 호텔에 오신 거구요. 교수님이 이렇게 돌아가신 건 모두 제 잘못 때문인 것 같아요."

"그렇군요. 그런데 로라 양, 매우 어려운 부탁인줄 알지만……."

경감은 잠시 말 끝을 흐렸다. 그 사이에 그녀는 심호흡을 하면서 마음을 가다듬었다.

"무엇이든지 말씀해보세요."

"보고서를 쓰기 위해서는 시체를 확인해야 합니다. 죄송하지만 로라 양이 시체의 신분을 확인해 주실 수 있겠습니까?"

"그렇게 하지요. 잠시 기다려 주시겠어요? 옷을 갈아입어야 하니까요."

"물론입니다."

경감이 고개를 끄덕이면서 대답했다. 그녀는 탈의실로 걸어갔다. 그녀의 뒷모습은 금방이라도 쓰러질 것처럼 매우 불안해 보였다.

선착장에서 메드닉을 만나고 돌아오던 다니엘은 아미보섬 호텔 로비에서 로라를 발견했다. 그녀는 엘리베이터를 타기 위해 걸어가고 있었다. 그녀의 얼굴은 몹시 지친 듯이 피곤해 보였다.
"로라!"
그녀를 향해 걸어가면서 소리쳐 불렀다. 그녀가 뒤를 돌아보았다. 하지만 그녀는 이내 고개를 돌리고 아무 관심도 없다는 듯이 엘리베이터를 향해 계속 걸어갔다.
"이봐요, 로라. 당신과 할 이야기가 있어요."
그가 달려와서 그녀의 팔을 붙잡았다. 그녀의 얼굴은 매우 우울해 보였다.
"당신과는 아무런 할 이야기가 없어요."
"무슨 일이 있는 건가요?"
그가 걱정스러운 표정으로 그녀를 바라보면서 물었다. 하지만 그녀는 아무 말도 하지 않았다. 대답을 기다리던 그가 답답한 듯이 다시 입을 열었다.
"로라, 제임스 교수님이 당신에게 무슨 이야기를 한 거죠? 그리고 지금 교수님은 도대체 어디에 있는 겁니까? 바에서 한 시간이나 기다렸지만 나타나지 않았어요. 나와 만나기로 약속했는데……."
그녀는 잠시 동안 그를 똑바로 쳐다보다가 목이 메인 목소리로 말을 꺼냈다.

"다니엘, 이젠 아무도 교수님을 만날 수 없어요."

"그게 무슨 뜻이죠?"

그는 무슨 영문인지 모르겠다는 듯한 표정을 지었다.

"제임스 교수님은 죽었어요."

"뭐라구요? 도대체 어떻게……."

그가 도저히 믿을 수 없다는 표정으로 말했다.

"그건 당신이 더 잘 알고 있지 않나요? 제임스 교수님을 마지막으로 본 사람은 바로 당신이잖아요? 호텔에서 일하는 종업원 가운데 한 명이 당신과 제임스 교수님이 엘리베이터에서 함께 있는 모습을 보았다고 했어요."

그녀는 제임스의 죽음을 다니엘과 연관시키고 있었다. 그는 매우 답답한 심정이 되었다.

"난 단지 제임스 교수님과 바에서 만날 약속을 했을 뿐입니다. 제임스 교수님은 무슨 중요한 일이라도 생긴 것처럼 급히 어디론가 가는 중이었고……."

그녀는 갑작스럽게 닥치고 있는 모든 일들을 혼자 감당하기가 너무나 힘들었다. 그녀는 매우 커다란 혼란에 빠져있었다.

"미안해요, 다니엘. 당신을 의심하는 건 아니에요. 하지만 전 지금 혼자 있고 싶어요. 제발 절 가만히 내버려두세요."

그녀가 다니엘의 팔을 뿌리치면서 말했다. 그녀는 다시 뒤로 돌아서서 엘리베이터를 향해 걸어가기 시작했다. 다니엘은 그녀를 잡아야 하는지 말아야 하는지에 대해서 갈등하고 있었다.

지금 그녀에게는 무엇보다도 위로가 될 수 있는 사람이 필요하다고 생각했다. 하지만 지금 그녀는 다니엘에 대해서 무엇인지 알 수 없는 커다란 오해를 하고 있었다. 그녀가 다니엘을 원하지 않고 있는 것이다. 그러는 사이에 그녀의 모습은 엘리베이터 안으로 사라지고 말았다.

그녀가 혼자 객실로 돌아가자 다니엘은 다시 술을 마시기 위해 바로 내려갔다. 지금과 같은 기분으로는 잠도 제대로 자지 못할 것 같았다.

바로 들어서니 토미가 혼자 술을 마시고 있다가 그를 보고 손을 흔들었다. 그는 저녁 무렵에 카지노에서 도박을 즐기다가 혼자 바에 들어와서 술을 마시고 있던 중이었다.

"안색이 약간 창백해 보이네요, 다니엘."

그가 다니엘을 쳐다보면서 걱정스레 말했다. 다니엘은 하베이와 제임스의 연속적인 죽음에 커다란 충격을 받았다. 수많은 생각들이 그의 머리 속을 마구 헤집고 돌아다니면서 어지럽히고 있었다. 다니엘은 위스키를 한 잔 들이키고 나서 입을 열었다.

"제임스 교수님이 죽었어요. 그리고 얼마 전에 선착장에서 메드닉 회장을 만났는데……."

다니엘이 우울한 목소리로 대답했다.

"그런데요?"

"아무래도 기분이 이상해요. 메드닉 회장이 나에게 거짓말을 하는 것 같았어요."

다니엘이 주위를 둘러보면서 말했다. 혹시 그들을 감시하는 사람들이 있는지 확인했던 것이다. 다행스럽게도 주위에는 아무도 없었다. 그는 토미를 향해 목소리를 낮추면서 말했다.

"그럴 리가 있나요? 그 사람이 왜 당신에게 거짓말을 하겠어요?"

"글쎄, 나도 확실히 그렇다고는 아직 단정할 수 없어요. 단지 그가 내 눈을 똑바로 바라보지 못하고 어쩐지 자신 없게 말했다는 겁니다. 예전의 메드닉 회장답지 않게 자신감이 없어 보였어요."

사람이 나누는 대화에서 그것은 아주 중요한 부분이었다. 상대방의 눈을 똑바로 쳐다보지 못한다는 것은 그 사람의 진실성을 의심하게 만든다. 그리고 메드닉이 다니엘에게 보인 것처럼 모든 언동에 자신감이 없어 보이게 만드는 것이다.

"그렇다면 혹시 뉴월드 그룹에 무슨 재정적인 문제가 생긴 건 아닐까요?"

토미도 그 문제에 깊은 관심을 보이기 시작했다.

"자세한 건 모르겠지만 무슨 문제가 생긴 건 아주 확실해요."

"다니엘, 당신이 혹시 잘못 본 것은 아닐까요? 잘 생각해 보세요. 당신이 메드닉 회장을 만난 건 벌써 몇 년 전의 일이라고 했잖아요. 그러니까 지금은 그 사람도 당신이 만났을 때보다 많이 변한 것이 당연할 겁니다."

하지만 다니엘은 그냥 넘어갈 수가 없었다. 어떤 의혹을 느끼면 그대로 넘어가지 못하는 것이 그의 성격이었다. 자신의 주변에서 발생되는 일들에 대해 언제나 철저하게 파고드는 것은 바로 그러한 성격 탓이기도 했다. 이번에도 그는 의혹을 그냥 남겨두고서 바하마를 떠날 수는 없다는 생각을 굳히고 있었다.

"챔피언, 당신의 말도 맞아요. 하지만 그런 사람들은 쉽게 변하지 않기 마련이죠. 아무래도 내가 직접 좀 알아보는 게 좋겠어요. 하베이가 떨어진 그 옥상에 올라가 보면 어떨까요?"

 그는 그 일이 얼마나 위험한 짓인가에 대한 생각보다 의혹을 풀려고 하는 욕구를 더욱 강하게 느끼고 있었다. 그러기 위해서는 어느 정도 위험을 각오하는 것도 당연한 일이라고 생각했다. 옥상에 무사히 올라간다고 해도 발각되면 어떻게 될지 전혀 예측할 수 없는 문제였다. 아무리 다니엘 블레이크라고 해도 결코 목숨을 보장받을 수 없다는 것은 분명했다.

 "그 일은 쉽지 않을 겁니다."
 "그렇겠지요. 위험할 수도 있을 겁니다. 하베이가 아래로 떨어진 걸 보면 짐작할 수 있어요."
 "그래요, 다니엘. 아무래도 이 정도에서 단념하는 게 좋지 않겠어요?"
 "그럴 수는 없어요. 나는 하베이의 죽음에 대한 의혹을 꼭 밝혀내고 말 거예요."

 그의 단호한 말에 토미는 더 이상 이의를 제기하지 않았다. 토미는 그의 성격에 대해서 잘 알고 있었다.

 "그렇게 하려면 먼저 메드닉 회장의 전용층으로 올라가야만 할 거예요. 하지만 메드닉 회장의 전용층으로 올라가는 엘리베이터는 항상 경호원이 지키고 있기 때문에 접근할 수가 없어요."

 토미가 머리를 흔들면서 말했다.
 "하지만 불가능한 일도 아닙니다."
 다니엘이 웃으면서 그를 바라보았다.

"그런데 하베이는 어떻게 옥상으로 올라갈 수 있었을까요?"

"그 문제에 대해서 나도 생각해 보았는데 좋은 방법이 떠올랐어요. 하베이가 그 방법을 사용했는지 모르겠지만……."

그는 이미 전용층으로 올라갈 수 있는 방법을 생각하고 있었다. 토미는 그가 어떤 방법을 생각해 냈는지 몹시 궁금하다는 표정을 지으면서 귀를 기울였다.

"챔피언, 당신은 먼저 엘리베이터를 타고 꼭대기층으로 올라가세요."

다니엘이 그를 바라보면서 말했다.

"어떻게 할 생각이죠?"

토미는 벌써 긴장하기 시작했다.

"난 엘리베이터 위에서 관찰할 예정입니다. 아마 엘리베이터 통로를 통해서 옥상으로 올라갈 수 있을 겁니다. 내가 신호를 보낼 때까지 기다렸다가 엘리베이터를 움직이는 겁니다."

토미는 조용히 고개를 끄덕였다. 두 사람은 굳게 악수를 나눈 후에 바에서 나왔다.

잠시 후에 그는 토미의 도움을 받아서 엘리베이터의 지붕을 열고 위로 올라갔다. 토미는 긴장된 마음으로 그가 신호를 보내오기 만을 기다렸다.

그는 무사히 엘리베이터의 지붕위로 올라간 후에 토미에게 신호를 보냈다. 그는 서서히 엘리베이터를 움직이기 시작했다. 엘리베이터 위에 타고 있는 다니엘은 잔뜩 긴장하고 있었다. 서서히 올라가던 엘리베이터는 일반 객실이 있는 17층에서 멈추었고 더 이상 올라가지 않았다. 그는 재빨리 난간을 붙잡으면서 엘리베이터 통로에 매달렸다. 그가 무사히 엘리베이터 지붕에서 내린 것을 확인한 후에 토미는 다시 아래층으로 내려가는 버튼을 눌렀다. 엘리베이터가 다시 아래로 내려가기 시작했다. 다니엘은 엘리베이터 통로의 복잡한 구조물을 잡으면서 한 층씩 올라갔다.

그는 18층을 지나 19층까지 올라갔다. 엘리베이터는 완전히 내려가 있었으며 그의 발밑으로는 아찔할 정도로 길게 뻗어있는 어두운 통로가 보였다. 무사히 옥상으로 잠입한 그는 난간을 타고 아래층의 발코니로 내려갔다. 높은 곳이었기 때문에 바람이 무척 강하게 불고 있었다.

메드닉 회장의 전용층에 도착한 그는 조심스럽게 창문을 열고 숨어들었다. 그때 침실에서 메드닉의 목소리가 흘러나왔다.

"누구야? 레베카인가?"

메드닉은 인기척을 느끼고 방으로 들어온 사람이 누구인지 알아보기 위해 말을 던졌다. 그는 조심스럽게 메드닉이 있는 침실로 들어갔다. 그는 침대에 드러누워 있는 메드닉을 발견하는 순간 깜짝 놀라고 말았다.

침대 위의 메드닉은 몇 시간 전에 요트에서 만났던 메드닉과는 전혀 다른 상태였다. 침실의 메드닉은 건강이 매우 악화된 모습이었다. 그것만으로도 그는 이미 그곳에서 어떤 음모가 벌어지고 있는지 대충 짐작할 수 있었다.

"회장님, 저는 다니엘 블레이크입니다."

메드닉은 몹시 쇠약한 모습으로 눈을 떴다.

"누구?"

"저는 당신의 친구 다니엘 블레이크입니다. 저를 기억하시죠?"

"아, 다니엘. 반갑군요. 우리가 만난 게 언제였지? 그런데 어떻게 여기까지……."

메드닉은 말을 끝낼 정도의 기력조차 없는 것처럼 보였다.

"그런데 무슨 일입니까? 몸이 아주 약해지신 것 같은데……."

"난 점점 더……."

메드닉은 더 이상 말을 이어나가지 못했다. 그는 갑자기 호흡이 가빠지면서 가늘게 신음 소리까지 내었다. 다니엘은 그의 침대 옆에 있는 탁자에서 작은 약병을 발견했다. 약병을 발견한 그는 뚜껑을 열고 내용물을 확인했다. 그 약은 제약회사에서 만든 것이 아니라 누군가 특별히 제조한 것 같았다.

그는 약병을 이리저리 살펴보다가 액소도신 성분이 들어 있다는 것을 확인했다. 액소도신은 인체에 치명적인 영향을 미치는 약품이기 때문에 함부로 사용할 수 없는 약품이었다. 그는 그 약명을 읽는 순간 메드닉에게 어떤 일이 벌어지고 있는지 짐작할 수 있었다.

신경계통을 자극시키는 액소도신은 마치 카페인 성분처럼 처음에는 신경을 자극시켜서 정신을 맑게 해준다. 하지만 그 약은 마약의 일종이기 때문에 상습적으로 복용하게 되면 중독 현상이 일어나게 되고 결국 신경계통이 완전히 마비되고 마는 것이다.

그 약을 계속 복용하면 처음에는 뇌신경을 마비시키고 나중에는 중추신경까지 손상을 입힌다. 뇌신경이 마비되면 그 약을 복용한 환자는 심한 건망증이나 우울증에 시달린다. 그러므로 이 증상에서 벗어나려면 다시 이 약을 먹는 수밖에 없다. 그렇게 해서 점점 중독에 빠지는 것이다.

그 증상은 일반적인 마약과는 달리 서서히 진행되지만 나중에 혈액을 검사해도 체내에 완전히 흡수되기 때문에 아무런 흔적도 남지 않게 되어 있다.

"이제는 아무런 걱정 마십시오. 제가 구해 드리겠습니다."

그는 메드닉의 손을 잡으면서 말했다. 메드닉은 말을 할 기력조차 없는지 알았다는 듯이 약간 손을 움직일 뿐이었다. 그는 재빨리 문으로 다가가서 살며시 문을 열고 밖을 내다보았다. 하지만 문 밖에는 건장한 체격의 경호원이 지키고 있었다. 문을 통해서 나갈 수 없다고 판단한 다니엘은 들어올 때 이용했던 창문을 통해 다시 밖으로 빠져나갔다.

그 순간 메드닉의 방문을 지키고 있던 경호원이 이상한 느낌이 들었는지 문을 열고 안으로 들어왔다. 그러나 그는 이미 창문을 넘어 발코니의 난간을 타고 아래로 내려가고 있었다. 다행히도 아직 그의 행동을 발견한 사람은 아무도 없었다. 그렇다고 안전한 것은 절대로 아니었다. 그는 아직 위험 지대에 남아있는 것이다.

경호원은 방을 샅샅이 살펴보았지만 메드닉 이외에는 아무도 발견할 수 없었다. 주위를 두리번거리던 경호원은 밖으로 나가려다 문득 창문이 열려있는 것을 발견했다. 경호원은 매우 긴장된 표정을 지으면서 창문을 통해 발코니로 나갔다. 다니엘은 발코니의 난간에 매달린 채 몸을 숨기고 있었다. 경호원은 발코니에 선 채 이상한 듯이 고개를 갸웃거렸지만 끝내 그를 발견하지 못했다.

경호원이 사라진 후에 그는 건물의 기둥을 타고 아래층으로 내려갔다. 바람 때문에 무척 위태로운 곡예를 벌이면서 위험한 순간을 무사히 넘기고 객실이 있는 17층까지 내려올 수 있었다. 17층 발코니에 도착한 그는 창문을 통해 안으로 들어갔다.

그곳은 아미보섬 호텔의 객실이었다. 다니엘이 그곳에 들어섰을 때 욕실에서 목욕하는 소리가 들렸다. 그가 몰래 빠져나가려고 할 때 인기척을 알아차렸는지 욕실에서 어떤 여자의 목소리가 흘러나왔다.

"에드가, 당신이에요?"

"응, 그래."

그는 능청스럽게 대답하고 나서 객실의 문을 나섰다. 그런데 이번에는 문 앞에서 막 들어서려고 하는 남자와 마주쳤다. 그는 낯선 사람이 방에서 나오는 것을 발견하고 자신이 방을 잘못 찾은 것이 아닌가 하여 당황한 표정을 지었다. 그러자 다니엘은 그 남자를 향해 여유 있는 미소를 지었다.

"아, 당신이 에드가 씨로군요. 부인이 당신만을 찾고 있어요."

다니엘은 능청스럽게 말하고 나서 곧장 엘리베이터를 향해 걸어갔다.

문 앞에 선 남자가 어이없다는 듯한 표정으로 멀어져 가는 다니엘의 뒷모습을 멍청하게 바라보고 서 있었다.

다니엘은 메드닉 회장의 전용층에서 무사히 빠져나오기는 했지만 그 다음에 어떻게 행동하는 것이 좋을지 알 수가 없었다.

메드닉에 대한 레베카의 감시는 마치 철통과도 같았다. 그녀는 자신의 계획을 빈틈없이 완수하기 위해 동분서주하고 있었다.

레베카는 경호원을 통해 창문이 열려 있었다는 보고를 받자 즉시 긴장했다. 누군가 그 방에 잠입했을지도 모른다는 불안감에 휩싸였다. 그녀는 몹시 흥분한 상태였다.

메드닉은 손가락 하나도 제대로 움직일 수 없는 상태였다. 그가 침대에서 일어나 창문을 열었을 가능성은 전혀 없었다. 만약 누군가 메드닉의 전용층으로 침입했다면 모든 일이 끝장나는 것이다.

"메드닉, 누가 이 방에 들어왔죠?"

메드닉은 아직 무슨 일이 벌어지고 있는지 전혀 모르고 있었다. 그는 모든 일들이 평소처럼 돌아가고 있다고 생각했다.

그는 아직 그녀를 굳게 믿고 있었으며 다니엘이 다녀간 사실도 역시 중요하지 않게 생각하고 있었다. 그는 힘겨운 듯이 말을 하기 위해 입술을 달싹거렸다.

"지금 무슨 이야기를 하고 있는 거죠, 메드닉?"

그녀의 얼굴에서 무서운 표정이 떠오르고 있었다. 누군가 그 방에 들어왔다면 그것은 모든 것을 위태롭게 하는 몹시 심각한 문제였다.

"도대체 그게 무슨 말이죠? 다시 한 번 똑똑히 말해 보세요!"

레베카가 더 이상 참지 못하겠다는 듯이 신경질적으로 소리를 질렀다. 메드닉은 갑작스러운 변화에 깜작 놀라고 말았다. 그녀는 더 이상 메드닉의 충실한 비서가 아니었다. 그녀의 눈에는 메드닉이 늙고 병든 먹이감에 지나지 않았다. 그녀는 마구 소리를 지르면서 쇠약한 메드닉의 뺨을 때렸다.

"레베카, 진정해요."

앤소니가 그녀의 갑작스러운 행동에 깜짝 놀라면서 말했다. 하지만 그녀는 조금도 개의치 않았다. 그녀는 사나운 눈빛으로 메드닉을 노려보고 있었다.

"꼭 알아내야만 해요."

늙고 쇠약한 메드닉은 그녀의 사나운 태도에 풀이 죽었다. 메드닉은 약간 겁먹은 듯한 표정으로 그녀를 바라보았다. 메드닉은 어쩌면 그녀가 자신을 죽일지도 모른다고 생각했다.

"다시 말해 보세요."

다니엘의 방문이 어떤 의미를 가지고 있는지 알 수가 없었던 메드닉은 사실대로 말하기 시작했다.

"레베카, 내 친구인 다니엘 블레이크가 나를 만나기 위해 찾아왔다가 돌아갔어."

"정말 그가 왔다는 말인가요?"

"그래. 내가 왜 레베카에게 거짓말을 하겠어……."

메드닉이 애원하는 듯한 표정으로 말했다. 그녀는 무서운 눈빛으로 메드닉을 노려보았다. 만약 메드닉의 말이 사실이라면…….

"다니엘이 어떻게 이 방으로 들어올 수 있었는지 모르겠군요."

그녀가 날카로운 목소리로 말했다. 앤소니는 그녀의 눈빛에 나타난 살기를 발견하고 등골이 오싹해지는 것을 느꼈다. 그는 그녀가 앞으로 어떤 일을 벌일 것인지 충분히 짐작할 수 있었다. 그의 등에서는 식은땀이 배어나고 있었다.

그녀는 이미 다니엘에 대한 처리 방법을 결정하고 있었다. 그것은 잠시도 지체할 수 없었다. 서둘러 처리하지 않으면 모든 일들이 끝장이었다. 그녀는 인터폰으로 마틴을 불러서 차갑게 명령했다.

"당장 다니엘 블레이크를 잡아오도록 해요."

"그를 어떻게 할 생각이죠?"

앤소니가 한숨을 쉬면서 물어 보았다.

"또 다시 불행한 일이 생길 거예요, 앤소니."

"무슨 일?"

"메드닉을 만나기 위해 바하마까지 찾아온 손님은 또 한번 불행한 사고를 당하는 겁니다."

그녀의 말이 뜻하는 것은 바로 다니엘의 죽음이었다. 아름다운 바하마의 밤은 깊어가면서 또 하나의 새로운 비극을 잉태하고 있었다.

레베카 더글라스의 음모가 어떤 것인지 겨우 알아차린 다니엘은 메드닉을 위해 무엇인가를 해야만 한다고 생각했다. 그는 자신의 방에 돌아온 즉시 경찰서에 연락을 했다. 그는 하베이의 사건을 담당했던 지미 경감에게 사실 대로 말했다.

"지미 경감님, 분명히 그 메드닉은 가짜였어요."

"하지만 그것 자체만 가지고는 아직까지 범죄가 벌어지고 있다고 말할 수는 없습니다."

그는 태연한 목소리로 말했다. 다니엘은 그 말을 들으면서 몹시 답답한 심정이 되었다. 메드닉의 상태로 미루어 볼 때 매우 심각한 음모가 진행되고 있다는 것은 분명한 사실이었다.

"생각해 보세요. 당신도 알다시피 메드닉 회장은 엄청난 부자입니다. 그리고 뉴월드 그룹을 이끌고 있어요. 그런데 누군가 그 사람으로 가장하고 있다면 그 자체만으로 그 의도를 충분히……."

하지만 그는 더 이상 말할 수가 없었다. 지미 경감이 그의 말을 가로막았던 것이다.

"한 가지는 올바른 말씀을 하셨습니다, 다니엘. 메드닉 해리슨 회장은 돈도 많을 뿐만 아니라 영향력도 상당한 사람입니다. 메드닉 해리슨 회장과 아미보섬 호텔은 바하마에서 아주 중요한 역할을 담당하고 있습니다. 메드닉 해리슨 회장이 바하마에 투자한 액수도 엄청날 겁니다. 자세한 사정도 모른 채 메드닉 회장을 함부로 건드렸다간 곤욕을 치르게 될 겁니다."

그의 말은 매우 간단한 것이었다. 바하마에서 가장 중요한 위치에 있는 인물인 만큼 확실한 증거를 포착하기 전에는 함부로 메드닉 해리슨을 건드릴 수 없다는 것이었다.

"경감님, 이대로 가만히 내버려두면 어떤 일이 생길지 모릅니다."

"하지만 만약 그런 일을 벌였다가는 당장 내 목이 달아날 겁니다. 미안하지만 지금으로선 메드닉 회장에 대해 어떤 수사도 할 수 없습니다. 나의 처지를 이해하기 바랍니다."

그의 말을 들으면서 그는 몹시 화가 치밀어 올랐다. 그는 경찰에 대해 커다란 불신감밖에 느낄 수 없었다. 범죄 용의자를 체포하고 증거를 확보하는 것은 경찰의 임무이다. 그러나 경찰은 아무런 행동도 취하려고 하지 않았다.

"그렇다면 어쩔 수 없다는 말이군요. 범죄가 벌어지고 있는 현장을 두 눈으로 보고도 가만히 있다니……."

그는 화가 나서 거칠게 수화기를 내려놓았다. 그는 다시 한 번 마음을 가다듬으면서 복잡한 생각을 정리해 보았다. 이런 문제는 흥분한다고 해결될 일이 결코 아니었다. 이런 때일수록 더욱 냉정하고 침착할 필요가 있었다.

'하긴 지미 경감만을 나쁘다고 말할 수도 없겠지. 내가 먼저 좀더 확실한 증거를 찾아내도록 하는 수밖에 없겠어. 아무래도 프랭크의 도움을 받아야 하겠어.'

그 상황에서 가장 먼저 떠오르는 사람은 역시 프랭크였다. 한 가족이나 다름없는 그는 꼭 필요할 때마다 찾아와서 커다란 도움을 주었다. 그의 수완은 이미 알고 있었다. 그는 이미 여러 번이나 다니엘을 곤경에서 구해 준 적이 있었다.

'좋아! 가짜 메드닉 회장과 그 일당에게 한 번 진땀을 흘리도록 만들어 주겠어.'

그는 이미 어떤 방법을 생각하고 있었다. 그리고 그것은 프랭크의 도움을 받으면 충분히 가능할 거라고 믿고 있었다. 그런 방법을 동원하지 않고서는 확실한 증거를 잡아낼 수 없다고 판단했다. 그는 서둘러 프랭크에게 전화를 걸었다.

"프랭크, 아무래도 당신이 이곳에 와서 솜씨를 한 번 보여주어야 하겠어요."

"무슨 일이라도 벌어진 겁니까?"

그가 약간 긴장한 목소리로 물었다.

"그래요. 지금 메드닉 회장으로 행세하고 있는 사람은 가짜가 분명해요."

"그렇다면 덫을 준비해야겠군요."

"물론이죠, 프랭크."

두 사람은 더욱 자세한 계획을 세우기 시작했다. 잠시 후에 그는 만족스러운 표정을 지으면서 말했다.

"프랭크, 당신만 믿겠어요."

"걱정하지 말아요, 다니엘. 모든 일이 잘될 겁니다."

프랭크의 이 말을 들으면서 전화를 끊었다. 그는 침대에 드러누워서 잠시 생각을 정리했다. 그때 누군가 문을 두드리는 소리가 들렸다. 그는 문을 향해 걸어가면서 말했다.

"누구세요?"

"앤소니입니다. 긴히 상의할 일이 있어서……."

"잠시만 기다리세요."

그는 아무런 의심도 하지 않고 선뜻 방문을 열어 주었다. 그런데 그를 찾아온 사람은 앤소니 혼자가 아니었다. 약간 의아스러운 표정을 지으면서 앤소니의 등 뒤에 서 있는 경호원을 바라보았다.

"안녕하십니까, 다니엘 씨?"

앤소니는 평소와 다름없는 얼굴로 그를 대했다.

"네, 그런데 무슨 일로……."

"난처한 문제가 생겼습니다."

앤소니가 그를 똑바로 쳐다보면서 말했다. 그는 두 명의 경호원이 버티고 있는 모습을 보면서 불안한 예감이 들었다.

"그래요?"

"메드닉 회장님이 당신을 만나고 싶어 하십니다."

앤소니가 차가운 목소리로 말했다. 그 순간 그는 아찔한 생각이 들었다. 그는 이미 선착장에서 만난 메드닉이 가짜라는 사실을 알고 있었다. 하베이가 죽음을 당한 것도 가짜 메드닉의 존재에 대해 알았기 때문이었을 것이다. 그렇다면 지금 그를 만나려고 하는 메드닉도 가짜일 것이다.

조금 전에 직접 확인했듯이 진짜 메드닉은 쇠약해진 몸으로 철저히 감시를 당하고 있었다. 그런데 가짜 메드닉이 갑자기 왜 자신을 만나려고 하는지 알 수가 없었다. 어쩌면 진짜 메드닉을 만났다는 사실을 알고 있을지도 모른다는 생각이 스쳤다.

"그런데 어떻게 하죠? 고마운 말이지만 내일 아침에 다시 만나도록 했으면 좋겠군요. 지금은 너무 늦었고 머리도 좀 아파서……."

그것은 그가 생각할 수 있는 최선의 대답이었다. 그는 어떻게 해서든지 이 자리를 피한 뒤에 다른 방법을 모색하는 것이 좋겠다고 생각했다. 하지만 그런 생각은 무의미한 것이었다. 앤소니가 손짓을 하자 경호원들이 성큼 앞으로 나섰다.

"이건 부탁이 아니고 명령입니다."

앤소니가 사무적인 목소리로 말했다. 경호원의 손에 권총이 있는 것을 발견한 그는 그만 입을 다물 수밖에 없었다.

그는 앤소니의 말에 따를 수밖에 없었다. 앞으로 어떤 일을 당하게 될지는 알 수 없었지만 최악의 사태에 직면한 것만은 분명히 알 수 있었다.

앤소니는 경호원 한 명을 레베카에게 보내서 일이 무사히 끝났다는 것을 보고하도록 한 뒤에 다른 한 명만을 데리고 다니엘과 함께 동행했다. 경호원은 아무도 눈치 채지 못하도록 주머니 속에서 권총을 겨누고 있었다. 갑작스런 사태에 직면한 그는 속수무책으로 끌려갈 수밖에 없었다.

하지만 위험한 순간일수록 그의 두뇌는 오히려 활발하게 움직였다. 그는 복도를 걸어가면서 재빨리 주위를 둘러보았다. 다행히도 몇 명의 사람들이 걸어 다니고 있었다. 그 사람들을 이용하면 이 위기에서 벗어날 수 있을지도 모른다는 생각이 들었다.

엘리베이터가 있는 곳에 도착했을 때 그는 막 내리고 있는 남자를 발견했다. 그를 어디선가 보았던 기억이 있었다. 그 순간 그의 두뇌가 빠르게 회전했다.

"알드리지 의원님, 안녕하세요?"

알드리지는 아칸소 출신 하원의원이었다. 텔레비전을 통해 그의 얼굴을 기억하고 있었다.

"네, 반갑습니다."

알드리지는 정치인이었기 때문에 자신을 반갑게 대해주는 사람들을 항상 정중하게 대했다. 사람들을 한 명이라도 더 사귀려는 것이 정치가의 생리였던 것이다. 그는 바로 그 점을 이용하고 있었다. 그는 경호원과 앤소니를 떼어 버릴 수 있는 기회가 바로 지금이라고 생각했다.

"마침 잘 되었습니다. 이런 곳에서 만나게 될 거라곤 전혀 예상하지 못했습니다. 오래 전부터 의원님과 이야기를 하고 싶었습니다."

앤소니와 경호원은 갑작스러운 그의 태도에 몹시 당황하고 있었다. 두 사람은 그가 어떤 일을 꾸미고 있는지 잘 알 수 있었지만 주위에 다른 사람들이 있었기 때문에 미처 손을 쓸 수가 없었다.

"의원님, 지난번에 그랬던 것처럼 함께 바에 가서 술이라도 한 잔 하면서 이야기를 나누는 것이 어떨까요? 이런 기회에 의원님의 고견을 들어보는 것도 좋은 일이라고 생각합니다."

그의 말에 알드리지 의원은 어리둥절한 표정을 지었다. 하지만 하원의원은 그의 요청을 거절하지 않았다. 그는 누구인지 모르고 있었지만 그 사실을 전혀 내색하지 않았다.

"그거 아주 좋은 생각이군요. 나도 사양할 이유가 없죠. 그런데 성함이……."

알드리지 의원이 궁금한 듯이 물었다.

"벌써 잊으셨나 보군요. 하긴 의원님께서는 항상 수많은 사람들을 상대하시니까 저를 잘 모르시는 것도 당연하지요. 저는 다니엘 블레이크라고 합니다. 이제는 기억나시겠죠?"

그가 웃으면서 말했다.

"그렇군요, 블레이크 씨."

알드리지 의원은 고개를 끄덕였다.

"아주 잘 되었습니다. 함께 가시죠, 의원님."

그것으로 자연스럽게 위기를 벗어날 수 있다고 생각했다. 앤소니와 경호원은 한 마디도 하지 못하고 그저 두 사람의 뒤를 따라다니고 있었다.

일단 바로 내려가서 알드리지 하원의원과 술을 마시면서 달아날 수 있는 기회를 엿볼 생각이었다. 그렇게 하면 충분히 이 위기에서 벗어날 기회가 생길 수 있다고 믿었다. 하지만 일이 그의 생각처럼 간단하게 풀려 주지 않았다. 전혀 예상하지 못했던 문제가 발생하고 말았던 것이다.

"이런! 내 정신을 좀 보게."

하원의원의 갑작스러운 말에 그는 몹시 당황할 수밖에 없었다.

"무슨 일입니까?"

그가 재빨리 물었다.

"잠시 후에 로렐 의원과 만나기로 약속이 되어 있어요. 아무래도 우리의 만남을 다음으로 미루어야 할 것 같군요."

알드리지가 미안하다는 듯이 말했다. 그는 기회가 빗나갔다고 생각하면서 체념할 수밖에 없었다.

"그렇다면 어쩔 수가 없군요."

"이 호텔에 묵고 계시죠?"

"그렇습니다. 나중에 다시 만나기로 하죠."

그는 알드리지 의원에게 손을 내밀면서 악수를 청했다. 알드리지 의원은 미소를 지으면서 손을 앞으로 내밀었다.

그는 알드리지의 손목을 잡고 힘껏 끌어당겨서 등 뒤에 서 있던 앤소니와 경호원에게 밀어붙였다. 그리고 재빨리 달아나기 시작했다.

앤소니와 경호원도 서둘러 그의 뒤를 쫓았다. 계단으로 달려가던 그는 비상구 뒤에 숨어 있다가 달려오는 경호원을 주먹으로 때렸다.

그가 그 경호원을 쓰러뜨렸을 때 권총을 꺼내 든 앤소니가 그곳에 도착했다.

"움직이지 마!"

상황은 다시 악화되고 말았다. 앤소니는 당장이라도 총을 쏠 듯한 기세였다.

그는 어쩔 수 없다는 듯이 그 자리에 가만히 서 있었다.

"쏘고 싶지 않으니까 얌전히 있어!"

앤소니가 차가운 목소리로 말했다.

"그렇겠지. 옥상에서 떨어뜨리는 게 당신들의 특기니까……."

손을 위로 들어올리면서 다니엘이 말했다. 앤소니는 화를 내면서 그의 등을 거칠게 떠밀었다. 그는 다시 고스란히 끌려가는 신세가 될 수밖에 없었다.

위기에서 벗어날 수 있는 기회가 무산되고 난 후에 그는 무척 당황하고 있었다. 하지만 그 사실을 겉으로 드러내지 않았다. 그는 침착하게 행동할 필요가 있다고 생각했다. 어떤 경우에도 결코 겁을 집어 먹거나 포기하지 않는 것이 그의 성격이었다. 위험과 정면으로 맞서기로 결심했다.

붙잡히기 전에 프랭크에게 도움을 요청하기를 잘 했다고 생각하고 있었다. 프랭크는 가짜 메드닉의 정체를 밝힐 수 있을 것이다. 다니엘은 그의 능력을 믿고 있었다. 하지만 자기가 죽기 전에 프랭크가 그 일을 해 내주기를 마음속으로 기원할 뿐이었다.

제11장 절망과 희망

지난밤에는 이슬이 내렸다. 아미보셤 호텔 주위를 장식하고 있는 나무들과 꽃들, 그리고 풀잎 위에는 아직까지도 작은 이슬방울이 맺혀 있었다.

하지만 그 이슬방울들은 오전의 태양이 내리비치기 시작하면 사라질 운명에 처하게 된다. 그렇지만 해가 떠오를 때까지는 반짝이면서 자신의 자태를 빛낼 것이다.

아침 일찍부터 아미보셤 호텔 비서실에는 네 사람이 모여 있었다. 메드닉과 레베카, 앤소니, 그리고 경호실장 마틴이 소파에 앉아서 이야기를 나누고 있었다. 그들은 마치 다정한 동창생들의 모임이라도 열고 있는 것처럼 서로를 아주 편안한 자세로 대하고 있었다. 하지만 자세히 들여다보면 각자의 얼굴에 흐르고 있는 긴장감이 제각각임을 알 수 있었다.

그들은 잔뜩 긴장한 얼굴로 그들이 오랫동안 추진하고 계획했던 일을 하나씩 점검하고 있었다. 그 자리에서 이야기를 주도해 나가고 있는 사람은 바로 레베카였다. 그녀는 요염한 자세로 다리를 꼰 채 담배를 물고 사람들의 얼굴을 번갈아 쳐다보면서 이야기를 하고 있었다.

"오늘이 지나면 우리는 모두 엄청난 부자가 되어 있을 거예요. 끝까지 긴장을 풀지 말고 모두 맡은 일을 잘 진행하도록 해요."

그녀는 고개를 돌려서 마틴을 바라보았다.

"당신은 특히 보안에 철저하게 신경을 써 주세요."

"염려하지 말아요."

마틴은 그녀를 응시하면서 가벼운 미소를 지었다. 하지만 그녀는 무심한 표정으로 곧바로 다른 사람을 향해 얼굴을 돌렸다.

"파티 준비는 완벽하게 되고 있겠지?"

메드닉이 차분한 목소리로 말했다.

"물론이에요."

레베카는 모든 준비가 다 끝났다는 듯이 고개를 끄덕이면서 대답했다.

"그런데 다니엘은 어떻게 처리할 생각이지?"

메드닉이 자꾸만 걱정된다는 듯이 그녀에게 물었다. 선착장에서 이미 다니엘을 한 번 만난 적이 있었던 메드닉은 자꾸만 불안해지는 마음을 떨칠 수가 없었다.

"다니엘은 사고로 죽게 될 거예요."

레베카가 태연한 표정을 지으면서 대답했다.

"그렇지만 바하마는 아주 좁은 곳이에요. 작은 실수조차 사람들의 이목을 끌 위험이 있어요. 너무 자주 사고가 일어나는 건 좋지 않을 겁니다. 이 문제에 대해서 다시 한 번 생각해 보는 게 어때요?"

신중한 성격의 앤소니가 말했다. 하지만 레베카는 그의 그런 소심한 모습이 별로 마음에 들지 않았다. 그녀는 얼굴을 찌푸리면서 퉁명스럽게 입을 열었다.

"그건 내가 알아서 할 테니까 당신은 조금도 걱정하지 말아요."

그녀는 다시 정면에 앉아 있는 메드닉을 향해 얼굴을 돌렸다. 그는 여전히 소파에 등을 기댄 채 생각에 잠긴 듯한 얼굴을 하고 있었다. 레베카는 그에게 무슨 말을 하려다가 그만 두었다. 그녀는 다시 옆에 서 있는 마틴을 바라보았다.

"그런데 마틴, 로라를 처리하는 문제는 잘 준비되고 있겠죠?"

그녀가 다시 한 번 확인하듯이 물었다.

"그런 걱정은 하지 마세요, 레베카. 모든 것들을 완벽하게 계획하고 있습니다."

경호실장 마틴이 고개를 숙이면서 정중한 태도로 대답했다.

"아무도 눈치 채지 못하도록 자연스럽게 처리해야 한다는 사실을 잘 알고 있겠죠?"

그녀가 다시 한 번 다짐하였다.

"물론입니다."

마틴은 자신감이 넘치는 목소리로 대답했다. 그녀는 비로소 안심이 된다는 듯이 고개를 끄덕이면서 부드러운 미소를 지었다.

로라는 아침에 일어나 눈을 뜨고 나서도 침대에 드러누운 채 가만히 천장을 쳐다보고 있었다. 그녀는 이미 오래 전에 잠에서 깨어났지만 몸을 잔뜩 움츠린 채 침대 속에서 미동도 하지 않았다. 제임스의 죽음은 그녀를 몹시 우울하게 만들었다. 그녀의 안색은 마치 밤새 악몽에 시달린 사람처럼 창백하게 질려 있었다.

며칠 전까지만 해도 그녀는 하버드 대학을 졸업하고 새로운 생활을 시작할 미래에 대한 기대에 잔뜩 부풀었다. 바하마로 와서 할아버지를 만나면 모든 일을 새롭게 시작할 수 있을 것만 같았다.

그녀는 열정과 흥분 속에서 바하마행 비행기를 탔다. 비행기를 타고 여행하는 도중에 그녀는 다니엘을 만나는 기쁨을 누리면서 의욕이 넘쳐 있었다. 하지만 바하마에 도착한 다음부터 일이 점점 복잡하게 뒤얽히고 있었다. 그녀는 지금 헤어 나오기 어려운 혼란의 늪에 빠져 있었다.

제임스의 시체를 확인하는 일은 너무나 견디기 힘든 일이었다. 그녀가 하버드 대학에서 수업을 시작할 때부터 가장 좋아하고 존경하는 교수님이었다. 그녀는 아무리 많은 시간이 흘러도 제임스 교수를 잊을 수 없을 것만 같았다.

지난 4년 동안 그는 그녀의 잠재력을 인정하고 능력을 키워 주었을 뿐만 아니라 자상하게 보살펴주고 아낌없는 배려를 해주었다. 그러한 교수가 이제는 영원히 깨어날 수 없는 싸늘한 시체가 되어서 병원의 영안실에 누워 있는 것이다.

그의 시체는 너무나 참혹한 모습이었다. 절벽에서 떨어지면서 돌과 바위들에 긁히고 찢겨서 형체를 알아보기 힘들 지경이었다. 게다가 몇 시간 동안 바닷물 속에 빠져 있어서 얼굴과 온몸이 퉁퉁 불어 있었다.

그의 죽음은 그녀를 몹시 슬프게 만들었다 그는 죽기 직전에 뉴월드 그룹의 경영상태와 레이더스의 가능성에 대해 조사를 하고 있었다. 그녀는 그가 알아낸 사실들과 그의 죽음 사이에 분명히 어떤 관계가 있을 거라고 생각했다. 그는 도대체 무엇을 알아낸 것일까? 그리고 제임스를 죽게 만든 것이 과연 무엇일까?

얼마 후에 로라는 조용히 침대에서 일어났다. 그녀는 눈을 비비면서 욕실로 들어갔다. 욕실에 있는 커다란 거울이 그녀를 맞이했다. 그녀는 잠시 멈춰 서서 거울에 비친 자신의 모습을 바라보았다.

그녀의 머리 속에서 다니엘에 대한 생각이 자꾸만 떠올랐다. 지난밤 꿈속에서도 그녀는 다니엘과 열렬한 사랑을 나누었다. 비록 꿈속이었지만 현실처럼 생생한 느낌을 안겨 주었다.

그런데 갑자기 사랑을 나누던 다니엘이 두 손으로 미친 듯이 그녀의 목을 졸랐다. 그녀는 숨을 쉴 수가 없었지만 다니엘은 조금도 힘을 빼려고 하지 않았다.

그녀는 다니엘을 의심하고 싶지 않았지만 뉴월드 그룹의 주식을 은밀하게 끌어 모으고 있다는 사실이 마음에 걸렸다. 그런 생각이 그녀를 괴롭히고 있었다.

그녀는 지금 벌어지고 있는 일들에 대해서 정리해 보려고 노력했다. 제임스는 뉴월드 그룹과 밀접한 관련이 있는 어떤 비밀을 알게 되었기 때문에 살해당했을 가능성이 컸다. 그리고 그녀는 할아버지에게 제임스가 알아낸 사실들에 대해 모두 들려주었다.

하지만 할아버지는 그 문제에 대해서 그녀와 함께 의논을 하거나 대책을 마련하는 일을 하지 않았다. 게다가 그녀가 할아버지와 대화를 나눌 때마다 그 자리에는 항상 레베카가 앉아 있었다. 메드닉은 거의 모든 일들을 그녀와 상의하면서 결정하고 있었다.

차가운 물로 세수를 한 후에 로라는 욕실에서 나왔다. 옷을 갈아입기 위해 옷장으로 걸어갔다. 그리고는 옷장 속에서 몇 가지의 옷을 골라 몸에 걸쳐 보았다. 우울한 마음을 전환하기 위해서 일부러 화사한 옷을 찾아 입었다.

그녀는 할아버지를 다시 만나기로 결심했다. 지금은 그 동안 오랫동안 만나지 못해서 소원했던 할아버지와 좀더 많은 시간을 보내면서 친밀하게 지내는 것이 좋겠다고 생각했던 것이다. 할아버지와 더 가까운 사이가 되면 뉴월드 그룹을 노리는 레이더스의 음모에 대비할 수 있는 계획도 세울 수 있을 것이다.

메드닉의 전용층으로 향하는 엘리베이터에는 여전히 경호원이 지키고 있었다. 아미보섬 호텔에 도착했던 첫날이 떠올랐다. 그날 그녀는 엘리베이터를 지키는 경호원과 말다툼을 벌였다. 그 다음부터 모든 일들이 전혀 예상하지 못했던 방향으로 흘러가기 시작했던 것이다.

씁쓸한 미소를 지으면서 엘리베이터 앞에 멈추어 섰다. 그녀는 이미 경호원과 안면이 있었기 때문에 별다른 어려움 없이 곧장 엘리베이터에 올라탈 수 있었다. 메드닉의 전용층에 도착한 그녀는 서둘러 할아버지의 침실로 향했다. 깊이 잠들어 있는 할아버지가 잠에서 깨지 않도록 조심하면서 침대 옆으로 다가갔다. 메드닉은 정말로 죽어

버린 사람처럼 침대에 드러누워 있었다.

할아버지의 얼굴을 물끄러미 쳐다보다가 한 가지 이상한 점을 발견했다. 지난번에 레베카와 함께 만났던 할아버지는 건강을 완전히 회복한 것처럼 활기에 넘쳐 있었다. 그런데 지금 침대에 누워 있는 할아버지는 마치 중병을 앓고 있는 것처럼 안색이 아주 창백했다. 걱정스러운 생각이 들어서 할아버지의 손을 만져 보았다. 맥박이 매우 느리게 뛰고 있었다. 그녀가 손을 만지고 있어도 할아버지는 깨어날 줄 몰랐다.

그녀는 의사를 부르기 위해 서둘러 밖으로 달려 나갔다. 그러다가 문 앞에서 마틴을 만났다.

"아무래도 할아버지의 상태가 이상해요. 빨리 앤소니 박사를 불러주세요."

그녀가 다급한 목소리로 말했다. 하지만 마틴은 아무런 대답도 하지 않고 차갑게 웃고 있었다. 그는 주머니 속에서 작은 용기를 꺼냈다. 그리고 그녀의 얼굴을 향해 무엇인가를 뿌렸다. 마틴이 들고 있던 용기 속에서 하얀 액체가 분사되어 나왔다. 그것은 경찰들이 범행 현장에서 사나운 범인을 검거할 때 사용하는 강력한 스프레이 마취제였다. 마취제의 효과는 곧바로 나타났다. 그녀는 나무토막 쓰러지듯이 힘없이 바닥에 주저앉았다.

쓰러진 그녀의 모습을 잠시 바라보고 서 있던 마틴은 다른 경호원들에게 손짓했다. 그들은 정신을 잃어버린 그녀를 어디론가 옮겨가기 시작했다.

로라는 눈을 떴다. 얼마나 시간이 흘렀는지 모른다. 머리 속이 온통 텅 비어 있는 듯한 느낌이었다. 그녀는 눈을 뜨고 주위를 살펴보았다. 시야가 흐릿하게 보이기 시작했다. 몸을 움직여보았다. 꼼짝도 하지 않았다. 손목과 발목에 굵은 밧줄이 묶여 있었다. 그녀는 어떻게 된 일인지 상황을 제대로 파악할 수가 없었다.

"로라, 정신 차려요."

어떤 사람이 다급하게 자기를 부르고 있는 것 같았다. 그녀는 머리가 부서지는 듯한 고통을 느끼면서 다시 눈을 감았다.

"이봐요, 로라. 정신 차려요."

다니엘이 그녀를 향해 소리치고 있었다. 다니엘은 지금 사태가 최악의 상황으로 치닫고 있다는 느낌이 들었다. 그도 두 손을 뒤로 묶인 채 침대에 결박을 당한 상태였다. 그의 곁에는 정신을 잃은 로라가 똑같이 결박당한 채 누워있었다.

무슨 충격을 받았는지 그녀는 좀처럼 의식을 회복하지 못하고 있었다. 그런 모습을 지켜보면서 그는 안타까움을 금할 수가 없었다. 그와 동시에 레베카에 대한 분노가 치밀어 올랐다. 평소에는 별로 화를 내지 않는 그였다. 하지만 지금 전개되고 있는 상황은 전혀 그렇지 않았다.

다니엘은 자신이 어떤 희생을 치르더라도 로라 만큼은 무사히 구하고 싶었다. 그녀만 위기에서 벗어날 수 있다면 자신은 어떻게 되어도 상관이 없을 것 같았다. 그녀만 무사할 수 있다면…….

사랑하는 여인이 죽을지도 모르는 위험에 처해 있다는 사실이 그의 가슴을 헤집고 있었다. 잠시 후에 로라가 조금씩 정신을 차리기 시작했다.

"정신이 좀 들어요?"

다니엘은 배려가 깊은 사람이었다. 그는 정신이 돌아오고 있는 그녀가 놀라지 않도록 하기 위해서 평소처럼 태연한 목소리로 물었다. 그녀는 몇 번이나 눈을 깜박거리면서 그를 쳐다보았다. 자꾸만 눈앞이 가물거리고 있었다.

몸을 일으키려고 애를 썼다. 하지만 그녀는 곧 자신의 몸이 자유롭지 않다는 사실을 깨달았다. 몸을 일으키려고 하던 것을 포기할 수밖에 없었다. 이윽고 그녀는 지금 자기와 함께 있는 사람이 바로 다니엘이라는 것을 알게 되었다.

"여기가 도대체 어디죠? 내가 왜 이곳에 묶여 있는 거죠?"

그녀가 주위를 둘러보면서 말했다.

"당신은 경호원들에 의해 강제로 이곳으로 끌려왔어요. 당신은 조금 전까지 완전히 정신을 잃어버린 상태였어요. 오랫동안 깨어나지 않았기 때문에 난 당신이 이대로 죽어버리는 게 아닌가 엄청나게 걱정했어요. 도대체 무슨 일이 있었던 거죠, 로라?"

그녀는 자신이 어떻게 이곳으로 끌려오게 되었는지 기억하려고 노력했다. 점차 머리가 맑아지면서 차갑게 웃고 있던 마틴의 모습이 떠올랐다. 그녀는 의식을 회복하면서부터 시작된 통증이 더욱 심해지는 것을 느끼면서 얼굴을 찡그렸다.

"무슨 일이 있었나요?"

다니엘이 그녀의 표정을 바라보면서 걱정스러운 목소리로 물었다.

"네, 있었어요."

그녀는 간단하게 대답하고 나서 다시 한 번 몸을 일으키려고 노력했다. 하지만 손발이 모두 묶여 있었기 때문에 침대에서 일어날 수가 없었다. 다니엘은 두 팔이 뒤로 묶인 채 침대에서 일어나기 위해 뒹굴고 있는 그녀의 모습을 보면서 몹시 가슴이 아팠다.

이 세상에서 가장 아름답고 매력적인 여자가 그의 눈앞에서 고통스럽게 허우적거리고 있었던 것이다. 하지만 그녀가 무사히 정신을 차린 것만으로도 일단 다행스러운 일이라고 생각했다.

"몸은 좀 어때요?"

다니엘이 그녀를 진정시키기 위해 말을 걸었다. 그녀는 그의 다정한 목소리를 듣자 발버둥치던 것을 그만 두었다.

"잘 모르겠어요. 나는 분명히 이런 식으로 잠들고 싶지는 않았는데……."

다니엘이 곁에 있다는 것을 알게 되면서 그녀는 조금씩 마음의 여유를 되찾을 수 있었다. 그녀는 자기의 모습을 살펴보았다. 침대에서 마구 몸을 비트는 동안 옷이 구겨지고 머리카락이 마구 헝클어져 있었다. 갑자기 자신이 초라한 모습으로 누워 있다는 것을 깨달았다. 그녀는 부끄러운 마음이 들었다.

"제 꼴이 우습죠?"

그녀가 작은 목소리로 말했다.

"그런 소리 하지 말아요, 로라, 당신은 이 세상에서 그 누구보다도 아름다운 여자입니다. 나는 지금까지 당신보다 아름다운 사람을 한 번도 만나본 적이 없어요. 당신이 어떤 처지에 놓여 있다고 하더라도 나는 항상 그렇게 말할 수 있어요. 당신을 사랑하니까……."

그가 부드러운 목소리로 그녀를 위로했다. 그녀는 그의 말에 감동을 느끼면서 사랑이 담긴 눈빛으로 그를 쳐다보았다. 그의 눈이 반짝이고 있었다.

그녀는 잠시 그 상태로 그를 쳐다보다가 갑자기 생각난 듯이 입을 열었다.

"그런데 지금 도대체 무슨 일이 벌어지고 있는 거죠?"

"아직 모르고 있었나요?"

다니엘이 그녀를 쳐다보면서 반문했다.

"어떻게 된 건지 하나도 모르겠어요."

그녀가 알 수 없다는 듯한 표정으로 그를 쳐다보았다. 그는 잠시 망설이고 있었다. 할아버지에 대한 사실을 알게 되면 그녀가 어떤 반응을 나타낼 것인지 짐작할 수 없었기 때문이었다. 만약 그녀가 충격을 받기라도 한다면······.

하지만 지금과 같은 위기 상황에서 벗어나려면 무엇보다도 먼저 진실을 알고 있어야만 한다고 생각했다. 그것이 아무리 견디기 힘든 진실이라고 하더라도 말이다. 그는 그녀를 쳐다보면서 말을 하기 시작했다.

"놀라지 말고 내 말을 잘 들어요, 로라. 이 호텔에는 지금 두 명의 메드닉 회장이 있어요."

그가 침착하게 말했다.

"할아버지가 둘이라구요?"

그녀가 의아한 표정을 지으면서 반문했다. 할아버지가 둘이라는 것은 상식적으로 말이 되지 않았다. 그녀는 그가 지금 농담을 하는 것이 아닌가 하고 생각하면서 그를 바라보았다. 하지만 그의 얼굴은 그 어느 때보다도 진지했다.

"그래요. 물론 그 두 사람 가운데 하나는 가짜예요."

그는 물끄러미 그녀를 바라보았다.

"가짜라구요?"

그녀가 이상하다는 듯이 반문했다.

"그래요. 매드닉 회장님의 주치의로 있던 앤소니 박사는 기술이 아주 뛰어난 성형외과 의사였어요. 그가 성형수술로 가짜 메드닉을 만든 겁니다."

그가 설명을 해 주었다.

"무엇 때문에 그런 짓을 했죠?"

그녀가 궁금한 듯이 물어 보았다.

"아직도 그걸 모르겠어요, 로라? 당신의 할아버지는 뉴월드 그룹을 이끌고 있는 분이세요. 전 세계에도 몇 손가락 안에 꼽히는 부자라구요. 그들은 할아버지의 재산을 몽땅 빼돌리려는 거예요."

그가 차분한 목소리로 설명했다.

"그 정도는 나도 생각할 수 있어요. 내가 알고 싶은 것은 왜 하필이면 우리 할아버지가 그 대상이 되었느냐 하는 것이에요. 할아버지는 비록 나이가 드시기는 했지만 그렇게 만만한 분이 아니에요."

그녀가 머리를 흔들면서 말했다.

"그건 그럴 만한 이유가 있어요."

그가 생각을 정리하면서 말했다.

"그게 뭐죠? 당신은 뭔가 알고 있군요, 그렇죠?"

그녀가 다그치면서 질문을 던졌다. 그는 놀라운 사실들을 어떻게 설명해야 할지 생각한 뒤에 입을 열었다. 그는 하나씩 베일에 싸였던 해리슨 일가의 비밀에 대해 말하기 시작했다.

다니엘의 이야기가 계속되는 동안 그녀는 믿을 수 없는 사실과 받아들이기 힘든 사실들을 접하면서 커다란 충격에 휩싸였다.

다니엘과 로라가 예측할 수 없는 위험에 빠져 있는 동안 모든 일들이 계획대로 진행되고 있었다. 아미보섬 호텔에서 어떤 일이 벌어지고 있는지 알고 있는 사람은 극소수에 불과했다.

그런데 조용하던 호텔에서 갑자기 뜻밖의 상황이 벌어졌다. 한 남자가 당당하게 아미보섬 호텔 로비에 들어선 이후로 프론트에서 한바탕 커다란 소란이 일어나고 있었던 것이다.

나이로 보나 겉모습으로 보나 프랭크는 상류사회에 속한 중년 신사로서 전혀 손색이 없어 보였다. 멋진 양복에 파이프까지 물고 있는 중년 신사의 모습은 뉴월드 그룹의 메드닉 회장과 가까운 친분이 있는 사람으로 전혀 의심이 가지 않았다.

프랭크 로시는 다니엘의 연락을 받고 곧바로 바하마행 비행기에 올랐다. 비행기를 타고 바하마로 날아오는 동안 그는 어떻게 호텔로 잠입할 것인지에 대해 곰곰이 생각해 보았다.

비행기 안에서 완벽하게 작전을 짠 그는 지금부터 자신이 해야 할 일에 알맞은 차림으로 변장했다. 그리고 배짱 좋게 아미보섬 호텔 프론트에서 거침없이 큰 소리를 치고 있는 중이었다.

그는 아미보섬 호텔 직원에게 자신이 찾아온 목적에 대하여 큰 소리로 떠들어 대기 시작했다. 그가 호텔 직원에게 제시한 방문 목적은 메드닉 회장을 직접 만나는 일이었다.

"나는 지금 당장 메드닉 헤리슨 회장을 만나야만 하겠소!"

그는 일부러 다른 사람들의 관심을 끌기 위해 더욱 시끄럽게 떠들었다.

"하지만 메드닉 회장님은 지금 아무도 만나지 않고 있습니다."

아미보섬 호텔 프론트에서 일하는 직원이 정중하게 머리를 숙이면서 말했다. 그러나 그대로 물러설 그가 아니었다. 그는 많은 사람들이 둘러보는 가운데 그 직원을 향해 마구 소리를 질렀다.

"만날 수 없다니 도대체 그게 무슨 뜻이오?"

그는 더욱 언성을 높였다.

"회장님은 다른 일정이 있어서……."

호텔 종업원이 어쩔 줄을 몰라하면서 대답했다.

"그건 말도 안 되는 소리야."

그는 마구 소리를 지르면서 호텔 종업원을 쳐다보았다.

"죄송하지만 지금은 메드닉 헤리슨 회장님을 만날 수가 없습니다."

호텔 종업원이 단호하게 말했다.

"정말 믿을 수 없는 일이야. 메드닉 회장이 나를 내버려 두고 다른 일을 하다니……. 좋아. 자네가 직접 메드닉 회장에게 연락을 해 보게."

그가 호통을 치자 주위에 있는 사람들이 무슨 일인지 알고 싶어서 모여들기 시작했다. 사람들의 이목이 집중되자 호텔 직원은 난처한 표정을 감추지 못했다.

그는 당장이라도 경호원을 데리고 와서 프랭크를 끌어내고 싶었다. 하지만 점잖게 차려 입은 중년 신사를 경호원들이 끌고 나간다면 모두가 이상하게 생각할 것이다. 게다가 이 신사는 그렇게 호락호락 끌려 나갈 것 같지도 않았다.

호텔 직원이 망설이고 있는 사이에 그가 한바탕 더 소란을 피울 기세로 덤비자 그 직원은 어쩔 수 없다는 듯이 뒤로 물러서고 말았다. 프랭크가 무서운 눈빛으로 그 직원을 노려보자 그는 급히 총지배인을 불렀다.

"이 분이 바로 아미보섬 호텔의 총지배인입니다, 알더 선생님."

호텔 종업원이 총지배인 프레디를 소개하면서 조심스럽게 말했다.

"내 이름은 알더 베네브치요! 똑바로 알고 말해야지."

그는 다시 한 번 젊은 직원을 엄하게 꾸짖었다. 그 직원은 프랭크의 기세에 눌린 채 어쩔 줄을 모르고 서 있었다.

그는 정중한 태도로 총지배인 프레디에게 자신을 소개했다. 그에게 인사를 하는 프랭크의 표정은 젊은 직원에게 했던 것과는 달리 매우 부드러웠다.

"만나서 반갑습니다. 나는 알더 베네브치라고 합니다. 내 친구 메드닉 회장을 만나기 위해 바하마까지 찾아왔습니다."

프랭크가 웃으면서 말했다.

"아, 그러십니까? 나는 이 호텔의 지배인으로 일하는 프레디입니다."

프레디는 그의 행동 속에서 별로 의심이 가는 구석을 발견하지 못했다. 그는 중년 신사에게 자기를 소개하고 나서 최대한 예의를 갖추면서 말을 이었다.

"그런데 베네브치 씨께서는 메드닉 회장님을 만나실 약속을 미리 정해 놓고 오신 건가요? 죄송한 말씀이지만 메드닉 회장님은 사전에 약속이 되어 있지 않은 사람은 아무도 만나지 않습니다."

이미 작정을 하고 찾아온 프랭크에게 약속 따위는 조금도 문제가 되지 않았다. 그런 정도로 물러설 그가 아니었던 것이다. 그는 일부러 잔뜩 권위 있는 표정을 지으면서 약간 목소리를 높였다.

"이것 보시오, 총지배인."

프랭크가 호통을 쳤다.

"내 이름은 프레디입니다."

프레디가 반박하듯이 말했다. 그는 관록이 있었기 때문에 호텔의 일반 직원처럼 프랭크의 태도에 쉽게 넘어가지 않았다. 그러나 그는 여전히 정중한 태도를 유지하면서 프랭크를 대했다.

"당신이 누구이건 간에 나는 아무 상관이 없습니다. 잘 들어요, 프레디 씨. 내가 메드닉 회장을 만나고 싶으면 나는 아무 때라도 그분을 만날 수 있는 그런 사람입니다. 그래도 내 말을 아직 모르겠습니까?"

겉으로는 비록 큰 소리를 치고 있었지만 프랭크의 마음은 전혀 그렇지 않았다. 그는 등에서 식은땀이 베어 나오는 것을 느끼고 있었다. 프레디를 잘 속여 넘긴다고 해도 그 다음이 어떻게 될지 알 수 없는 일이었다. 그리고 정말로 메드닉이 두 명이라면 프랭크가 만나게 될 메드닉은 과연 어느 쪽일까?

두 명의 메드닉 중에서 가짜 메드닉을 만나게 된다면 사실 어떤 곤경에 빠지게 될 것인지 예측하기 어려운 문제였다. 아주 다행스럽게도 진짜 메드닉을 만난다면 혹시 어떤 기회를 잡게 될지도 모른다. 하지만 그럴 확률은 매우 희박했다. 메드닉을 둘러싸고 가공할 만한 음모가 진행되고 있었기 때문에 프랭크는 그 일에 따르는 위험을 충분히 직감할 수 있었다.

그는 아미보섬 호텔의 총지배인 프레디가 자신을 순순히 통과시켜주지 않는다면 다시 한 번 소란을 피울 작정을 하고 있었다. 이러한 특급 호텔에서는 고객과 직원 사이에 잡음이 생기는 것을 가장 싫어한다는 사실을 그는 잘 알고 있었다. 아마도 로비가 시장 바닥처럼 시끄럽게 되면 프레디라는 지배인도 어떤 식으로든 조치를 취할 것이다.

그가 떠들썩하게 소란을 피우는 일에는 또 한 가지 이유가 있었다. 그는 프론트에서 마구 소란을 피우면서 일부러 다른 사람들의 주위를 끌었다. 그렇게 하면 쉽게 다니엘을 만날 수 있을 것 같았기 때문이었다. 이곳에 도착한 즉시 그는 호텔을 면밀하게 살펴보았지만 그 어디에서도 다니엘의 모습을 발견할 수가 없었다. 그리고 자신이 도착했다는 사실을 알리기 위해 일부러 계속 소란을 피우는 동안에도 다니엘은 나타나지 않았다. 그는 시간이 갈수록 점점 초조해지기 시작했다. 혹시 무슨 일이라도 생긴 것이 아닐까?

다니엘은 그가 아미보섬 호텔로 찾아오는 것을 이미 알고 있었다. 따라서 그가 아직도 그의 눈에 뜨이지 않고 있다는 것은 정말 이상한 일이었다.

프랭크는 다니엘이 자신을 마중 나오지는 못할 망정 적어도 지금
쯤은 나타날 거라고 생각했다. 그러나 다니엘은 계속 모습을 나타내
지 않고 있었다. 그는 그에게 어떤 심각한 위험이 닥쳤을지도 모른다
는 사실을 느끼고 있었다.

"베네브치 씨가 회장님과 약속자 명단에 들어있는지 확인해 보았
나요?"

총지배인이 옆에 서 있는 직원을 쳐다보면서 물었다. 프랭크는 그
말을 듣고 매우 화가 난 듯이 펄쩍 뛰었다. 약속자 명단에 알더 베네
브치라는 이름은 처음부터 있을 수가 없었다. 프랭크는 이 순간에 물
러서면 모든 것이 끝장이라는 사실을 잘 알고 있었다. 이런 경우에는
좀더 세게 밀어붙이지 않으면 안 되는 것이다. 그는 마치 기다렸다는
듯이 큰 소리로 떠들기 시작했다.

"약속자 명단 같은 건 집어치우시오. 지금 당장 메드닉 회장에게
가서 내가 찾아왔다고 전해요. 그렇게 전하기만 하면 그 사람은 아마
나를 반기면서 맨발로 뛰어나올 거요. 두고 보면 알게 될 겁니다."

호텔 로비에 있던 사람들이 알더로 변장한 프랭크 로시의 고함소
리를 듣고 의아해 하면서 프론트가 있는 곳을 자꾸만 기웃거렸다. 메
드닉에 대해 조금이라도 알고 있는 사람이라면 그 모습을 보면서 이
상하게 여길 수밖에 없었다. 뉴월드 그룹의 회장인 메드닉의 친구가
호텔 지배인에게 화를 내고 있는 것이다.

중년 신사가 정말로 메드닉 회장의 친구인지 아닌지는 그들이 상
관할 바가 아니었다. 단지 메드닉의 친구가 화를 내고 있다는 사실만
이 중요했다. 주위에 모여 있던 사람들은 다들 프랭크의 편을 들었다.

프레디도 상황을 의식했는지 주위를 둘러보면서 난처한 얼굴로 입을 열었다.

"그렇지만 베네브치 씨……."

프레디가 한숨을 쉬면서 말했다.

"그냥 알더라고 불러요."

프레디가 약간 기세를 굽히는 모습을 보이자 프랭크는 그 기회를 놓치지 않고 얼른 포착했다. 이번에는 그도 아주 다정한 목소리로 말했다. 그런 식으로 프레디를 마음대로 다루고 있는 프랭크의 모습은 성질이 괴팍한 부자처럼 보였다. 역시 괴팍하기로 소문난 메드닉의 친구다운 모습이었다.

하지만 그 모습을 다르게 본다면 분명히 의심스러운 구석도 있었다. 수행하는 사람 하나 없이 혼자 불쑥 나타나서 자기가 메드닉의 아주 절친한 친구라고 소리치는 허풍쟁이로 보일 수도 있는 것이다. 만약 누군가 프랭크를 수상하게 여기고 신분을 확인이라도 한다면 꼼짝없이 당할 수밖에 없었다.

프랭크는 여전히 주위에 대해 신경 쓰면서 다니엘이 어서 빨리 나타나 주기를 간절히 기도했다. 하지만 그는 전혀 모습을 드러내지 않고 있었다. 만약 다니엘이 나타난다면 아마도 이 문제가 쉽게 해결될 수 있었을 것이다. 다니엘이 프랭크를 조금이라도 아는 척 한다면 알더 베네브치라는 신분이 확실하게 보장될 수 있었다.

다니엘이 프랭크의 신분을 확인한다면 아무도 의심하지 않을 것이다. 하지만 지금 벌어지고 있는 상황에서는 다니엘에게 기대를 걸기가 쉽지 않은 상태였다. 그렇다고 해서 그는 다니엘이 나타날 때까지 마냥 기다릴 수도 없었다. 지금 그는 적지에 단신으로 뛰어든 척탄병과 똑같은 신세가 되어 있었다. 이 용감한 척탄병은 아미보섬 호텔 속으로 뛰어들어서 지금 적의 진지를 교란하고 있는 것이다.

"그렇지만 알더, 회장님은 언제나 자신이 만나실 분들을 직접 결정하십니다."

프레디는 다시 한 번 프랭크의 외모를 날카롭게 살펴보았다. 무엇인가 잘못된 점이라도 발견하려는 사람처럼…… 프랭크는 지금 프레디가 보여주는 눈길이 어떤 의미를 담고 있는지를 잘 알고 있었다. 프레디는 무엇인가 수상한 점을 찾아내려 하고 있는 것이다.

그는 그럴수록 더욱 큰 소리를 치는 것이 상책이라고 생각했다. 조금이라도 당황하거나 위축되는 느낌을 풍긴다면 그 순간에 모든 것이 수포로 돌아간다는 사실을 감지하고 있었던 것이다.

"그래요. 그건 나도 잘 알고 있어요, 프레디. 메드닉 회장은 원래가 그런 사람이니까. 하지만 그렇기 때문에 더욱 나를 만나려고 할 겁니다. 내가 바하마까지 찾아왔다는 사실을 알면 메드닉 회장이 더욱 절대로 가만히 있지 않을 테니까……."

그가 가슴을 내밀면서 말했다.

"죄송하지만 회장님과는 어떻게 되는 사이입니까?"

프레디가 정중한 태도로 질문을 던졌다.

"내가 누구냐 하면……."

그는 그 순간 잠시 말을 멈추었다. 다른 사람들에게 극적인 효과를 주기 위해서였다. 그의 의도대로 주위에 있는 사람들이 그의 말을 듣기 위해 숨을 죽이고 있었다.

"메드닉 회장의 목숨을 구한 생명의 은인입니다. 내가 바로 그의 목숨을 구해 준 사람이라는 말이오, 알겠소?"

그의 두뇌는 빠르게 회전하고 있었다. 그는 메드닉을 만나야만 하는 이유를 만들기 위해 생명의 은인까지 들먹였다. 만약 모든 일들이 계획대로 풀려서 가짜 메드닉을 몰아내고 진짜 메드닉을 구출한다면 그는 실제로 메드닉의 생명의 은인이 될 수도 있었다.

그의 말을 듣고 주위의 사람들 사이에서 약간 웅성거리는 소리가 들렸다. 알더라는 중년 신사가 메드닉 회장과 가까운 사이라는 것은 대충 짐작하고 있었지만 생명의 은인이라는 것까지는 미처 생각하지 못했던 것이다.

프레디는 난데없이 나타난 이 이상한 인물과 계속 입씨름을 하고 있는 것이 소비적이라고 생각했다. 그는 어떤 방식으로든 이 사람을 빨리 처리하는 것이 좋겠다고 판단했다. 그는 중년 신사를 신속하게 처리할 수 있는 방법은 메드닉 회장에게 전화로 직접 확인하는 것뿐이라고 생각했다.

"알겠습니다, 베네브치 씨."

"어떻게 할 생각이오?"

"메드닉 회장님의 생명을 구해 주신 분이라면 당연히 만나시겠지요. 그렇게 해 드리겠습니다."

프레디는 지극히 정중한 태도로 말했다. 그러자 그는 매우 의기양양한 태도로 시거를 꺼내서 입에 물었다. 하지만 그렇다고 해서 모든 것이 자신의 의도대로 되어가고 있다고 판단한 것은 아니었다. 이럴 때일수록 더욱 신중해야하는 것이다.

그는 애써 태연한 자세를 유지하기 위해 노력했다.

"진작 그럴 일이지. 공연히 여기서 시간만 낭비하지 않았소? 더 이상 지체하지 말고 당장 연락하시오. 그러니까 내가 처음부터 그렇게 하라고 하지 않았소? 전화 한 통이면 된다니까……."

그가 다시 한 번 호통쳤다.

"그러죠."

프레디는 고개를 끄덕이면서 대답한 후에 프론트에 놓인 전화로 다가갔다. 프레디가 전화를 하고 있는 동안 프랭크는 주변에 모여 있는 사람들을 향해 계속 여유 있는 미소를 지어 보였다. 하지만 억지로 웃는 그 웃음이란 엄청난 고통이었다.

그는 지금 완전히 긴장상태에 빠져들고 있었다. 만약 메드닉이 면담을 거절한다면 그의 거짓말은 즉시 탄로 나게 될 것이다. 그렇게 되었을 때의 일을 생각하자 그만 현기증이 일어날 지경이었다.

프랭크는 배짱이 아주 두둑한 사람이었다. 지금까지 살아오면서 목숨을 걸어야 할 정도의 위험들을 헤아릴 수도 없이 겪었다. 그런 세월 속에서 그가 터득한 이치는 일단 끝까지 밀고 나가고 그 이후에는 운명에 맡기는 것이었다.

그는 전화를 하고 있는 총지배인의 모습을 애써 보지 않으려고 하면서 시거를 피우고 있었다. 그의 시선은 다른 곳에 가 있었지만 모든 신경은 오통 전화의 내용을 엿듣고 있었다. 그는 지금이라도 다니엘이 나타나 주기만을 간절하게 기다렸다.

제12장 죽음의 곡예사

"그런데 프랭크 때문에 걱정이 되는군요. 그는 오늘 가짜 메드닉 해리슨을 만나러 갈 예정이었는데……. 잘 처리할 수 있을지 모르겠어요."

다니엘이 걱정스러운 표정으로 중얼거렸다.

"프랭크가 누구죠?"

로라가 다니엘의 말을 듣고 의아스러운 듯이 물었다. 그의 말이 무슨 뜻인지 알 수가 없었던 것이다.

"내 친구라고 할 수 있어요. 내가 레베카에게 붙잡히기 전에 미리 프랭크에게 연락을 해 두었죠. 그가 오늘 가짜 메드닉의 정체를 밝히기 위해 이곳으로 오기로 되어 있어요."

그는 프랭크에게 아주 중요한 역할을 부탁해 놓고 있었다. 하지만 그런 부탁을 할 때에는 자신이 로라와 함께 사로잡힌 신세가 될 거라는 사실을 염두에 두지 못했다. 그는 프랭크의 도움을 받아 가짜 메드닉의 정체를 밝힐 생각이었다.

하지만 이제 그 계획은 제대로 진행될 수가 없게 되고 말았다. 그런 상태에서 홀로 남겨진 프랭크의 신변 문제를 크게 걱정하지 않을 수 없었다. 그가 아주 뛰어난 능력을 갖고 있기는 하지만 혼자 모든 것을 감당할 수는 없을 것이다.

그는 우선 묶인 손을 풀 수 있는 방법을 생각해 보았다. 그것은 전혀 불가능한 것도 아니었다. 묶인 줄을 풀고 몸이 자유롭게 된다면 얼마든지 이곳에서 벗어날 수 있을 것이다.

그는 잠시 동안 생각에 잠겼다. 그러다가 무슨 좋은 생각이 떠올랐는지 미소를 지으면서 그녀를 쳐다보았다.

"왜 그래요, 다니엘?"

그녀는 다니엘의 미소를 이해할 수 없다는 듯이 빤히 바라보면서 물어 보았다.

"내게 키스를 해줘요, 로라. 이제부터 일을 좀 해야 된다고 생각하니까 용기가 필요하군요."

그가 장난스러운 표정으로 말했다. 하지만 그녀는 그가 무엇 때문에 지금 이 순간에 그런 행동을 하는지 알 수 없었다.

"어린 아이처럼 그게 무슨 소리에요? 당신은 이런 상황에서 키스해 주기를 원하는 건가요?"

그녀가 정색을 하면서 말했다.

"내가 이빨로 당신의 손목을 풀어 주겠어요. 그렇게 하려면 먼저 힘이 생겨야 하는데 아마도 당신의 키스가 그 힘을 내게 불어넣을 것 같군요."

그녀는 수줍은 듯한 표정으로 그의 입술에 가볍게 키스했다.

"이 정도로는 일할 맛이 나질 않겠는데……."

그가 만족스럽지 못하다는 듯이 투덜거렸다. 그러자 그녀가 사랑스러운 미소를 지으면서 갑자기 그의 입술을 향해 삼킬 듯이 달려들었다. 두 사람은 뜨거운 키스를 나누었다. 그러나 두 사람이 황홀한 키스를 나누고 있는 동안에 그가 생각했던 계획은 완전히 무산되고 말았다.

갑자기 문이 열리면서 레베카가 마틴을 데리고 나타난 것이다. 마틴은 다니엘을 위협하듯이 손에 권총을 들고 있었다.

"안녕하세요, 두 분? 재미가 좋으신 모양이지요?"

다니엘이 무서운 눈빛으로 레베카를 노려보았다. 그녀는 다니엘의 눈길을 무시하고 손에 들고 있던 것을 침대에 떨어뜨렸다. 그리고 마틴에게 눈짓을 보냈다.

그는 침대를 향해 걸어가더니 다니엘의 손을 묶어 놓았던 줄을 풀어주었다.

"당신이 활동하기에 편한 옷을 가지고 왔어요, 블레이크 씨. 어서 이 옷으로 갈아입도록 하세요. 당신을 해변으로 초대하겠어요."

레베카가 정색을 하면서 말했다.

"나를 어떻게 할 생각이오?"

다니엘은 팔을 가볍게 움직이면서 물어 보았다. 로라도 역시 두 눈을 크게 뜨고 무슨 영문인지 모르겠다는 표정을 지었다.

"당신은 물론 말을 탈 줄 아시겠지요? 이번 기회에 당신에게 해변

가에서 승마 연습을 좀 시킬 생각이에요. 그것도 바하마의 좋은 추억이 되겠지요."

레베카가 부드럽게 웃으면서 말했다. 하지만 다니엘은 그녀의 말이 무엇을 의미하는지 이미 알고 있었다. 그녀가 원하는 것은 바로 그의 죽음이었던 것이다.

"그렇군! 승마를 하다가 실수로 말에서 떨어져 죽은 것처럼 꾸밀 계획이군."

다니엘이 그녀를 노려보면서 말했다. 그러나 그녀는 조금도 개의치 않는다는 듯이 얼굴 가득히 매력적인 미소를 지으며 그를 바라보고 있었다.

그녀는 사악한 악마의 화신이라고 보기에는 너무나 아름다운 얼굴을 하고 있었다. 미인의 조건을 충분히 갖추고 있었으며 단정하고 정숙한 숙녀의 분위기까지 풍겼다.

"맞았어요. 대 기업가답게 당신은 역시 대단히 판단력이 빠르시군요. 바닷가의 절벽에서 말을 탄 채 떨어지는 것도 아주 멋진 일이죠. 물론 당신의 생각은 내 생각과 조금 다르겠지만 말이에요."

그녀는 다니엘을 향해 기다렸다는 듯이 대답했다. 다니엘은 몹시 걱정스러운 표정으로 로라를 한 번 돌아본 후에 다시 레베카를 향해 눈길을 돌렸다.

"아무래도 이번 주말에는 사고가 너무 자주 발생한다고 생각하지 않습니까?"

그가 레베카를 쳐다보면서 말했다.

"그럴 수도 있겠죠. 하지만 내 생각은 당신과 많이 달라요."

그녀가 머리를 흔들었다.

"아마 다른 사람들도 이상하게 생각할 겁니다. 조금이라도 생각할 줄 아는 사람이라면 말입니다."

그가 다시 그녀를 노려보면서 말했다.

"우리들 걱정까지 해 주시니 상당히 고맙군요. 하지만 그런 걱정은 필요 없어요. 이미 모든 계획들이 다 마련되어 있으니까……."

레베카가 웃으면서 대답했다.

"경찰도 분명히 의심할 겁니다."

그는 그렇지 않다는 듯이 말했다.

"다니엘, 그건 당신이 아니라 내가 걱정할 문제입니다. 지금 그런 말을 하면서 조금이라도 더 시간을 벌어보겠다는 생각인가요? 엉뚱한 생각은 하지도 말고 어서 이 옷으로 갈아입으세요. 로라가 다치는 걸 보고 싶지 않다면 말이에요."

그녀가 싸늘한 목소리로 말했다.

"알겠소."

로라라는 말에 어쩔 수 없다는 듯이 가볍게 손을 위로 들어올렸다.

"자, 시간이 별로 없으니까 서두르는 게 좋겠어요. 우리는 성대한 파티 준비도 해야 하니까……."

"그런데 당신의 계획이 잘 진행될 수 있을지 모르겠군요."

그가 빈정거리면서 말했다.

"이제 또 다시 그런 말을 하면 용서하지 않을 거예요, 다니엘. 순순히 우리의 말에 따르는 게 좋을 거예요. 그렇지 않으면 여기 있는 경호실장이 당장 로라의 목을 부러뜨리고 말 테니까."

그녀의 얼굴에는 여전히 미소가 감돌고 있었지만 말만은 무서운 가시가 돋혀 있었다. 다니엘은 그녀의 말이 단순한 협박이 아니라는 것을 너무나 잘 알고 있었다. 그녀는 충분히 그렇게 하고도 남을 만한 여자였다.

그는 자신의 눈앞에서 마틴의 손에 로라의 목뼈가 부러지는 끔찍한 상상을 하면서 그녀를 노려보았다. 만약 혼자의 몸이라면 마틴과 한 번 붙어서 격투라도 벌이겠지만 로라가 인질로 잡혀 있는 상황에서는 함부로 움직일 수가 없었다. 지금은 좀더 기회를 엿볼 수밖에 없었다. 그는 무엇보다도 로라의 안전이 걱정되었던 것이다.

"레베카, 이렇게 위험한 곡예가 언제까지 성공할 수 있다고 믿는지 모르겠군요. 이건 너무나 위험한 일입니다."

다니엘이 그녀를 노려보면서 말했다.

"이젠 모두 끝났어요. 마침내 나의 도박이 성공한 거예요."

그녀가 미소를 지으면서 말했다.

"하지만 엘리자베스, 당신의 음모가 성공하는 게 그렇게 쉽진 않을 텐데?"

그가 머리를 흔들면서 반문했다. 레베카는 그 말을 들으면서 깜짝 놀란 표정을 지었다. 그의 말은 전혀 예상하지 못했던 것이었다. 자신의 정체가 탄로 나자 그녀는 그가 그 사실을 어떻게 알았는지 몹시 궁금했다.

"내 이름을 어떻게 알았죠?"

"난 이미 모든 사실을 알고 있어요. 당신의 음모는 반드시 실패하고 말 거요."

자기의 말에 레베카가 움찔하는 것을 느낀 다니엘이 목소리에 힘을 주면서 말했다.

"당신이 어떻게 알았는지 모르겠지만 우리의 승부는 사실상 끝났어요. 당신은 곧 죽을 것이고 나는 뉴월드 그룹을 차지하게 되겠죠."

그녀가 차가운 미소를 지으면서 다니엘을 쳐다보았다.

"과연 그럴 수 있을까요?"

다니엘이 그녀의 말에 의문을 표시했다. 그러자 그녀는 마치 사나운 맹수가 먹이를 앞에 놓고 희롱하는 것처럼 그동안 진행되었던 일의 비밀들을 솔직히 공개하기 시작했다.

"물론이죠. 이 계획을 진행하는 동안 몹시 힘들었지만 그래도 순조롭게 진행되었죠. 사실 가장 커다란 문제는 메드닉이었어요."

그녀가 생각을 정리하면서 말했다.

"물론 메드닉 회장은 그렇게 쉽게 넘어갈 만한 분이 아니죠."

다니엘이 고개를 끄덕이면서 말했다.

"메드닉은 에릭이 자신의 아들이라는 사실을 알고 있었어요. 나는 에릭과 로즈마리 사이에서 태어난 딸이기 때문에 당당하게 해리슨가의 재산을 상속받을 수 있는 권리가 있었어요."

그녀가 단호한 태도로 말했다.

"과연 그럴까요?"

다니엘이 비웃듯이 말했다. 그러나 그녀는 그의 태도에 별로 신경을 쓰지 않았다. 완전히 그의 존재를 무시하고 있었다. 자신의 손 안에 들어 있다고 생각하는 모양이었다.

"하지만 의심이 많은 메드닉은 나를 자신의 손녀라고 인정하지 않앉었어요. 내 어머니 로즈마리가 몇 번이나 이야기를 했지만 그는 조금도 받아들이려고 하지 않았죠. 내가 레베카 더글라스가 되어야만 했던 건 나의 정당한 권리를 되찾고 싶었기 때문이에요."

그녀는 로라를 쳐다보면서 말했다.

"당신은 정말 악녀로군요."

다니엘이 더 이상 못보겠다는 듯이 화를 내면서 소리쳤다. 하지만 그녀는 그의 말에 조금도 관심을 드러내지 않았다. 그것은 바로 승자만이 보일 수 있는 여유라고 할 수 있었다.

"나는 메드닉을 어떻게 처리하면 좋을지 무척 고민했어요. 하지만 매우 다행스럽게도 앤소니 박사가 완벽하게 가짜 메드닉을 만들어낼 수 있었어요."

그녀가 웃으면서 말했다.

"역시 내 생각이 맞았군."

그가 무거운 한숨을 쉬면서 말했다.

"우리는 가짜 메드닉을 이용해서 메드닉의 측근들과 개인 변호사들을 속일 수 있었어요. 그들은 가짜 메드닉에 대해 별로 의심을 하지 않더군요. 앤소니 박사의 성형수술이 완벽했기 때문에 그렇다고 생각해요. 말투나 습관 같은 세세한 부분은 내가 그동안 정성을 다해서 가르쳐 주었거든요. 한 가지 매우 유감스러운 것은 이번 일과 아무런 상관이 없었던 당신이 메드닉이 가짜라는 사실을 알아내었다는 거예요."

그녀가 다니엘을 쳐다보면서 말했다.

"그래서 하베이 기자도 살해한 거죠?"

그가 비꼬는 투로 말했다. 그와 레베카의 시선이 허공에서 부딪쳤다. 두 사람이 노려보는 시선은 마치 그 사이에 있다가는 벼락이라도 맞을 것처럼 강렬했다.

"그래서 이런 비극이 시작된 거죠. 만약 그 사람이 어리석은 행동을 하지 않았더라면 더 이상 아무런 일도 없었을 거예요."

그녀가 차분한 목소리로 말했다.

"어떻게 살인을 하고도 태연할 수 있죠?"

그는 도저히 그녀의 태도를 용서할 수 없다는 듯이 말했다. 그녀의 행동은 너무나 악독했던 것이다.

"그건 나의 잘못이 아니에요. 누가 이 일에 끼어들라고 했나요? 그 멍청한 기자는 바하마로 와서 아주 어리석은 짓을 한 거예요. 쓸데없는 호기심 때문에 귀중한 목숨을 잃게 된 거죠."

그녀는 목소리에 별다른 변화를 주지 않고 차분하게 말했다.

"제임스 교수도 당신이 죽인 거죠?"

로라가 그녀를 노려보면서 물었다.

"우리가 그 사람을 죽일 이유가 있다고 생각하나요, 로라?"

그녀가 로라를 향해 반문했다. 그리고 얼굴에 야릇한 미소를 지어 보였다.

"제임스 교수님은 뉴월드 그룹을 노리는 레이더스에 대해 조사하다가 로즈마리라는 여자가 이번 사건에 개입되어 있다는 사실을 발견했어요. 로즈마리는 바로 당신의 어머니가 아닌가요?"

로라가 몹시 흥분하면서 소리쳤다.

"그 교수는 알지 말았어야 할 내용을 알고 있었어요. 함부로 다른 사람의 일에 참견하면 그런 꼴을 당할 수밖에 없어요."

그러자 다니엘이 그녀를 노려보면서 소리쳤다.

"당신은 천벌을 받을 거요!"

하지만 그녀는 여유 있는 미소를 잃지 않았다. 어쨌든 지금은 칼자루를 그녀가 쥐고 있는 것이다.

"그렇지만 나보다 먼저 당신이 죽을 겁니다. 승마를 즐기다가 말이죠."

그녀가 여유를 부리면서 재미있다는 듯이 말했다.

"이런 방법이 아니라 다른 식으로 해결할 수도 있지 않겠소?"

그는 다시 그녀를 설득해 보려고 말머리를 돌렸다. 그래서 이런 일을 당장 그만두라고 말하고 싶었다.

"난 고통스러운 나의 과거에 대해 보상을 받고 싶었어요."

그녀가 담담한 태도로 말했다.

"어떤 식으로 말입니까?"

그가 궁금한 듯이 물었다.

"로라가 메드닉의 품 안에서 행복하게 자랄 때 나는 불행한 어린 시절을 보낼 수밖에 없었어요. 그리고 나를 손녀로 인정하지 않았던 메드닉에게 보복을 하겠다고 결심했지요. 그게 바로 과거에 내가 당한 고통을 보상받는 길이었지요."

우울한 표정을 지었다

"나는 모든 사실을 잘 알고 있소, 엘리자베스. 당신의 아버지 에릭은 메드닉 회장의 아들이 아니었으니까 그건 너무나 당연한 일이오."

그가 단호한 목소리로 말했다.

"뭐야?"

"메드닉 회장은 에릭이 과연 친아들인지 확인하기 위해 유전자 감식을 의뢰했던 적이 있었지요. 그리고 그 결과를 당신의 어머니 로즈마리에게 보내 주었지요. 로즈마리는 친자확인 소송까지 벌이려고 하다가 웨더비 박사가 작성한 소견서를 보고 모든 걸 포기했어요. 난 이미 그 증거까지 가지고 있어요, 엘리자베스. 당신은 메드닉 회장의 유산을 상속받을 자격이 없어요."

그가 사실대로 말했다.

"그건 진실이 아니야!"

그녀가 무서운 눈빛으로 그를 노려보았다.

"지금이라도 아직 늦지 않았소. 모든 걸 포기하고 용서를 구하시오. 메드닉 회장이 당신을 자신의 손녀로 인정하지 않았던 것은 올바른 결정이었소."

"당신이 그 비밀을 어떻게 알았는지는 모르겠지만 그렇다고 해서 달라질 건 아무것도 없어요. 자, 블레이크 씨. 어서 승마복으로 갈아입는 게 어떨까요? 로라 양의 몸에 아무런 피해가 없도록 하려면 말이에요. 더 이상 꾸물거리는 건 용서하지 않겠어요."

그는 어쩔 수 없이 그녀가 시키는 대로 할 수밖에 없었다. 그가 옷을 갈아입는 동안 로라가 마틴의 손에 인질로 잡혀 있었기 때문에 어떻게 할 도리가 없었다. 서투른 저항이 오히려 돌이킬 수 없는 결과를 초래할 수도 있다는 것을 그는 잘 알고 있었다.

그는 그녀의 명령에 따라 승마복으로 갈아입었다.

"좋아요. 이것으로 모두 준비는 끝났으니 밖으로 나가실까요?"

그는 앞으로 일어날 상황에 대해 충분히 짐작할 수 있었다. 그는 권총으로 로라를 위협하고 있는 마틴을 잠시 노려보다가 다시 그녀를 향해 고개를 돌렸다.

"좋소, 레베카. 하지만 나가기 전에 미리 말해 두겠는데 나는 어젯밤에 이런 일이 있을 줄 알고 미리 경찰에 신고를 해 두었소."

하지만 그 말에 그녀의 표정은 조금도 바뀌지 않았다.

"오, 그렇게까지 하셨다니 미처 몰랐군요. 그래서 경찰이 당신의 주장을 믿어 주던가요?"

그녀가 재미있다는 듯한 표정을 지으면서 물었다. 하지만 그는 아무런 대답도 하지 못했다.

지금 그가 위험에 처해 있는 곳은 뉴욕이 아니라 바하마이다. 만약 이곳이 뉴욕이라면 경찰에 영향력을 발휘할 수도 있었겠지만 이곳 바하마에서는 그녀의 영향력이 훨씬 빠르고 정확하게 작용할 수 있는 것이다.

"그런데 로라는 어떻게 할 생각이죠?"

그가 그녀를 쳐다보면서 물었다.

"죽이진 않을 거예요. 로라는 따로 필요한 곳이 있으니까……."

그녀가 차분한 태도로 대답했다.

"로라에게 무슨 짓을 할 생각입니까?"

"길버트 부부의 스키 기증식과 파티에 참석할 겁니다. 하지만 먼저 우리의 말에 고분고분 따라야만 하겠죠. 만약 엉뚱한 행동을 한다면 그 즉시 진짜 메드닉은 처참하게 죽을 겁니다."

그녀가 차가운 눈빛으로 로라를 쳐다보면서 말했다. 그녀와 눈빛이 마주치자 로라는 자신도 모르는 사이에 몸을 떨었다.

그때 갑자기 누군가 문을 다급하게 두드리는 소리가 들렸다. 그리고 곧이어 앤소니가 방으로 들어왔다. 다니엘과 로라는 앤소니의 출현이 무엇 때문인지 몹시 궁금했다. 앤소니의 표정으로 볼 때 무엇인지 중요한 문제가 생겼을지도 모른다는 생각이 들었다.

"레베카, 방금 프론트에서 다급한 연락이 왔어요. 프레디가 당신을 찾고 있어요. 한 가지 골치 아픈 일이 생겨서……."

"무슨 일이죠?"

그녀가 약간 긴장하면서 물었다.

"조금 전에 메드닉 회장을 만나겠다고 호텔로 찾아온 사람이 있었어요. 그 사람이 지금 호텔 로비에서 마구 소란을 피우고 있습니다. 메드닉 회장의 생명을 구해준 은인이라고 자처하면서 말입니다. 어떻게 해야 좋을지 당신이 결정해야 할 것 같습니다."

앤소니가 초조한 표정으로 말했다. 그 순간 다니엘의 얼굴에서 재빨리 미소가 스치고 지나갔다. 다니엘은 그것이 바로 프랭크의 도착을 알리는 신호라는 사실을 재빨리 알아차린 것이다.

다니엘은 레베카가 어떤 반응을 보일지 촉각을 곤두세웠다. 앞으로의 결과는 그녀가 어떤 판단을 내릴 것이냐에 달려 있었던 것이다. 다니엘은 마음이 조마조마했다.

"메드닉에게 생명의 은인이 있었나?"

그녀는 잠시 생각하면서 혼자 중얼거렸다. 그러고 나서 앤소니를 바라보았다.

"그 사람 이름이 뭐라고 해요?"

"알더 베네브치라고 했습니다."

그녀는 짐짓 태연한 척 가장했지만 다니엘의 눈에는 당황하는 모습이 그대로 보이고 있었다. 그는 로라에게 프랭크가 도착했다는 사실을 알리고 싶었다. 프랭크가 왔다는 사실을 알게 된다면 로라도 어느 정도 용기를 얻을 수 있을 것이다. 하지만 이 순간에는 아무 말도 해줄 수가 없었다.

"어서 가서 메드닉 회장에게 물어 보도록 해요. 그런 사람이 정말로 있는지 말이에요."

레베카는 신중한 여자였다. 지금 이 순간 그녀는 가능하다면 가짜 메드닉을 내세우지 않고 싶은 것이 분명했다. 하지만 앤소니는 메드닉에게 달려가는 대신에 그 자리에서 난처한 표정을 짓고 있었다.

레베카가 약간 신경질을 내면서 앤소니에게 말했다.

"왜 그래요, 무슨 문제가 있어요?"

"메드닉 해리슨 회장은 조금 전에 주사를 맞았기 때문에 의식을 잃고 있습니다."

앤소니가 고개를 숙이면서 대답했다.

"하필이면 지금 주사를……. 알더인가 뭔가 하는 사람은 지금 어디 있어요?"

그녀의 목소리에는 잔뜩 짜증이 깃들어 있었다.

"호텔 프론트에 있습니다."

그녀는 오랫동안 생각하거나 망설이지 않았다. 다니엘과 로라가 지켜보는 앞에서 당황하는 모습을 보이지 않으려고 하는 것 같았다.

"좋아요. 위로 올려 보내세요. 그 대신 간단히 이야기하고 즉시 돌려보내도록 해요, 알았죠?"

　그녀는 서둘러 일을 끝마치겠다는 듯이 단호하게 말했다. 다니엘은 아무도 모르게 안도의 한숨을 내쉬었다. 프랭크가 가짜 메드닉을 만나게 된다는 것은 그의 정체를 밝힐 수 있다는 것을 의미하기 때문이다. 만약 프랭크가 호텔에서 쫓겨났다면 상황은 완전히 불리하게 되었을 것이 분명했다.

　레베카는 이번 일에 대해 다시 한 번 생각을 정리해 보았다. 그녀는 메드닉 해리슨에게 생명을 구해 준 은인이 있었다는 사실에 대해서 전혀 모르고 있었다. 그녀는 아직까지 모든 계획이 완전히 성공한 것이 아니기 때문에 함부로 일을 처리할 수 없다는 것을 잘 알고 있었다.

　하지만 가짜 메드닉이 있으니까 일단은 안심이었다. 다른 사람들을 감쪽같이 속였던 것처럼 이번에도 충분히 위기를 넘길 수 있는 자신이 있었던 것이다.

　"이봐요, 마틴. 당신이 직접 다니엘을 처리하도록 하세요. 별다른 문제가 생기지 않도록 조심스럽게 일을 마쳐야 해요."

　레베카가 마틴을 쳐다보면서 명령했다.

　"알겠습니다."

　"그리고 로라는 파티가 시작될 때까지 계속 감시하도록 하세요."

　그녀가 마틴을 향해 말했다.

　"나에게 맡겨 주십시오."

　마틴이 가슴을 앞으로 내밀면서 말했다. 그는 지금 당장이라도 다니엘을 죽일 수 있다는 듯이 싸늘한 미소를 지었다.

레베카는 다니엘에 대한 처리 문제를 마틴에게 맡기고 곧장 가짜 메드닉이 있는 곳으로 찾아갔다. 그의 외모는 아무리 살펴보아도 진짜 메드닉 회장과 똑 같았다. 그녀가 지금 벌어지고 있는 일에 대해 간단하게 설명했다.

"메드닉 해리슨 회장의 생명을 구해 주었다고 주장하는 사람이 지금 프론트에 와 있어요. 그 사람의 이름은 알더 베네브치라고 해요. 적당히 대답한 후에 돌려보내도록 하세요."

그녀는 아무런 일도 아니라는 듯이 말했다. 하지만 가짜 메드닉은 초조한 기색을 그대로 드러내었다.

"그런 사람이 있었나?"

"그 사실은 나도 잘 모르겠어요. 하지만 메드닉 회장이 지금 주사 때문에 의식을 잃고 있으니까 확인할 수가 없어요."

그녀가 차분하게 말했다.

"내가 그 사람을 만나서 뭐라고 하지?"

다니엘을 처음 만났을 때처럼 메드닉은 어쩐지 어려워하는 것 같은 태도를 보이고 있었다. 진짜 메드닉이었다면 아무리 늙고 쇠약해도 그렇게 약하고 자신 없는 태도는 보이지 않았을 것이다.

"그냥 가벼운 인사 정도만 하세요. 분명히 메드닉이 과거에 사귀었던 건달일 거예요. 가끔씩 그런 짓도 했으니까요. 뭐 다른 게 있겠어요?"

"그렇군."

가짜 메드닉이 고개를 끄덕이면서 말했다. 하지만 그것은 굉장히 심각한 문제였다. 쉽게 넘어갈 문제가 아니었던 것이다. 레베카는 메드닉에게 그런 친구가 있었다는 것에 대한 사전 지식이 전혀 없었다. 그렇지만 그녀는 다시 한 번 가짜 메드닉을 진정시키고 나서 프랭크를 데려 오기 위해 방을 나섰다.

"메드닉 회장님, 그동안 잘 있었나요?"
 프랭크는 진짜로 가까운 사이처럼 다정하게 말하면서 기다리고 있던 가짜 메드닉에게 다가갔다. 대단한 배짱을 가지고 있지 않고서는 감히 생각할 수조차 없는 연기였다. 하지만 프랭크는 아무렇지도 않은 듯이 자연스럽게 행동했다.
 이런 일에는 한 순간 한 순간이 몹시 중요하다. 진짜 메드닉이었다면 프랭크는 어렵게 만날 수 있었더라도 단번에 웃음거리가 되어서 쫓겨나야만 했을 것이다. 그러나 다행스럽게도 그런 문제는 발생하지 않았다. 메드닉이 가짜였기 때문에 프랭크의 정체를 알 수가 없었던 것이다.
 "나야 물론 잘 있었지. 자네 모습도 무척 건강해 보이는군."
 가짜 메드닉은 프랭크의 천연덕스러운 연기에 최선을 다해 맞추어 주었다. 그 한 마디에 프랭크는 안도의 한숨을 내쉴 수 있었다.
 모든 조바심과 두려움이 순간적으로 사라졌다. 상대가 가짜 메드닉이라는 게 확실한 이상 두려울 게 하나도 없었던 것이다. 혹시나 싶어서 다시 한 번 눈치를 살펴보았지만 역시 가짜가 분명했다. 가짜 메드닉은 레베카를 불러서 그를 소개해 주었다.
 "인사하게나, 알더. 이쪽은 몇 해 전부터 내 비서로 일하고 있는 레베카 더글라스 양인데 내 오른팔이나 마찬가지라네."

메드닉 회장이 그녀를 가리키면서 말했다.

"반갑습니다, 베네브치 씨."

그녀가 비서다운 태도로 공손하게 말했다. 자신의 신분에 대해 확신이 생긴 프랭크는 조금도 거칠 것이 없었다.

"그냥 알더라고 부르도록 해요. 당신은 상당한 미인이군요."

그녀는 친절하게 프랭크를 대하면서도 결코 경계심을 늦추지 않았다. 그녀는 메드닉과 관련된 모든 자료를 확인해 보았지만 아무 곳에도 알더 베네브치라는 이름이 나와 있지 않았다.

"그렇게 부르죠, 알더. 그런데 두 분께서는 어떻게 만나게 되셨는지 궁금하네요."

그녀의 날카로운 질문에 프랭크는 순간적으로 약간 당황했다. 하지만 그런 유도신문에 쉽게 넘어갈 그가 아니었다.

"거기에 대한 이야기라면 회장님이 직접 비서에게 들려주는 게 훨씬 좋지 않을까요?"

프랭크는 순간적인 기지를 발휘하면서 뜨거운 감자를 가짜 메드닉에게 떠넘겼다. 일이 그렇게 되자 오히려 당황한 것은 가짜 메드닉이었다. 그녀조차도 이 순간을 가짜 메드닉이 잘 넘길 수 있을지 긴장할 정도였다. 그는 이마에 흐르는 땀을 닦으면서 말했다.

"그건……, 아무래도 자네가 직접 이야기를 하는 게 좋겠어. 자네가 나보다 훨씬 더 이야기를 재미있게 하니까 말이야."

가짜 메드닉은 조마조마한 심정으로 프랭크의 눈치를 살피면서 말했다. 그녀는 프랭크를 경계하면서도 혹시 가짜 메드닉의 정체가 탄로나지나 않을까 긴장하고 있었다.

"그래요. 저도 선생님의 이야기를 듣고 싶어요. 아무래도 생명을 구한 당사자가 그 일에 대해 말하는 게 더욱 효과적이니까요."

그녀가 웃으면서 맞장구를 쳤다. 프랭크는 한눈에 레베카가 평범한 여자가 아니라는 사실을 알아차렸다.

그는 머리를 빠르게 회전시키면서 생각나는 대로 이야기를 꾸며대기 시작했다. 그 이야기는 아무것도 모르는 메드닉과 레베카를 현혹시키기에 충분한 것이었다.

그는 여유를 부리면서 말하기 시작했다. 그는 조금도 망설이지 않았고 의심할 만한 부분도 전혀 나타내지 않았다.

"가만 있자……, 그 때가 지금으로부터 꼭 7년 전이군. 그렇지 않은가요, 메드닉?"

그는 상대방의 눈치를 살필 것도 없다는 듯이 태연하게 말을 꺼냈다. 그 모습은 어느 누구도 의심할 수 없을 정도였다.

"맞았어."

가짜 메드닉은 고개를 끄덕이면서 대답했다. 그는 지금 프랭크가 하는 말을 그대로 인정할 수밖에 없는 처지였다.

"난 브룩클린에 있는 집에서 자동차를 타고 출발한 뒤에 맨해튼을 향해 달려가는 중이었지. 지름길로 가기 위해 공원을 통과하던 도중에 회장님을 발견했던 거야. 회장님은 새벽 한 시에 공원에서 혼자 산책을 하고 있었지. 그건 정말 위험한 일이었어."

그는 지금 완전히 재담가로 변신하고 있었다. 레베카조차도 그의 이야기에 대해 조금도 의심하지 않았다. 말하는 프랭크의 태도가 자신감에 넘친 탓도 있었지만 그녀는 혹시 메드닉이 가짜라는 사실이 들통 나지 않을까 하는 걱정 때문에 다른 의심을 할 여유가 전혀 없었던 것이다.

"맞았어. 내가 왜 그랬을까?"

가짜 메드닉이 말했다. 두 사람은 연신 고개를 끄덕이면서 그의 거짓말을 듣고 있었다.

"72번가에서 공원을 막 지나가려고 하다가 회장님을 향해 네 명의 갱들이 덤벼드는 광경을 목격하게 되었지. 그 순간 나는 내가 즉시 도와주지 않는다면 저 사람이 갱들에게 죽겠구나 하는 생각이 들더군……."

"계속하게, 계속해."

가짜 메드닉은 정말 감동이라도 한 듯이 다음 이야기를 재촉했다. 한 마디 한 마디를 하면서 사실상 신경이 곤두서있던 그는 이제 완전히 마음을 놓아도 좋겠다고 생각했다. 이미 두 사람은 감쪽같이 속아 넘어가고 있었던 것이다.

"그래서 난 생각 끝에 자동차를 몰고 그 갱들을 향해 무섭게 돌진해 들어갔지. 갱들은 내 자동차가 사나운 속도로 돌진해 들어오자 질겁하면서 사방으로 흩어져 도망쳤어. 회장님도 기억하고 있지요? 그 광경이 어떠했는지를……. 그 순간 내가 자동차의 문을 열어 주자 회장님이 급히 내 자동차에 올라탔지요?"

ㄱ가 천역덕스럽게 말했다.

"맞아. 그래, 그랬어."

가짜 메드닉은 연신 고개를 끄덕이면서 그의 말에 동의했다.

"그날 밤에 내 자동차는 여기저기가 부딪쳐서 고물차가 되고 말았지요. 갱들을 향해 닥치는 대로 몰았으니 자동차가 어떻게 되었겠어?"

그가 무거운 한숨을 쉬면서 그녀의 얼굴을 쳐다보았다.

"어떻게 되었을지 알 만해요."

그녀가 미소를 지으면서 대답했다. 그녀는 아무런 의심도 하지 못하고 가만히 프랭크의 말을 듣고 있을 수밖에 없었다. 그녀가 의심할 만한 구석이 한 군데도 없었던 것이다.

그녀는 연신 고개를 끄덕이면서 맞장구를 치는 가짜 메드닉을 어떻게 해야 좋을지 당장 생각이 떠오르지 않았다. 프랭크가 메드닉을 진짜로 믿고 빨리 돌아가 주기만을 바라고 있을 뿐이었다.

"그래, 그래. 자네 말이 맞네, 알더. 그날 있었던 일은 내 평생 잊지 못할 거야."

메드닉이 고개를 끄덕였다.

"잠시 후에 정신을 차린 갱들이 내 자동차를 향해 마구 총을 쏘았지요. 다행스럽게도 우린 총에 맞지 않았지만 자동차는 벌집처럼 되고 말았지요."

그가 메드닉을 쳐다보았다.

"난 항상 그 일에 대해 고맙게 생각하고 있다네. 자네의 도움이 아니었다면 난 지금 이곳에 있을 수도 없었을 거야."

메드닉이 그의 어깨를 치면서 말했다. 그는 승리감에 가득 찬 표정을 지으면서 커다랗게 웃었다. 하지만 그녀에게는 프랭크의 그 표정이 메드닉을 진짜로 믿는 태도로 비쳐지고 있었다.

가짜 메드닉 역시 자신이 진짜로 인정받았다는 사실만으로 만족스러운 표정을 짓고 있었다. 가짜 메드닉은 가장 어려운 난관을 통과한 듯이 자랑스럽게 그녀를 바라보았다.

그렇게 연극을 하는 동안에도 프랭크는 한 가지 걱정을 지워 버리지 못하고 있었다. 그것은 다니엘에 대한 안부였다. 다니엘이 지금껏 나타나지 않는 데에는 무슨 심각한 문제가 있을지도 모른다는 생각을 떨쳐 버릴 수 없었던 것이다. 도움을 청해서 바하마까지 자신을 불러들인 다니엘이 아무런 연락 없이 다른 곳으로 훌쩍 떠났을 리가 없었기 때문이다.

아무래도 프랭크는 불길한 예감을 떨쳐 버릴 수가 없었다. 이미 어떤 일이 벌어졌을지도 알 수 없는 노릇이었다. 다니엘이 메드닉에 대한 비밀을 발견했다면 당연히 신변에 위험이 따랐으리라는 사실을 충분히 예상할 수 있었다. 그렇다고 해서 마구 호텔을 뒤질 수도 없는 처지였기 때문에 프랭크의 마음은 몹시 착잡하고 조급했다.

프랭크는 무사히 레베카와 가짜 메드닉을 속인 후에 다니엘이 부탁한 일을 처리하기 위해 기회를 엿보기 시작했다.

제13장 위기

　　　세계적인 휴양지 바하마를 대표하는 아미보섬 호텔은 드넓은 바다를 한눈에 내려다볼 수 있는 곳에 자리 잡고 있었다. 푸른 바다 저 멀리 섬들 사이로 몇 척의 배가 여유 있게 떠다니고 있었고, 그 배들 위에는 하얀 구름이 둥실둥실 떠다니고 있었다. 먹이를 찾는 갈매기들은 해안선을 따라 평화롭게 날아다니고 있었다.
　아미보섬 호텔과 바다 사이에 놓여 있는 숲을 따라 걸어가다 보면 그 끝부분에 기묘하게 생긴 바위들과 마치 바다를 향해 곤두박질이라도 치는 것처럼 위태롭게 뻗어 있는 절벽이 있었다. 바다에서 보면 그야말로 하나의 절경이었지만 지금은 그곳이 바로 다니엘의 무덤이 될 장소였다. 레베카는 그곳에서 마틴에게 다니엘을 절벽 밑으로 밀어서 떨어뜨리라고 명령했던 것이다.

"그런데……, 레베카, 좀 지나치다고 생각하지 않아요?"

비서실 창문을 통해 절벽을 바라보던 앤소니가 레베카를 향해 말했다. 그는 말을 하면서도 여전히 절벽을 바라보고 있었다. 마치 그녀의 눈길을 애써 외면하려고 하는 것 같았다.

"무슨 뜻이죠?"

앤소니의 말에 그녀의 표정이 차갑게 변했다. 그녀는 지금 느닷없이 나타난 메드닉의 친구 때문에 신경이 몹시 날카로운 상태였다. 알더가 시끄럽게 떠들면서 주위를 떠들썩하게 만든 것이 그녀의 신경을 건드렸던 것이다. 그녀는 은근히 그 일에 대해 많은 신경을 쓰고 있었다.

"다니엘을 처리하는 문제 말입니다."

앤소니가 한숨을 쉬면서 말했다.

"뭐가 잘못 되기라도 했나요?"

그녀가 차가운 목소리로 반문했다. 그러자 앤소니는 바다를 등진 채 난간에 기대어 서서 그녀를 똑바로 바라보았다. 그는 자신의 의견을 말하기 시작했다.

"다니엘 블레이크는 사회적으로 매우 잘 알려진 유명한 사람입니다. 그런 인물이 갑자기 바하마에서 죽어 버린다면 당연히 사람들의 이목이 집중될 수밖에 없어요. 그러니까 이곳에서 그를 처치하는 것은 아주 위험한 일이라고 생각해요."

앤소니가 그녀의 결정을 정면에서 반박하는 것은 지금까지 한번도 없었던 일이었다. 지금 그가 하는 말은 분명히 일리가 있었다. 그녀도 그 말을 들으면서 약간 갈등을 일으킬 수밖에 없었다.

그녀는 아무런 대답도 하지 않은 채 술병이 진열되어 있는 장식장을 향해 걸어갔다. 그녀는 조용히 술병을 꺼내서 술잔에 부었다. 그는 그녀가 무척 화가 나 있는 거라고 추측하면서 조용히 입을 다문 채 그녀가 무슨 말이라도 꺼내기를 기다렸다.

"당신은 겁을 내고 있군요, 앤소니. 그렇죠?"

그녀가 약간 언성을 높이면서 말했다.

"그런 게 아니라……."

그는 망설이면서 대답했다.

"좋아요. 그렇다면 당신이 한 번 대답해봐요. 그 다니엘이라는 자는 진짜 메드닉에 대해 알고 있어요. 당신은 그 문제를 어떻게 처리할 거죠?"

그녀가 신경질적인 목소리로 말을 던졌다.

"그건……."

"경찰에 가서 그 사실을 알려 주도록 가만히 두고 보기만 할 건가요?"

"레베카, 내 말은 그런 뜻이 아니었어요. 단지 지금이 다니엘을 해치우는 적당한 시기가 아니라는 생각이 들어서 그렇게 말한 겁니다."

그가 다급하게 말했다. 하지만 그녀는 이미 그의 말에 귀를 기울이고 있지 않았다.

"그래서 가짜 메드닉이 체포되고 우리 계획도 끝장나 버린다면 좋겠어요? 그래요?"

그녀의 질문은 너무나 단순한 것이었다. 하지만 이런 문제는 단순할수록 대답하기 더욱 어려운 법이었다.

"그게 아니라……."

앤소니는 대답할 말이 잘 떠오르지 않아 더듬거렸다. 그는 그녀가 너무나 쉽게 살인을 저지른다는 점이 마음에 들지 않았다.

하베이가 죽었을 때에도 그녀는 아무렇지도 않게 생각하고 있었다. 그리고 이제 또다시 두 사람을 죽이려 하고 있는 것이다. 그는 음모의 끝이 어떻게 될 것인지 몹시 궁금했다.

"좋은 생각이 있으면 한 번 말해 보세요."

그녀의 신경질적인 목소리가 귀를 파고들었다. 하지만 그는 아무런 대답도 하지 못한 채 우물쭈물하고 있었다.

"난 모르겠어요. 단지……."

그러자 그녀가 그에게 다시 한 번 차갑게 쏘아붙였다.

"앤소니, 아직 모르겠어요? 우리는 어차피 같은 배에 타고 있다는 사실을 말이에요."

그녀가 단호한 목소리로 말했다.

"그래요. 나도 알아요. 나도 알고 있으니까 모두 당신이 알아서 해요, 레베카."

그는 그런 식으로 체념할 수밖에 없었다. 지금의 상황은 어차피 둘 중에 한 가지만을 선택할 수 있을 뿐이었다. 그녀가 말한 것처럼 그들은 이미 같은 배를 타고 있었다.

"이것 봐요, 앤소니."

그녀의 음성이 갑자기 따스하게 변했다. 조금 전에 쏘아붙이던 차가운 말투는 사라지고 부드러운 음성과 함께 은근한 표정으로 바뀌었다. 그녀의 표정은 그의 마음이 흔들릴 만큼 고혹적으로 변했다.

"남자가 왜 그렇게 겁이 많아요. 당신은 욕망도 없나요? 아직도 당신은 내가 진정으로 무엇을 원하는지 모르는 모양이군요."

그녀가 은근한 목소리로 말했다.

"당신은 도대체 무엇을 원하는 거죠?"

그가 불만스러운 듯이 물었다.

"난 욕망이 크기 때문에 하고 싶은 것들도 아주 많아요. 나이가 더 들기 전에 다른 사람들보다 더 멋지게 즐기고 싶다구요. 그러기 위해서 돈도 필요한 거구요. 내 말 알겠어요?"

그녀의 유혹적인 말에 그는 더 이상의 논쟁을 벌일 용기를 잃어버리고 말았다.

"그렇지만 레베카, 현재도 당신은 여생을 충분히 호강하면서 살아갈 수 있어요."

이제 그는 모든 것을 체념한 듯한 목소리로 그녀에게 호소하고 있었다.

"뭘 가지고 말이죠?"

그녀가 궁금하다는 듯이 반문했다.

"지금 가진 것만으로도 충분해요, 레베카. 아직 부족하다고 생각하는 건 당신의 야망이 너무 크기 때문이죠."

그가 고개를 숙이면서 대답했다.

"그건 맞아요. 당신은 오늘 처음으로 내 마음에 드는 말을 하는군요."

그녀가 고개를 끄덕이면서 그의 말에 수긍하는 태도를 보였다.

"그 사람은 어떻게 되었나요?"

앤소니가 그녀를 바라보면서 물었다.

"누구를 말하는 거죠?"

"알더 베네브치라고 하는 사람 말이에요. 곧장 돌아간다고 하지 않았던가요?"

"그것은 지금 알 수 없지만 그냥 놓아두었어요. 어차피 메드닉과 이야기가 잘 통하고 있고 다른 의심도 들지 않는데 공연히 과민반응을 보일 필요가 없을 것 같아서⋯⋯."

그녀가 차분하게 설명했다.

"그건 그래요. 다행이에요."

그가 고개를 끄덕이면서 말했다. 또 다시 누군가를 없애지 않아도 된다는 사실에 무척 만족한 것 같았다.

그러한 모습을 보면서 그녀는 그가 다시 마음의 평정을 되찾았다고 생각했다. 그를 향해 매력적인 미소를 지었다. 그가 반할 정도로 아름다운 미소를⋯⋯. 그는 그녀의 고혹적인 자태를 보면서 마른 침을 꿀꺽 삼켰다.

"뭘 그렇게 생각하죠, 당신?"

그의 욕정어린 눈빛을 의식한 듯이 그녀가 불쑥 물었다. 갑자기 질문을 던지는 바람에 그는 잠시 당황했다. 뭔가 잘못하다 들킨 아이처럼 얼굴을 붉혔다. 그녀는 상대의 마음을 꿰뚫는 듯이 계속해서 말을 이었다.

"좋아요. 오랜만에 우리 단 둘이 이런 시간을 갖게 되었군요. 지금부터 당신은 뭘 할 생각이에요?"

"무슨 뜻이죠?"

그는 자신도 모르게 숨을 깊이 들이마시면서 그녀를 바라보았다.

"그렇게 감각이 둔한 사람이 도대체 어떻게 어려운 수술을 하죠? 이해가 가지 않아요. 난 지금 당신의 몸을 느끼고 싶어요."

그는 말문이 막힌 것처럼 아무런 대답도 하지 못했다. 그녀가 하는 말의 의미를 이해하지 못해서가 아니었다. 오히려 그 반대였다. 그의 몸은 벌써 그녀의 유혹에 즉각적으로 반응하고 있었다.

그는 마치 눈앞에 그녀의 알몸을 보고 있는 듯한 기분이 들었다. 그녀의 태도는 아주 자연스러웠다. 가만히 서 있는 그를 향해 천천히 다가왔다. 그녀는 야릇하고 신비스러운 표정에 약간의 미소를 담고 있었다. 그 모습은 몹시 요염했다. 그녀가 걸음을 옮겨놓을 때마다 탄력 있는 가슴이 그의 눈앞에서 가볍게 출렁거렸다.

그는 그녀의 옷 속으로 은은하게 비치는 풍만한 가슴에 눈길이 머물고 있었다. 그것은 외부로 노출된 가슴을 보는 것보다 훨씬 더 자극적이었다. 그는 마른 침을 꿀꺽 삼켰다. 그녀의 발걸음이 그의 앞에 와서 멈췄다.

그는 슬며시 손을 내밀어서 그녀의 가슴을 더듬었다. 그의 손이 가슴에 와 닿자 그녀의 입술이 조금씩 벌어지면서 알아들을 수 없는 비음이 흘러나왔다. 가슴을 더듬던 그의 손길이 허리를 지나 히프로 내려왔다. 그는 그녀의 미끈한 두 다리를 보면서 거센 욕망을 느꼈다. 그녀의 눈부신 피부가 그의 두 눈을 자극했다. 히프에 머물었던 그의 두 손이 자연스럽게 스커트를 끌어올렸다. 매끈한 피부가 그의 손끝에 느껴졌다. 그 손끝에 비경만 가린 손바닥만한 팬티가 고목나무에 잠자리처럼 붙어 있었다.

그는 조심스럽게 그녀의 팬티를 벗겨 내렸다. 풍만한 히프에 걸려 잘 내려오지 않자 그녀가 히프를 돌리며 도와주었다. 그런 동작이 그의 성욕에 더욱 불을 붙이고 있었다.

팬티가 벗겨지자 우윳빛 눈부신 피부와 대비되는 또 다른 지역이 완전히 개방된 채로 그의 손길을 기다리고 있었다. 진 암갈색 무성한 숲이 시야를 가득 채우고 있었다.

그는 서둘러 그 숲을 탐사하기 시작했다. 그의 손길이 무성한 그 숲길을 헤칠 적마다 그녀의 입에서 비음이 흘러나왔다. 길이 열리고 샘물이 흐르자 그는 자기 몸을 그 샘물에 담갔다. 마침내 그녀의 입에서 신음소리가 흘러나오더니 날씬한 허리가 활처럼 휘었다. 그녀의 손이 무자비하게 그의 등을 할퀴고 있었다.

두 사람의 육체가 하나가 된 순간 앤소니의 머릿속은 온통 백지상태가 되었다. 지금 이 순간 이외에 모든 것은 잊어버렸다. 오직 그녀와 하나가 된 만족감에 빠져버렸다.

두 사람은 짜릿한 섹스를 나눈 뒤 서로의 얼굴을 쳐다보았다. 그녀는 마치 아무런 일도 없었다는 듯이 창가에 조용히 서 있었으며 그는 소파에 앉아서 아직도 상기된 얼굴을 하고 있었다. 정말로 그녀는 사랑할 수밖에 없는 여자라고 생각하고 있었다. 그때 그녀의 목소리가 들렸다.

"이건 아직 시작일 뿐이에요, 앤소니. 나는 당신의 마음을 알고 있어요. 우리의 계획이 성공한 다음에는 훨씬 즐거운 시간을 가질 수 있을 거예요. 난 당신을 가장 행복하게 만들 수 있어요."

그녀가 미소를 지으면서 말했다.

"나는 당신을 믿어요, 레베카."

"자, 이제 파티를 준비해야 할 시간이에요. 나를 믿어요. 조금도 두려워할 필요가 없어요."

그녀는 그가 더 이상 아무런 생각도 할 수 없도록 만들어 버렸다. 그의 눈에 보이는 것은 오직 그녀뿐이었다.

그녀는 앤소니를 남겨두고 파티를 준비하기 위해 밖으로 나갔다.

프랭크는 아무도 모르게 메드닉의 전용층으로 올라가서 조사를 해 보고 싶었다. 아미보섬의 다른 곳은 모두 조사를 해 보았지만 다니엘의 흔적을 발견할 수가 없었다. 이제 남은 장소는 메드닉의 전용층 뿐이었다.

하지만 메드닉 해리슨의 전용층으로 들어가는 것은 몹시 어려운 일이었다. 전용층으로 이어지는 모든 비상구는 완벽하게 차단되어 있었고 엘리베이터에는 항상 경호원이 지키고 있었다. 비록 메드닉의 생명을 구한 사람으로서 융숭한 대접을 받기는 했지만 전용층의 출입은 엄격하게 금지되어 있었다.

그는 어쩔 수 없이 다시 자기 방으로 들어갔다. 그는 파티가 시작되기를 기다리면서 앞으로 어떻게 행동할 것인지 고민하고 있었다. 파티가 시작되면 무슨 방법이 생길지도 모른다. 하지만 지금처럼 다니엘의 행방이 묘연한 상태라면 모든 것을 혼자의 힘으로 해결할 수밖에 없었다. 하지만 레베카의 무서운 음모를 막으려면 어디서부터 어떻게 행동해야 할지 가늠을 잡을 수가 없었다. 그는 차분히 생각을 정리하기 시작했다.

이제 파티가 열릴 시간은 얼마 남지 않았다. 그가 다니엘의 행방에 대해 걱정하고 있는 동안에도 시간은 어김없이 흘러가고 있었다.

로즈마리는 옷장을 열고 화려한 파티복을 고르고 있었다. 그녀는 비록 중년의 나이였지만 풍만한 가슴을 돋보이도록 만들 수 있는 어깨가 드러난 하얀색 드레스를 골랐다. 치마에는 레이스를 달아 장식하고 보석이 박힌 화려한 목걸이도 걸었다.

오늘 열리는 파티는 그녀에게 있어서 남달리 뜻 깊은 것이었다. 자신이 정식으로 메드닉 해리슨의 며느리로 인정받게 되는 날이기 때문이다. 그것은 그녀가 오랫동안 꿈꾸어 오던 일이었다.

가짜 메드닉이 그 사실을 선언하겠지만 그래도 해리슨 가의 한 사람이 될 수 있는 것이다. 그리고 자신의 딸 엘리자베스도 메드닉의 손녀로서 정당한 상속권을 물려받게 될 것이다.

그녀는 거울 앞에서 자신의 아름다운 자태를 비추어 보았다. 그녀는 항상 화려한 생활을 꿈꾸며 살았다. 매일 밤마다 파티를 열고 상류층 사람들과 대화를 나누고 싶었다. 호화로운 레스토랑에서 식사를 하고 백화점에서 마음대로 물건도 구입하고 싶었다. 하지만 그녀는 그런 생활을 제대로 즐겨 보지도 못한 채 이미 중년의 나이로 접어든 것이다.

그것은 모두가 메드닉의 고집 때문이었다, 메드닉이라는 고집 센 노인이 자기 남편인 에릭을 아들로 인정하지 않았기 때문에 그녀는 해리슨 가의 일원이 될 수가 없었다. 그렇기 때문에 그녀는 지난 20년 동안 지금 이 순간을 기다리고 있었던 것이다.

오늘은 바로 메드닉 해리슨의 며느리로 다시 태어나는 날이다. 그녀의 마음은 온 세상을 다 가진 것처럼 행복했다.

그녀는 지금 입고 있는 드레스가 몹시 마음에 들었다. 오늘을 준비해서 마련한 화려한 드레스는 자신이 마치 파티의 주인공이라도 된 듯한 기분을 느끼도록 해 주었다. 오늘은 멋진 신사가 정중하게 손을 내밀면서 춤을 청해 올지도 모른다. 만약 그런 일이 벌어지면 어떤 표정을 지어야 좋을까?

그녀는 거울을 보면서 자신의 나이에 전혀 어울리지 않는 상상을 즐기고 있었다.

레베카 더글라스는 순조롭게 스키 기증식 파티를 진행하기 위해 분주하게 움직이고 있었다. 그녀는 아미보섬 호텔 직원들과 식당 종업원들에게 여러 가지 주의할 사항들을 지시하면서 바쁘게 돌아다녔다. 그녀가 특히 신경을 쓰고 있는 것은 스키 기증식이 벌어지는 순간이었다.

그녀는 무대장치와 조명, 그리고 음향 시설에 이르기까지 아무리 사소한 것이라도 빼놓지 않고 세심한 주의를 기울였다. 그녀는 작업을 하는 사람들에게 세세한 부분까지 지시했다.

스키를 기증하는 파티는 아미보섬 호텔의 대회의장에서 개최할 예정이었다. 정해진 시간이 되자 초대를 받은 사람들이 하나 둘 모여들기 시작했다. 정장을 차려 입은 사람들과 화려하게 장식된 분위기가 파티의 질을 높여 주고 있었다.

초대를 받은 손님들은 거의 한 사람도 빠짐없이 참석했다. 파티의 주인공 길버트 부부는 여러 사람들에게 둘러싸인 채 이야기를 나누고 있었다. 백발을 단정하게 벗어 넘긴 길버트는 파티에 초대된 손님을 모아 놓고 골동품 스키에 대해 과장된 표현을 섞어가면서 열심히 설명하고 있었다. 손님들은 그 스키에 대해 커다란 관심을 보였다.

"잘 아시겠지만 내가 출연했던 영화에서는 이 스키가 불에 타서 없어졌습니다. 그렇지만 지금 여러분이 직접 보고 있는 이 스키는 분명히 진품입니다. 이것이 바로 영화의 마술이라고 할 수 있습니다. 다시 말하자면 똑 같은 스키의 모형을 미리 만들어 놓았던 것입니다. 그리고 막상 불에 타는 장면을 촬영할 때에는 그 모조품을 태우는 겁니다. 그것은……"

그는 영화 속의 장면을 자세하게 설명했다. 사람들은 그의 움직임을 쫓아가면서 열심히 귀를 기울였다. 마침내 마치 영화의 한 장면처럼 길버트가 극적으로 팔을 뻗으면서 스키를 가리켰다.

"지금 여러분이 보시고 있는 이 스키가 바로 그 영화에 등장한 스키가 분명하다는 것입니다."

그가 말을 마치자 파티장에 모인 손님들은 깊은 감동을 받았다는 듯이 일제히 박수를 보내면서 환호하기 시작했다. 사람들의 박수를 받으면서 길버트 부부는 즐거운 미소를 지었다.

프랭크도 그 파티에 참석하고 있었다. 그는 계속해서 다니엘을 찾아다니고 있었지만 어디에도 그의 모습을 발견할 수가 없었다. 그는 두리번거리면서 파티장 곳곳으로 시선을 옮겼다.

그러다가 그의 시선이 한 곳에 멈추었다. 그가 쳐다보고 있었던 것은 어떤 여자였다. 어딘지 모르게 그 여자는 좀처럼 낯설지 않았다. 아무리 생각해 보아도 처음 본 것이 분명한데 꼭 어디서 분명히 보았던 것 같은 인상을 안겨 주었다.

그는 고개를 갸우뚱거리다가 그 여자가 있는 곳으로 걸어가기 시작했다. 화려한 드레스를 차려 입은 로즈마리는 자신을 향해 다가오고 있는 중년 신사를 발견했다. 처음 보는 사람이었지만 듬직하게 보이는 그 모습이 몹시 마음에 들었다.

"안녕하세요, 부인. 이 파티장은 당신처럼 아름다운 부인으로 인해 더욱 돋보이는군요. 나는 알더 베네브치라고 합니다."

그가 웃으면서 말했다.

"감사합니다, 알더. 전 로즈마리라고 해요."

그는 그 이름을 듣자 비로소 그 여자를 기억할 수 있었다. 엘리자베스의 집을 방문했을 때 사진 속에서 본 적이 있었던 것이다. 로즈마리는 바로 엘리자베스의 어머니가 아닌가. 그는 그녀도 레베카가 진행하는 음모의 일부분이라는 것을 알고 있었다. 혹시 로즈마리를 통해 지금 벌어지고 있는 음모와 사라진 다니엘의 행방을 알 수 있지 않을까 하는 생각이 들었다. 하지만 그녀에게 조심스럽게 접근해야 한다는 사실도 잊지 않았다.

"부인께서는 이곳에 휴양 차 오셨나요?"

"아니에요. 친구를 만나러 왔어요."

그녀가 부드러운 목소리로 대답했다.

"어떤 친구분이신가요?"

그는 궁금하다는 듯이 물었다.

"사실은 제 친구라기보다는 죽은 남편의 친구라고 할 수 있죠."

그는 그녀의 눈을 세심하게 살펴보았다. 그녀는 맑고 커다란 눈을 가진 여자였다. 하지만 그 눈빛은 어쩐지 음울한 느낌을 주었다.

"아, 그러시군요. 나도 친구를 만나기 위해 이곳에 왔습니다."

그가 미소를 지으면서 말했다.

"그러세요? 정말 반갑군요. 그런데 당신은 지금 무슨 일을 하고 계시죠?"

그녀가 질문을 던졌다.

"작은 사업체를 운영하고 있습니다."

"죄송하지만 어떤 사업을 하고 계시는지 물어 보아도 될까요?"

"세인트루이스에서 <시스템 매거진>이라는 작은 잡지사를 경영하고 있습니다. 의학 전문잡지를 출간하고 있어요. 나는 특히 여성들의 성형수술에 대해 많은 관심을 가지고 있습니다."

그는 자신의 의도대로 그녀와의 대화를 이끌어 나가기 위해 자신을 의학 전문잡지의 경영자라고 소개했다. 그리고 성형수술에 관해 상당히 조예가 깊다는 것을 은근히 강조했다.

"좋은 일을 하고 계시는군요."

그렇게 대화를 시작한 두 사람은 여러 가지 주제에 대해 이야기를 나누었다. 길버트 부부의 스키에 관한 이야기부터 영화, 연극, 그리고 음악에 이르기까지 폭 넓게 주고받았다. 두 사람은 마치 오랜만에 만난 친구처럼 다정하게 이야기를 나누었다.

분명히 그녀는 신사답게 차려 입은 알더 베네브치에게 호감을 가지고 있었다. 에릭이 죽고 난 이후 여러 남자를 만났지만 지금 만나고 있는 알더처럼 마음에 들었던 남자는 없었다. 하지만 프랭크는 계속 그녀를 통해 다니엘의 행방을 알아낼 궁리를 하고 있었다. 그녀와 이야기를 나누던 그는 이 정도에서 대화를 다른 방향으로 이끌어야겠다고 생각했다.

잠시 생각하던 그는 간접적으로 메드닉 해리슨을 둘러싼 음모에 대해 무엇인가 알고 있다는 사실을 슬쩍 비추기로 결심했다.

"혹시 당신은 이 호텔의 주인인 메드닉 해리슨 씨에 대해 어느 정도 알고 계신가요?"

그가 차분한 목소리로 말했다.

"약간요. 뉴월드 그룹의 회장이라는 사실과 성격이 무척 괴팍하다는 것 정도는 알고 있어요."

그녀가 가볍게 웃으면서 대답했다.

"나는 메드닉 해리슨 회장의 친구이기도 합니다. 그런데 이번에 메드닉 회장을 만났을 때 이상한 점이 한 가지 있더군요."

"이상한 점이 있어요?"

그녀는 메드닉에 관한 이야기가 나오자 별로 관심이 없는 척하면서도 내심 귀를 기울였다. 그는 그녀의 호기심을 끌어내기 위해 아주 진지한 표정을 지었다. 그녀는 그의 말에 귀를 기울였다. 프랭크의 표정연기는 그녀가 그대로 속아 넘어갈 정도로 완벽한 것이었다.

"그의 얼굴에서 이상한 흔적을 발견했어요. 마치 성형수술을 받은 사람처럼 말입니다. 예전에는 분명히 그런 흔적이 없었어요. 나는 그 분야의 전문가이기 때문에 한눈에 알아볼 수 있었죠."

그녀는 그의 말을 들으면서 가슴이 털썩 내려앉는 것만 같았다. 만약 알더라는 사람 때문에 메드닉이 가짜라는 사실이 알려지기라도 한다면 모든 것이 끝장이다. 그러나 그녀는 그런 마음을 숨긴 채 아무렇지도 않게 말했다.

"그래요? 메드닉 회장이 주름살 제거 수술이라도 한 모양이죠?"

"그럴 수도 있죠. 아니면 다른 사람이……."

그는 다음 말이 무슨 비밀이라도 되는 것처럼 말하기를 망설였다. 그가 일부러 뜸을 들이자 그녀가 적극적으로 반응하기 시작했다.

"다른 사람이라니? 그게 무슨 뜻이죠?"

그녀가 다급하게 물었다.

"아닙니다. 공연히 제가 난처한 소문을 퍼뜨릴 이유가 없죠."

그가 목소리를 낮추면서 말했다. 그녀는 몹시 당황하면서 이 남자가 무엇인지를 눈치 채고 있는 게 분명하다고 느끼는 것 같았다.

그것은 그가 수사관 시절에 많이 사용하던 방법이었다. 스스로를 상대방에게 노출시킴으로써 상대가 어떤 식으로든 미리 행동하게 만드는 것이다. 물론 위험한 일이긴 하지만 그렇게 함으로써 상대방은 약점을 드러내고 마는 것이다.

"아, 제 친구가 왔군요. 전 이만 실례해야 하겠어요."

그녀가 일부러 시선을 다른 방향으로 돌리면서 말했다.

"아, 그래요. 나도 친구를 찾아봐야겠군요. 다음에 꼭 다시 만나고 싶군요. 반가웠습니다."

두 사람은 정중하게 인사를 나누고 각기 다른 방향으로 향했다. 그녀는 서둘러 레베카가 있는 곳으로 찾아갔다. 만약 알더가 정말로 메드닉이 가짜라는 사실을 알고 있다면 지금 당장 무슨 방법이라도 취해야만 하는 것이다.

로즈마리와 헤어진 다음 계속 파티장을 돌아다니면서 다니엘을 찾아 헤매던 프랭크는 우연히 토미와 마주쳤다.

세계 챔피언을 지낸 토미는 유명 인사들과 인사를 나누면서 지금 벌어지고 있는 파티를 마음껏 즐기고 있었다. 그는 즐거운 듯한 표정으로 어떤 남자와 이야기를 나누고 있는 중이었다.

프랭크는 그를 보는 순간 드디어 한 가닥 실마리를 잡을 수 있을 것 같다는 생각이 들었다. 그에게 물어보면 다니엘의 행방에 대한 단서를 찾을 수 있을지 모른다는 생각이 들었던 것이다.

"안녕하세요, 챔피언. 여기에서 만나다니 무척 반갑군요."

그가 토미에게 다가서면서 인사를 했다. 비록 챔피언 벨트를 다른 선수에게 넘겨주긴 했지만 그의 쟁쟁한 전력 때문에 모든 사람들이 그를 아직까지도 챔피언이라고 부르고 있었다.

그가 인사를 하자 토미가 뒤로 돌아섰다.

"아니? 당신이 바하마에 있다니 정말 뜻밖이군요."

그가 반색을 하면서 프랭크를 아주 반갑게 맞이했다. 그리고 다시 뒤로 돌아서더니 조금 전까지 이야기를 나누고 있던 사람에게 미안하다는 듯이 말했다.

"이만 실례합니다. 오래간만에 친구를 만나서……."

"괜찮아요."

그는 아무렇지도 않다는 듯이 고개를 끄덕이더니 다른 곳으로 걸어갔다. 그는 다시 고개를 돌려서 프랭크를 바라보았다.

"당신이 바하마까지 날아올 줄은 미처 몰랐습니다, 프랭크."

그는 그 말을 듣고 깜짝 놀라면서 주위를 둘러보았다. 하지만 다행스럽게도 토미의 말을 들었던 사람은 없는 것 같았다. 그는 토미를 응시하면서 다급한 목소리로 말했다.

"챔피언, 나는 알더 베네브치라고 합니다. 당신을 만나서 기쁘군요. 그동안 어떻게 지냈어요?"

그는 일부러 정색을 하면서 악수를 청했다.

"잘 지내고 있죠. 당신은?"

"요즘 아주 힘들게 살고 있어요."

그는 심각한 표정을 지으면서 토미를 사람들이 없는 구석으로 끌어당겼다. 그는 조용히 프랭크의 뒤를 따랐다.

그는 프랭크의 표정을 보면서 분명히 무슨 일이 생긴 거라는 느낌을 받았다. 그가 자신을 알더 베네브치라고 소개할 때부터 무엇인지 불길한 생각이 들었던 것이다.

"왜 그래요?"

그는 들고 있던 포도주를 한 모금 마시면서 물었다. 프랭크는 주위를 둘러보면서 조심스럽게 말했다.

"챔피언, 그런데 혹시 바하마에서 다니엘을 보지 못했나요?"

"오늘은 그를 한 번도 만나지 못했어요. 하지만 어제는 만났죠. 사실은 나도 그 일 때문에 다니엘을 걱정하고 있었어요."

토미가 걱정스러운 표정을 지었다.

"그래요?"

프랭크가 이상하다는 듯이 반문했다.

"다니엘은 메드닉 회장을 만나러 가겠다고 한 다음부터 소식이 없었어요. 그는 위험을 무릅쓰고 메드닉 회장의 전용층으로 올라갔어요. 아무래도 무슨 일이 벌어지고 있는 것 같다고 하면서…….”

그는 먼저 자신이 알고 있는 상황을 간단하게 설명했다. 하지만 그는 다니엘이 지난밤에 메드닉 해리슨의 전용층에서 어떤 사실을 알아냈는지, 그리고 지금 어디에 있는지 전혀 모르고 있었다.

"챔피언, 난처한 문제가 좀 생겼어요. 아무래도 다니엘이 실종된 것 같습니다. 나를 좀 도와주세요."

프랭크가 그를 쳐다보면서 말했다.

"물론이죠."

그가 고개를 끄덕였다. 프랭크는 지금 벌어지고 있는 상황에 대해서 가능한 간단하고 이해하기 쉽게 설명해 주었다.

프랭크는 메드닉 회장이 가짜라는 사실과 뉴월드 그룹을 노리는 레베카의 음모에 대해 차근차근 들려주었다.

"아무래도 누군가 뉴월드 그룹을 노리고 있는 게 분명해요. 다니엘은 그 음모의 소용돌이에 휘말려서 지금 위험에 처해 있는 게 분명합니다."

"세상에!"

토미는 도무지 믿을 수 없다는 듯한 표정을 지었다.

"정말이에요, 챔피언. 그 사람은 분명히 가짜였어요. 그 사람이 진짜 메드닉 해리슨이 아니라는 것을 내가 직접 확인했어요."

프랭크는 자신이 만났던 메드닉에 관해 설명하면서 이야기를 마쳤다.

"아무리 그렇지만 어떻게 그렇다고 단정할 수 있죠? 어떻게 가짜 메드닉 회장이 생기는 사건이 일어날 수 있는지 모르겠네요."

토미가 머리를 흔들면서 말했다.

"믿기 어렵다는 점에 대해서는 나도 인정합니다. 쉽게 믿을 수 없는 건 당연한 일이에요. 하지만 챔피언, 그 메드닉 해리슨이 누구입니까? 바로 뉴월드 그룹의 총수가 아닙니까? 그래서 문제가 되는 겁니다. 다른 사람이라면 아무런 문제도 되지 않아요. 당신도 한 번 생각해 보세요. 그런 위치에 있는 사람이 가짜라면 어떻게 되겠어요?"

프랭크가 확고한 표정으로 그에게 말했다.

"당신이 메드닉 회장을 만났던 이야기를 다시 한 번 해보세요."

프랭크는 레베카의 안내를 받으면서 전용층으로 올라가 메드닉 회장을 만났던 이야기를 들려주었다.

"사실은 난 지금까지 한 번도 메드닉 회장을 만난 적이 없어요. 그리고 알더 베네브치라는 이름도 아무렇게나 둘러대었던 이름이었어요."

"그래서 어떻게 되었습니까?"

토미가 궁금한 듯이 물어 보았다.

"나는 메드닉 회장에게 당신의 생명을 구한 은인이라고 주장했죠. 그런데 그는 내 말이 맞다고 하면서 고개를 끄덕이는 거예요. 그게 도대체 말이나 되는 소리입니까? 게다가 내가 아무렇게나 만들어낸 이야기를 들으면서 과거를 회상하는 듯한 표정을 지었어요. 마치 커다란 감동을 받았다는 듯이……."

"그렇군요."

토미는 연신 고개를 끄덕이면서 그가 말하는 엄청난 사실을 받아들이기 시작했다. 프랭크는 마지막으로 메드닉이 가짜라는 사실을 다시 한 번 강조했다.

"챔피언, 만일 그 자가 진짜 메드닉 해리슨이라면 난 아마 로버트 레드포드일 겁니다. 내가 마음대로 이야기를 아무렇게나 꾸며댔는데 그 자는 그것도 모르고 사실이라면서 맞장구를 치더군요. 그가 진짜라면 어림도 없는 일이죠."

토미는 잠시 동안 입을 다물고 생각하는 것 같았다. 그러다가 갑자기 입을 열고 한 마디를 던졌다.

"혹시 메드닉 해리슨 회장이 기억상실증이라도 걸린 건 아닐까요? 과거의 기억을 모두 잊어버린 회장이 당신의 말을 들으면서 그냥 고개를 끄덕거린 것일 수도 있잖아요."

"그렇지 않아요. 그는 분명히 가짜였어요."

프랭크가 머리를 흔들면서 말했다.

"하지만 그런 일이 벌이질 수 있다는 건……."

프랭크는 몹시 짜증이 나기 시작했다. 토미의 생각이 너무나 단순했기 때문이었다. 그는 자신도 모르게 언성을 높였다.

"지금 중요한 건 다니엘이 위험에 처해 있다는 거예요. 내 말 알겠어요, 챔피언?"

그가 토미를 응시하면서 말했다.

"알았어요, 프랭크. 나도 두 팔을 걷어붙이고 당신을 힘껏 돕겠어요. 어떻게 하면 돼죠?"

"당신은 언제 마지막으로 다니엘을 보았다고 했죠?"

그가 물었다.

"어제 오후였어요."

토미가 불안한 표정으로 말했다. 그는 잠시 시간을 계산해 보았다. 토미의 말이 사실이라면 다니엘은 최소한 12시간 전부터 실종되었던 것이다.

"아무래도 느낌이 몹시 좋지 않아요. 다니엘이 무슨 사고를 당한 것 같은 기분이 들어요. 다니엘이 나를 바하마로 불러서 이곳에 도착했지만 와서 보니 흔적도 없이 사라진 다음이었어요. 다니엘의 신변에 무슨 일이 생긴 게 분명해요."

그가 걱정스러운 표정으로 말했다.

"그래요? 어떻게 하면 좋을까요?"

토미가 눈을 크게 뜨면서 말했다.

"지금부터 생각을 해 봐야죠."

"혹시 내 도움이 필요한가요? 그렇다면 언제든지 말을 해 주세요. 만약 다니엘을 해치려는 사람들이 있다면 내 주먹이 용서치 않을 겁니다."

그는 단순하기는 했지만 의리 있고 정의감이 강한 사람이었다. 그는 프랭크 앞에서 솥뚜껑만한 자신의 주먹을 휘두르는 시늉까지 해 보였다. 비록 그의 행동은 세련되지 못했지만 의리와 의협심에 있어서는 그를 따를 만한 사람이 없을 정도였다. 프랭크는 그를 믿을 수 있었다.

사각의 링 위에서 상대를 거칠게 몰아붙이면서 주먹을 휘두르지만 그런 사람일수록 마음은 순박하고 단순한 법이었다. 토미가 바로 그런 사람이었다. 프랭크는 그가 허풍이나 떨고 있는 것이 아니라는 사실을 잘 알고 있었기 때문에 마음속으로 든든하게 느껴졌다.

프랭크는 그가 몹시 믿음직스러웠다. 만약 다니엘에게 어떤 위험한 상황이 발생했을 경우에는 그와 같은 친구의 도움이 무엇보다도 절실했던 것이다.

"고마워요, 토미. 나도 내 생각이 틀렸으면 좋겠어요. 다니엘이 잠시 다른 지방으로 여행을 갔거나 메드닉이 진짜라면 나도 마음이 이렇게 초조하지 않을 겁니다. 하지만 어쩐지 자꾸만 불길한 생각이 듭니다. 다니엘의 신변에 무슨 일이 벌어졌을 것만 같아요."

"너무 걱정하지 마세요."

그가 프랭크를 위로하면서 말했다.

"어쩌면 지금 다니엘의 목숨이 위태로울지도 몰라요. 악당들에게 사로잡혀서 말이죠."

프랭크는 그와 대화를 나누면서도 계속 주위를 둘러보았다. 하지만 다니엘의 흔적은 어디에서도 찾을 수가 없었다.

"내가 도울 수 있는 일이 뭔가요?"

"챔피언, 당신은 계속 파티장 주위를 둘러보세요. 나는 다른 곳을 찾아보겠어요."

파티에 참석한 사람들은 술과 음식을 마시면서 화려한 분위기를 마음껏 누리고 있었다. 레베카는 길버트 부부에게 다가가서 무엇인지를 열심히 이야기하고 있었다. 길버트 부부는 그녀의 말을 들으면서 연신 고개를 끄덕였다. 그들은 몹시 긴장하고 있는 것 같았다.

길버트 부부와 이야기를 마친 레베카는 파티장에 마련된 단상으로 걸어갔다. 파티가 한창 무르익고 있었다.

"여러분, 여기를 주목해 주십시오."

단상에 올라선 그녀는 마이크를 통해 파티에 참석한 사람들에게 주목해줄 것을 부탁했다. 떠들썩하던 파티장이 잠시 조용해지자 그녀가 이야기하기 시작했다.

"잠시 후에 길버트 부부께서 마련한 파티의 하이라이트인 스키 기증식이 있겠습니다. 영화 관계자 분들께서는 모두 단상으로 올라와 주시면 감사하겠습니다. 이 자리를 빛낼 분들입니다."

그녀의 말이 끝나자 몇 명의 사람들이 단상으로 올라갔다. 단상 위에는 길버트 부부 이외에 헐리우드 영화박물관의 소장을 비롯한 초대 손님들이 올라갔다. 메드닉 회장도 로라를 데리고 나타났다. 메드닉은 당당한 태도로 단상을 향해 걸어가고 있었다.

"저 사람이 메드닉 해리슨이야!"

누군가 작게 소리를 쳤다. 그러자 사람들의 시선이 일제히 그에게 쏠렸다. 파티장은 조용한 가운데 잠시 웅성거리는 소리가 흘러나왔다.

메드닉이 손녀의 손을 잡고 단상으로 걸어가자 파티에 참석한 사람들이 옆으로 비키면서 길을 내어 주었다. 그와 함께 걸어가는 로라의 얼굴은 어쩐지 창백해 보였지만 그 이유에 대해 알고 있는 사람은 아무도 없었다.

메드닉이 로라와 함께 의자에 앉자 단상의 자리는 모두 주인을 찾았다. 스키 기증식의 사회는 토크쇼의 황제라 불리는 월터 휘버스가 맡고 있었다. 사회자가 주위를 한 번 둘러보고 나서 스키 기증식을 선언하자 파티장에서는 우뢰와 같은 박수와 환호성이 터져 나왔다.

길버트 부부는 유명한 원로 영화배우였다. 단상 주위에는 그들을 취재하기 위해 여러 곳에서 찾아온 신문과 잡지사 기자들이 모여들었다. 사회자는 단상에 올라온 사람들을 하나씩 소개했다.

단상에 올라온 사람들은 대부분 영화계에서는 최고의 거물급에 속하는 사람들이었다. 그리고 길버트와 친분이 있는 정치계와 경제계의 저명한 인사들도 끼여 있었다. 한 사람씩 간단한 인사의 말이 진행되었다. 소개가 모두 끝나자 사회자는 스키에 대해 간략하게 소개한 다음 곧바로 길버트에게 마이크를 옮겼다.

길버트는 천천히 마이크가 있는 단상의 중앙으로 걸어갔다. 파티에 참석한 사람들은 평생 동안 영화에 전념했던 노인에게 열렬한 박수를 보냈다. 기자들은 그를 사진에 담기 위해 곳곳에서 카메라의 플래시를 터뜨렸다. 그는 차분한 목소리로 이야기를 하기 시작했다.

"오늘은 정말 내 마음이 매우 기쁜 날입니다. 오늘은 여기에 있는 이 스키를 영화박물관에 기증하려고 합니다. 우리 부부는 지금까지 함께 살아오면서 수많은 일들을 겪었습니다."

그의 이야기가 계속되는 동안 사람들 사이에는 무거운 침묵이 흐르고 있었다. 늙은 부부가 지금까지 살아온 파란만장한 이야기는 그들을 축하하기 위해 찾아온 모든 사람들을 감동시키기에 충분한 것이었다.

그의 이야기가 진행되는 도중에 간간이 웃음과 감동의 박수가 터져 나왔다. 그는 자기 인생에 대한 이야기를 모두 끝내자 갈증을 느꼈는지 물을 한 모금 마셨다. 그리고 그 자리에 모인 사람들을 한 번 둘러보았다. 그는 아주 진지한 표정을 하고 있었다.

길버트가 다시 말을 시작할 때까지 파티장에는 침묵이 흐르고 있었다.

"이 자리는 우리 부부의 기념일 외에도 또 다른 측면에서 매우 의미가 깊은 자리입니다. 왜냐하면 우리 부부는 오랫동안 잃어버린 가족을 되찾게 되었기 때문입니다. 우리는 오늘 잃었던 가족을 찾았습니다. 그분들은 지금 이 자리에 있습니다."

길버트는 뒤로 돌아서더니 손을 들어서 메드닉 해리슨이 앉아 있는 곳을 가리켰다.

"메드닉 해리슨 회장님과 그의 손녀 로라 해리슨 양이 바로 우리의 가족이라는 사실을 여러분에게 알려 드리고 싶습니다."

그것은 아주 극적인 효과를 불러일으켰다. 이제까지 전혀 모르고 있었던 놀라운 사실이 각계각층의 유명인사들과 기자들이 모인 자리에서 발표되고 있는 것이다.

메드닉이 천천히 자리에서 일어났다. 로라와 레베카가 메드닉의 양 옆에 섰다. 그 모습을 보면서 영문을 알 수 없는 사람들이 점차 술렁거리기 시작했다.

토미와 헤어진 프랭크는 파티장 밖으로 빠져나갔다. 사람들의 관심은 온통 파티장에 집중되고 있었기 때문에 지금이라면 전용층에 대한 경비도 많이 줄어들었을 것이다. 게다가 가짜 메드닉 회장과 레베카도 파티에 참석하고 있기 때문에 전용층을 통제할 사람도 없을 것이다.

프랭크는 고객용 엘리베이터를 타고 끝까지 올라간 다음 18층으로 통하는 비상구를 찾아보았다. 복도 끝으로 비상계단이 나 있었다. 그는 조금도 망설이지 않고 비상구로 올라갔다. 그 계단을 올라가자 이번에는 18층으로 들어가는 철문이 나타났다.

그는 평소에 익혀 놓았던 실력을 발휘하여 철문을 열기 시작했다. 그는 만능열쇠를 항상 휴대하고 있었다. 몇 차례 시도하자 드디어 찰카닥하는 소리를 내면서 문이 열렸다. 그는 의기양양하게 육중한 철문을 열고 안으로 발을 내딛었다. 하지만 그 다음에 어떤 일이 벌어질지는 전혀 예측하지 못하고 있었다.

"어서 오십시오, 알더 베네브치 씨. 당신을 기다리고 있었습니다."

철문 안에서 기다리고 있던 사람은 메드닉의 주치의 앤소니였다. 그는 커다란 체격의 경호원 한 명을 대동하고 있었다. 무기를 꺼내지는 않았지만 그의 체격 자체가 아주 위협적이었다.

그는 그들과 마주치자 깜짝 놀랐다. 하지만 일부러 태연한 척하면서 앤소니를 쳐다보며 이야기를 늘어놓기 시작했다.

"아, 당신은 앤소니 씨 아닙니까? 메드닉 해리슨 회장이 당신을 무척 신뢰하고 있더군요. 그런데 여기 화장실이 어디에 있죠? 비상구에 화장실이 없다는 건 무척 불편한 일입니다. 이런 고급 호텔에서는 분명히 개선할 만한 사항이지요."

"알더, 헛소리는 그만 집어치우고 이곳에 무슨 이유로 올라 왔는지나 말해 보시오."

"방금 말했잖소? 화장실을 찾아다니다 이곳까지 오게 되었소. 당신이 나를 좀 화장실로 안내해 주었으면 좋겠는데……. 그게 싫다면 난 그만 돌아가겠소."

그는 이렇게 말하면서 계단을 내려가기 위해 뒤로 돌아섰다. 그의 태도는 완전히 앤소니를 무시하는 것이었다. 그는 그러한 프랭크의 넉살을 보면서 그만 혀를 내둘렀다.

"알더를 잡아!"

앤소니가 경호원에게 명령했다. 그의 목소리는 조금 화가 난 것 같았다. 명령을 들은 경호원이 커다란 손으로 뒤돌아서는 그의 어깨를 붙잡았다.

그는 거칠게 경호원의 손을 뿌리치고 다시 돌아서면서 말했다.

"이것 봐. 내가 누군 줄 알아? 나로 말하면 메드닉 해리슨 회장의 친구 알더 베네브치야. 자네들 나를 잘못 건드렸다가는 메드닉 해리슨 회장에게 혼쭐이 날 각오를 해야 할 거야."

"이제 그만 입 닥치고 있어! 당신의 정체가 무엇인지 궁금하군. 로즈마리가 이미 우리에게 모든 사실을 알려 주었어. 그런데 메드닉 회장이 성형수술을 했다는 건 어떻게 알았지?"

앤소니가 궁금한 듯이 물었다.

"그건 메드닉 회장의 얼굴에 수술자국이 나 있었기 때문이지. 누구의 솜씨인지는 모르겠지만 아마도 돌팔이가 수술을 한 게 분명해."

그가 빈정거리면서 대답했다. 앤소니는 그 말을 듣자 몹시 흥분한 것처럼 얼굴이 붉어졌다.

"수술은 성공적이었어. 어느 누구도 메드닉 회장이 성형수술을 했다는 걸 알아볼 수 없어. 너의 정체는 도대체 뭐냐?"

앤소니가 더 이상 참지 못하겠다는 듯이 소리를 질렀다. 그의 표정은 매우 험악하게 변해 있었다. 하지만 프랭크는 여전히 침착했다.

위기에 몰렸지만 그는 전혀 이성을 잃거나 흥분하지 않았다. 그의 얼굴에서 위기에 처한 사람의 초조한 표정은 전혀 찾아볼 수 없었다.

그는 앤소니를 똑바로 쳐다보았다. 그의 눈동자가 차갑게 빛나고 있었다. 앤소니는 그 눈동자를 보면서 이 사람이 더 이상 우쭐대기 좋아하는 중년 신사가 아니라는 사실을 느낄 수 있었다.

그의 시선은 마치 범죄자를 취조하는 형사처럼 날카롭게 앤소니의 눈동자 속으로 파고들었다. 두 사람의 시선이 허공에서 마주쳤을 때 오히려 기가 죽은 것은 앤소니였다.

"다니엘 블레이크 씨는 지금 어디에 있지?"

프랭크가 차가운 목소리로 물었다.

"지금쯤 다니엘은 아슬아슬한 곡예를 즐기고 있을 거요. 해안가 절벽에서 말을 타고 위험한 질주를 하고 있을 테니까……. 어쩌면 실수로 절벽에서 떨어지게 될지도 모르지. 그런데 다니엘은 죽으면서 대단한 행운을 누리게 되겠군. 죽음의 동반자로 아름다운 여자에다가 그를 걱정하는 충실한 친구까지 대동하게 되었으니까 말이야."

앤소니가 그를 바라보면서 측은한 듯이 말했다. 그러고 나서 경호원에게 명령했다.

"끌고 가세."

"알겠습니다."

커다란 체격의 경호원은 품속에서 권총을 꺼내더니 그를 위협했다. 그는 어쩔 수 없다는 듯이 뒤로 돌아서서 두 손을 치켜든 채 걸어가기 시작했다. 경호원이 그를 끌고 가는 모습을 바라보던 앤소니는 마음을 놓고 다시 파티장으로 돌아가기 위해 엘리베이터에 올랐다.

프랭크는 동양 무술과 운동으로 단련된 몸이었다. 뒤에 있는 경호원이 아무리 체격이 크다고 하지만 신체에는 급소가 있기 마련이었다. 그는 천천히 걸어가면서 결정적인 기회가 다가오기를 노렸다. 상대가 워낙 건장한 체격을 가지고 있었기 때문에 기회는 오직 한 번뿐이라는 사실을 잘 알고 있었다. 단번에 정확히 급소를 가격해야한 하는 것이다.

어렵게 찾아온 그 기회를 놓쳐 버린다면 어떤 결과가 벌어질지는 쉽게 예측할 수 있었다. 그는 너무 긴장해서 몸이 굳어지지 않도록 편안한 마음을 갖기 위해 노력했다. 복도를 돌아섰을 때 그는 모든 힘을 오른쪽 팔에 집중시켰다. 그리고 빠르게 몸을 왼쪽으로 회전시키면서 총을 든 상대의 오른쪽 팔을 잡고 사정없이 꺾었다. 처절한 비명소리와 함께 경호원의 관절이 탈골하는 둔탁한 소리가 들렸다.

그는 기회를 놓치지 않고 오른팔을 들어올리면서 팔꿈치로 경호원의 인중을 정확하게 가격했다. 단 한 번의 타격으로 경호원은 쿵하는 소리를 내면서 복도에 쓰러졌다. 그는 잠시 경호원을 내려다보았다. 경호원은 죽은 듯이 바닥에 누워 있었다. 그의 정확한 공격으로 인해 커다란 체격의 상대는 부러진 팔의 고통을 느낄 사이도 없이 그대로 기절해 버린 것이다. 그의 공격은 그만큼 효과적이었다.

경호원이 기절한 것을 확인한 후에 그는 서둘러 다니엘을 찾기 위해 달려갔다. 메드닉의 전용층에 잠입한 그는 주위를 둘러보았지만 아무런 인기척도 느낄 수가 없었다. 그는 침실로 쓰이는 듯한 방으로 들어갔다. 그러다가 침대 위에서 다니엘이 벗어 놓은 듯한 옷을 발견했다.

그는 그 옷을 집어 들고 자세하게 살펴보았다. 그 옷은 분명히 다니엘이 입고 있던 것이었다. 그는 주위를 둘러보면서 무슨 다른 흔적들이 있는지 조사하기 시작했다.

침실 바닥에는 다니엘을 묶었던 것으로 보이는 밧줄이 흩어져 있었다. 그는 생각을 정리하기 시작했다. 다니엘은 얼마 전까지 이 방에 감금되어 있었던 것이 분명했다. 그렇다면 지금은 어디에 있는 것일까?

그는 생각을 정리해 보았다. 조금 전에 만났던 앤소니는 다니엘이 지금쯤 해안가 절벽에서 말을 타고 위험한 질주를 하고 있을 거라고 했다. 그 순간 그는 정신이 번쩍 드는 듯한 기분이었다. 해안가 절벽이라면 아미보섬 호텔과 이어진 숲이 끝나는 곳에 위치하고 있었다.

'그들은 다니엘을 절벽에서 떨어뜨릴 작정이야. 마치 말을 타다가 떨어진 것처럼 꾸미고……. 그래서 다니엘의 옷이 여기에 있는 거야. 아마도 다른 사람들의 의심을 피하기 위해 승마복으로 갈아입도록 했겠지.'

생각이 여기까지 미치자 그는 더 이상 꾸물거릴 수가 없었다. 다니엘의 목숨이 경각에 달려 있는 것이다. 그는 서둘러 17층으로 달려가서 고객용 엘리베이터를 타고 내려갔다.

그는 서둘러 파티장으로 들어가서 토미를 찾았다. 더 이상 이런 곳에서 시간을 낭비할 수가 없었다. 토미는 그가 일러준 대로 길버트 부부의 스키 기증식이 열리고 있는 동안 다니엘을 찾기 위해 이리저리 돌아다니고 있는 중이었다.

"챔피언."

그는 다급한 목소리로 토미를 불렀다. 그는 서둘러 프랭크가 있는 곳으로 다가왔다.

"무슨 일이에요?"

"다니엘이 있는 곳을 알아냈어요. 어서 갑시다. 조금이라도 늦으면 다니엘이 절벽에서 떨어져 죽을 겁니다."

"그럼, 빨리 가도록 하죠."

토미가 가볍게 주먹을 휘두르면서 말했다. 두 사람은 해변의 절벽으로 이어진 산책로를 따라 달려가면서 이야기를 나누었다. 토미는 다니엘에 관한 일이라면 어떤 것이라도 기꺼이 돕겠다고 약속했다.

막 산책로를 벗어났을 때 절벽을 바라보던 토미가 다급하게 소리를 질렀다.

"아니, 저기를 봐요."

토미가 가리키는 쪽을 바라보던 프랭크도 깜짝 놀라고 말았다. 다니엘이 덩치가 커다란 경호원 두 명에게 위협을 받으면서 절벽으로 이어지는 길을 따라 걸어가고 있었다. 그들과 약간 떨어진 곳에서 한 필의 말을 끌고 뒤따라가고 있는 경호실장 마틴의 모습도 보였다. 다니엘을 그 말에 태워 절벽에서 떨어뜨리기 위해 끌고 가는 중이었다. 위급한 상황을 한눈에 알아차린 프랭크가 다급하게 말했다.

"챔피언, 저 덩치가 커다란 두 친구가 다니엘을 강제로 끌고 가는 것이 틀림없어요. 도와줄 수 있겠죠?"

"그런 문제라면 조금도 걱정하지 마세요."

토미는 그를 향해 자신 있다는 투로 말하면서 어깨를 가볍게 움직였다.

"오랜만에 몸을 좀 풀 수 있겠군!"

토미는 그가 미처 뭐라고 말하기도 전에 조금도 지체하지 않고 다니엘이 있는 절벽을 향해 질풍처럼 달려갔다. 그 기세는 마치 태산이라도 뭉개 버릴 듯이 굉장한 것이었다. 그도 서둘러 뒤따라가면서 일이 잘될 거라는 확신을 가졌다. 때마침 토미가 있어 주어서 얼마나 다행인지 몰랐다.

다니엘은 로라에 대해 걱정하면서 절벽을 향해 걸어가고 있었다. 얼마 후에는 죽게 될 자신의 처지에 대한 두려움보다는 그녀에 대한 걱정이 더욱 앞섰던 것이다. 다니엘의 사랑은 그렇게 깊었다.

그는 울퉁불퉁한 길을 따라 걸어가다 질풍처럼 달려오는 토미와 그 뒤를 따라오는 프랭크의 모습을 발견했다. 그는 그를 감시하고 있는 두 명의 경호원을 무시하고서 대담하게 한 발자국 나서면서 큰 소리로 그들을 불렀다.

"어이, 챔피언! 알더 씨도 함께 왔군요!"

경호원들은 약간 당황하면서 그들의 행동을 가만히 지켜보았다. 경호원들은 그런 상황에서 어떻게 행동하는 것이 좋을지 알 수가 없었다. 전혀 예상하지 못했던 갑작스러운 사태가 발생한 것이다. 챔피언과 알더가 지켜보는 앞에서 그를 죽일 수는 없었다.

"안녕하세요, 다니엘. 그렇지 않아도 당신을 찾고 있던 중입니다. 어떻게 지내세요?"

토미가 다니엘 앞에서 걸음을 멈추면서 말했다. 그러자 프랭크도 덩달아서 소리쳤다.

"나도 찾고 있던 중입니다, 다니엘. 요즘 기분이 어때요?"

경호원들은 어쩔 줄을 모르는 듯한 표정으로 뒤에서 말을 끌고 따라오는 마틴을 바라보았다. 하지만 마틴도 알더라는 사람이 메드닉 해리슨의 친구라는 사실만을 알고 있었기 때문에 매우 당황할 수밖에 없었다. 마틴은 말을 끌고 힘겹게 다가섰다.

다니엘과 두 사람은 경호원들이 있는 것을 조금도 아랑곳하지 않고 자연스럽게 떠들썩한 대화를 나누고 있었다. 하지만 경호원들은 그들이 말하지 못하도록 막을 수가 없었다.

마틴은 다니엘에 대한 처리를 아무도 모르게 사고로 위장해야 한다는 임무를 맡고 있었다. 그런 상황에서 또 다른 두 사람의 등장으로 인해 그는 아직 자신의 태도를 결정하지 못한 채 당황하고 있었던 것이다.

"절벽으로 이어지는 길에서 이런 식으로 반가운 사람들을 다시 만나게 될 줄은 몰랐습니다."

"정말 그렇군요, 다니엘."

프랭크가 부드러운 미소를 지으면서 말했다. 다니엘은 서둘러 지금 벌어지고 있는 상황을 두 사람에게 알려야 하겠다고 생각했다. 하지만 그렇다고 해서 직접적으로 경호원들이 자신을 죽이려고 한다고 말하면 모든 증거를 없애기 위해 분명히 마틴이 그들 두 사람마저도 죽이려고 시도할 것이다. 마틴이 무슨 일인지 조금도 눈치 채지 못하도록 조심하면서 전해야 했다. 잠시 생각을 정리하면서 다니엘이 웃으며 토미에게 말했다.

"챔피언, 우리가 여기에 도착해서 처음 만났을 때 당신이 했던 이야기를 기억하고 있어요?"

"무슨 얘기죠?"

그가 궁금하다는 듯이 물었다.

"당신은 매니저에게 이런 말을 했다죠? 앞으로 1천만 달러 이상의 개런티를 받지 않는다면 그 일을 하지 않겠다고 했잖아요."

그는 다니엘이 말하는 의미를 금방 알아들었다.

"아, 그거요. 물론 기억하고 있죠. 그러니까 여기에서 그 모습을 보여 달라는 뜻이군요. 그렇죠?"

그가 고개를 끄덕이면서 반문했다.

"맞아요. 그런 당신의 모습이 너무나 보고 싶어요. 1천만 달러의 개런티는 내가 주겠어요."

다니엘이 미소를 지으면서 대답했다. 그를 감시하고 있던 경호원들은 무슨 영문인지 몰라서 마틴의 눈치를 살폈다. 그는 아직까지도 어떻게 처리해야 할지를 결정하지 못하고 있었다.

"좋아요."

토미가 웃으면서 대답했다. 경호원들은 선뜻 1천만 달러를 지불하겠다는 다니엘의 말에 깜짝 놀라는 표정을 지었다. 하지만 그 다음에 무슨 일이 일어날지는 전혀 알 수가 없었다.

"지금 당장 그럴 수 있어요?"

다니엘이 호기심이 어린 표정으로 물었다.

"그거야 조금도 걱정할 필요가 없습니다. 물론 당신의 부탁은 들어 드리겠지만 그 정도로는 개런티도 받지 않겠어요. 너무 쉬운 일이라서……."

토미가 말을 마쳤을 때 상황은 이미 순식간에 끝나고 말았다. 말이 채 끝나기도 전에 다니엘의 오른쪽에 서 있던 경호원을 향해 그의 강력한 오른손 주먹이 날아갔던 것이다. 1천만 달러라는 말에 놀라고 있던 그 경호원은 느닷없이 날아온 챔피언의 주먹에 몸의 중심을 잃고 비틀거리면서 쓰러졌다.

경호원도 무술을 익힌 실력자라고 하지만 그의 상대는 세계 챔피언을 지낸 토미였다. 이미 시작할 때부터 상대가 되지 않았던 것이다. 더구나 그가 날린 육중한 주먹은 무방비 상태로 있던 경호원의 턱뼈를 가루로 만들 만큼이나 위력적인 것이었다. 그 한 방으로 경호원과 그의 대결은 단번에 승부가 결정된 것이다.

그 사이에 프랭크는 품속에서 권총을 뽑으려고 하는 다른 경호원을 향해 재빨리 달려들었다. 경호원이 토미를 향해 권총을 쏘려는 순간 그의 팔을 잡고 거칠게 비틀었다.

경호원은 권총의 방아쇠를 당겼지만 총알은 엉뚱한 곳으로 날아갔다. 프랭크가 손에 힘을 주자 경호원은 비명을 지르면서 권총을 떨어뜨렸다. 토미는 프랭크에게 팔을 잡혀서 버둥대고 있는 경호원을 향해 다시 두 번째 주먹을 날렸다. 그의 주먹을 맞은 경호원은 바닥에 완전히 뻗어 버리고 말았다.

갑작스러운 상황에 깜짝 놀란 마틴은 서둘러 말에 올라타고 달아나기 시작했다. 토미의 주먹에 맞으면 뼈도 추리지 못할 것 같았다. 다니엘은 마틴을 놓치면 안 된다고 생각했다.

다니엘은 다급하게 주위를 둘러보았다. 그곳에서 약간 떨어진 곳에 바퀴가 아주 두꺼운 할리 데이비드슨 오토바이를 타고 있는 청년이 있었다. 다니엘은 그곳으로 달려가서 무작정 오토바이에 타고 있던 청년을 밀어 버렸다. 청년은 전혀 예상하지 못했던 갑작스러운 공격으로 보기 좋게 고꾸라지고 말았다.

"정말 미안하네. 자네의 오토바이는 내가 잠시 빌리겠어."

다니엘은 청년을 향해 미안한 마음으로 손짓을 한 번 하고 나서 마틴을 추격하기 시작했다. 승마를 구실로 다니엘을 죽이려고 하던 레베카의 계획은 완전히 역전되고 말았다. 마틴이 말을 타고 쫓기는 신세가 되고 말았던 것이다.

바하마의 해변 가에서는 갑자기 숨 막히는 경주가 벌어졌다. 말과 오토바이의 경주는 아주 스릴이 넘치는 것이었다. 마틴의 승마 실력도 아마추어 수준이 아니었지만 다니엘의 오토바이 실력도 대단한 것이었다. 경주는 서로 앞을 다투는 긴박한 상황을 연출하고 있었다. 그 모습을 지켜보던 프랭크가 소리를 치면서 다니엘에게 응원을 보냈다.

"조금만 더 빨리 달려요, 다니엘!"

드디어 승부가 결정되었다. 엔진소리가 요란한 오토바이를 타고 마틴의 뒤를 따라잡은 다니엘이 오토바이를 돌려서 말머리를 가로막자 말이 흥분하면서 마구 날뛰었다. 그 바람에 마틴은 중심을 잡지 못하고 말에서 떨어지더니 모래밭에 쓰러지고 말았다.

다니엘은 마틴을 향해 달려들면서 거칠게 주먹을 날렸다. 다니엘의 주먹이 그의 얼굴과 배에 사정없이 내리꽂히자 그대로 모래밭에 길게 드러눕고 말았다.

잠시 후에 프랭크와 토미가 그곳에 도착했다. 얼굴이 피투성이가 되어 버린 마틴을 바라보면서 토미가 재미있다는 듯이 말했다.

"경호실장께서는 지금부터 우리의 경호를 받으셔야 하겠군요."

프랭크도 토미의 말에 맞장구를 치고 나섰다.

"그렇게 되고 말았군요. 경호실장도 높은 사람이니까 경호를 받을 수 있는 겁니다."

"프랭크, 어서 마틴을 끌고 바하마 경찰서로 찾아가도록 해요. 그리고 지미 경감에게 모든 이야기를 하고 경찰을 출동시키라고 말해 주세요. 나는 로라를 찾아봐야겠어요. 빨리 서둘러 주세요."

다니엘이 다급한 목소리를 말했다. 레베카의 음모 때문에 말에 올라탄 채로 절벽에서 추락해 죽을 뻔했던 다니엘은 그렇게 위급한 상황 속에서도 로라의 안전만 염려하고 있었다. 이제 남아있는 것은 위험에 처해 있는 로라와 메드닉 회장을 구출하고 레베카의 음모를 사전에 막는 일이었다.

한편 파티장에서는 놀라운 일이 벌어지고 있었다. 마이크 앞으로 걸어 나온 메드닉 회장은 아주 다정한 모습으로 길버트와 포옹을 나누었다. 진짜 가족의 상봉처럼 뜨거운 포옹이었다.

길버트 부부와 차례대로 포옹을 마치고 난 메드닉 회장은 마이크를 향해 다가가 이야기하기 시작했다. 사람들의 술렁거림이 가라앉고 고요한 분위기 속에서 메드닉 회장의 이야기가 파티장에 울려 퍼졌다.

"많은 분들이 지금 벌어지고 있는 일에 대해 의아해 하실 거라고 생각합니다. 나에게는 손녀가 한 명 있습니다. 모든 분들이 로라에 대해선 잘 알고 있을 겁니다. 하지만 나에게 또 다른 한 명의 손녀가 있다는 사실에 대해 알고 있는 분들은 아무도 없을 겁니다. 지금 이 자리에서 나의 새로운 손녀를 소개하겠습니다.”

메드닉 회장이 말을 마치자 사람들이 술렁거리기 시작했다. 특히 기자들의 눈빛이 빛나기 시작했고 움직임도 민첩해졌다. 뉴월드 그룹의 총수 메드닉 회장에게 새로운 손녀가 있다는 사실은 누구도 부정할 수 없는 특종거리가 아닐 수 없었다.

“길버트 씨의 외손녀이기도 한 엘리자베스, 바로 저기에 서 있는 엘리자베스가 나의 친손녀입니다.”

메드닉 회장은 레베카가 서 있는 곳을 손으로 가리켰다. 모든 사람들의 시선이 그녀에게 집중되었다. 그녀는 메드닉 회장을 향해 달려가서 그 품에 안겼다. 그것은 매우 극적인 연출이었다. 손녀와 할아버지가 만나는 감동적인 장면이었던 것이다. 카메라의 플래시 터지는 속도가 더욱 빨라졌다.

할아버지와 손녀가 뜨거운 포옹을 나누고 있는 동안에 여기저기에서 기자들의 질문이 쏟아졌다. 모든 일들이 레베카의 각본대로 진행되고 있었다. 기자들의 질문이 마구 쏟아지자 메드닉 회장은 차분한 목소리로 대답했다.

“저는 다른 무엇보다도 가족을 가장 중요하게 여기고 있습니다. 저에게 새로운 가족이 생겼다는 사실을 기쁘게 생각합니다.”

메드닉 회장은 이렇게 말하면서 매우 기쁜 표정을 지었다. 사람들의 시선이 온통 메드닉 회장에게 쏠려 있었다. 이 호텔 총지배인 프레디도 엄청난 놀라움에 입을 다물지 못하고 물끄러미 메드닉 회장의 모습을 쳐다보고 있었다.

'세상에! 레베카 더글라스가 바로 메드닉 회장님의 손녀였다니……! 그래서 메드닉 회장님은 뉴월드 그룹의 모든 일들을 레베카에게 전적으로 맡기고 있었구나.'

프레디는 깜짝 놀라면서 레베카를 다시 쳐다보고 있었다. 어수선한 분위기가 이어지고 있는 동안에 사람 키의 두 배가 넘는 커다란 열대 식물이 심어진 화분 뒤에서 파티장을 지켜보던 검은 그림자가 슬며시 모습을 드러냈다.

그는 놀랍게도 오래 전에 피터에게 앤드류 부부를 죽이라고 명령했던 마약 밀매조직의 보스였다. 그는 손을 들어 파티장에 와 있던 부하들에게 손짓했다.

그의 부하들 중에는 파티장에서 종업원으로 일하는 사람들도 여러 명이나 되었다. 그것도 모두 레케카의 계획에 의한 것이었다. 그의 부하들은 즉시 예정된 일을 하기 시작했다.

그 순간에도 파티장에 있던 모든 사람들의 시선은 단상 위의 메드닉 회장에게 쏠려 있었다. 종업원으로 위장하고 있던 마약 밀매조직의 부하들은 신속하게 골동품 스키를 훔치기 시작했다. 진열대에 놓여 있던 스키가 종업원들에 의해 다른 곳으로 옮겨지고 있다는 사실을 알아차린 사람은 아무도 없었다. 아니, 그것을 알아차렸다고 해도 의심할 사람은 아무도 없었을 것이다.

프레디는 주위를 둘러보다가 종업원들이 스키를 옮기고 있는 것이 눈에 띄었다. 그는 이상한 생각이 들어서 스키가 있는 곳으로 다가갔다.

"아니? 누구의 허락을 받고 스키를 옮기는 거야?"

그가 그들을 향해 소리쳤다.

"그건……."

스키를 들고 있던 종업원이 약간 망설이면서 말했다.

"그 스키를 지금 당장 진열대에 다시 갖다 놓도록 하게."

"그럴 순 없어."

그들 중 한 명이 주먹으로 프레디의 머리를 거세게 후려쳤다. 그는 머리에 주먹을 맞고 비틀거리다가 그 자리에 쓰러졌다. 스키를 들고 있던 종업원들이 서둘러 파티장에서 빠져나갔다.

"저 놈이 길버트 부부의 스키를 훔쳐가고 있다! 어서 저 놈을 잡아!"

프레디가 겨우 몸을 일으키면서 소리쳤다. 하지만 그는 더 이상 말을 할 수가 없었다. 스키를 훔치고 있던 일당이 총을 쏘았던 것이다.

"탕!"

아미보섬 호텔의 파티장에서 요란한 총성이 울려 퍼졌다. 프레디는 가슴에 총을 맞고 그 자리에 쓰러졌다. 그의 가슴에서 흘러내린 붉은 피가 파티장 바닥을 흥건하게 적시고 있었다.

경호원들과 스키를 훔치러온 마약 밀매조직원 사이에서 총격전이 벌어지기 시작했다. 파티장은 순식간에 아수라장이 되고 말았다. 스키를 훔치던 범인들은 벽 뒤에 몸을 숨기면서 총을 쏘았다. 상황이 매우 급박하게 전개되던 도중에 갑자기 총성이 멈추었다. 범죄조직의 보스가 여자 한 명을 방패로 삼아서 경호원들과 대치하고 있었던 것이다.

그 여자는 놀랍게도 메드닉 해리슨 회장의 손녀 로라였다. 그는 그녀를 인질로 잡은 채 파티장에서 빠져나갔다. 하지만 경호원들은 로라 해리슨 때문에 함부로 총을 쏠 수가 없었다.

사람들이 모두 깜짝 놀란 눈으로 상황을 지켜보고 있었다. 하지만 의외로 인질이 된 로라는 담담한 표정을 짓고 있었다. 마치 상황이 어떻게 돌아가게 된 것인지 처음부터 미리 알고 있었던 것처럼 그녀는 몸을 움직이면서 반항하거나 소리를 지르지 않고 고분고분 범인의 지시에 따라 움직였다.

그 자리에 있던 사람들은 그것이 권총을 들고 있는 범인의 위협 때문이라고 생각했다. 하지만 그녀는 지금 벌어지고 있는 상황이 어떤 식으로 전개되는지 이미 다 알고 있었다.

이것은 사전에 철저하게 계산된 일이었다. 경호원들과 범인들 사이에 벌어진 총격전조차도 레베카의 계획에 따른 것이었다. 그녀는 혼란한 기회를 이용해서 뉴월드 그룹을 인수하는 일에 방해가 될 만한 프레디와 로라를 자연스럽게 범인들의 손에 의해 죽은 것처럼 위장할 생각이었던 것이다.

로라는 레베카가 인질로 잡고 있는 할아버지의 신변을 걱정하면서 어쩔 수 없이 범인에게 인질로 잡혔다. 그녀를 인질로 잡은 일당들은 혼란스러운 파티장을 유유히 빠져나갔다.

다니엘과 프랭크, 그리고 토미가 바하마의 경찰들을 이끌고 들이닥쳤을 때 파티장은 이미 아수라장이 되어 있었다. 아미보섬 호텔의 종업원들만이 어수선한 파티장을 정리하고 있었다. 레베카와 앤소니, 그리고 가짜 메드닉은 이미 그 자리를 떠나고 없었다. 다니엘은 호텔의 이곳저곳을 정신없이 찾아보았지만 어느 곳에서도 로라의 모습은 보이지 않았다.

프랭크와 토미는 레베카와 앤소니를 체포하기 위해 경찰과 함께 뉴월드 그룹의 전용층을 샅샅이 뒤졌지만 두 사람의 흔적을 찾을 수가 없었다. 그들은 위험을 느끼고 어디론가 도망을 친 것이다. 하지만 가짜 메드닉은 체포할 수 있었다.

마틴이 하베이를 죽인 사실도 밝혀지게 되었다. 살인죄가 밝혀지는 동안 마틴은 한 마디도 입을 열지 않았다. 시종일관 무거운 침묵을 지켰고 무표정한 얼굴로 자신의 발등을 내려다보기만 했다.

다니엘은 아미보섬 호텔의 이곳저곳을 뒤지다가 전용층으로 올라갔다. 프랭크가 가까이 다가오면서 다니엘에게 물었다.

"어떻게 되었나요, 다니엘? 로라를 찾았나요?"

"아직 찾지 못했어요."

"정말 큰일이군요."

프랭크가 걱정스러운 목소리로 말했다. 그는 다니엘을 만났을 때부터 그가 로라에게 깊이 빠져 있다는 사실을 눈치챌 수 있었기 때문이었다.

그는 문득 로라가 어떤 여자일지 궁금했다. 다니엘은 아무 여자나 쉽게 사랑할 남자가 아니라는 것을 잘 알고 있었기 때문이다. 그런 다니엘이 사랑에 빠질 만한 여자라면 굉장한 매력을 지니고 있을 것이다.

그는 사진을 통해서만 본 적이 있는 로라를 꼭 만나고 싶었다. 그리고 지금은 그녀의 안전에 대해서 다니엘만큼이나 걱정하고 있었다.

다니엘은 서둘러 지미 경감을 만나기 위해 걸어갔다. 그는 이번 사건에 대해 다른 형사들에게 무엇인가 지시하고 있었다. 다니엘이 그를 쳐다보면서 입을 열었다.

"지미 경감님."

"무슨 일이죠?"

"한 가지 부탁을 드려도 되겠습니까?"

"말씀하시죠, 다니엘씨."

"가짜 메드닉 회장을 좀 만날 수 있을까요?"

"왜 만나고 싶은 거죠?"

"단지 몇 마디 물어 보고 싶을 뿐입니다. 물론 경찰에서 하는 일과 상관없는 문제에 대해서 말입니다. 허락해 주시겠습니까?"

다니엘이 정중하게 부탁했다.

"좋습니다. 하지만 우리 경찰이 필요로 하는 정보가 있다면 당신이 곧바로 알려 주셔야 합니다. 그렇게 해 주시겠지요?"

그가 다짐하듯이 말했다.

"물론이죠. 그런 일이라면 말씀하지 않아도 당연히 경찰에 알려야 된다고 생각합니다."

"좋습니다."

그가 고개를 끄덕이면서 허락했다. 다니엘은 가짜 메드닉을 만나기 위해 안으로 들어갔다. 그는 모든 음모가 드러나자 고개를 숙인 채 침울한 표정을 짓고 있었다.

"이봐요, 당신이 정말로 누구인지는 잘 모르겠지만 로라의 행방에 대해 말해 주었으면 좋겠습니다."

다니엘이 가짜 메드닉에게 말을 걸었다. 하지만 그는 힐끗 그를 처다보기만 했을 뿐 아무런 대답도 하지 않았다. 그는 몹시 초조해져서 가짜 메드닉을 설득하기 시작했다.

"레베카와 앤소니가 모든 음모를 꾸민 장본인이라는 것은 나도 알고 있어요. 우리에게 협조해 주면 당신의 죄가 조금이라도 가벼워질 수 있도록 최대한 도와주겠습니다."

그가 가짜 메드닉을 향해 간곡하게 부탁했다. 그는 모든 것을 포기한 상태였다. 자신의 인생을 걸고 얼굴까지 바꾸었던 일이 완전히 수포로 돌아갔다는 사실을 담담하게 인정하고 있었던 것이다. 하지만 그의 입에서는 그가 원하는 대답이 흘러나오지 않았다.

"미안합니다, 다니엘씨. 나는 레베카가 시키는 대로만 행동했기 때문에 나의 역할 이외에는 아무것도 모릅니다."

가짜 메드닉이 머리를 흔들면서 대답했다. 하지만 그는 로라의 행방에 대해 알아내는 것을 포기할 수가 없었다. 지금 그에게 있어서 유일한 단서는 가짜 메드닉뿐이었다.

다니엘은 그를 통해서 반드시 로라의 행방을 알아내야만 했다. 가짜 메드닉이 그녀의 행방을 전혀 모른다고 해도 약간의 단서는 줄 수 있을 것이다.

"제발 부탁합니다. 지금 로라의 목숨이 위험합니다."

하지만 가짜 메드닉은 어쩔 수 없다는 듯이 고개를 가로저었다.

"나로서는 알 수 없는 일입니다. 혹시 그 사람이라면 몰라도……."

"그 사람이라니?"

"레베카가 누군가와 은밀하게 통화하는 것을 몇 번 들은 적이 있었어요. 그녀는 그 사람을 의원님이라고 불렀는데, 아주 지위가 높은 사람처럼 보였습니다."

가짜 메드닉 해리슨의 입에서 의원이라는 말이 떨어지자 그의 눈이 갑자기 빛나기 시작했다. 그는 무엇인가 단서를 잡았다는 듯이 활기찬 목소리로 프랭크를 돌아보았다.

"프랭크, 그 사람은 바로 리차드예요. 어서 리차드의 행방을 알아보세요."

"상원의원 리차드를 말하는 건가요?"

그가 의아스러운 눈빛으로 다니엘을 쳐다보았다. 그는 이 사건에서 리차드가 어떻게 관련되어 있는지 잘 모르고 있었다.

"그래요, 프랭크. 자세한 이야기는 나중에 하겠어요. 어서 리차드의 행방을 알아보세요."

다니엘이 다급하게 말했다.

"알겠습니다. 아마도 호텔 프론트의 직원들이 알고 있을 겁니다."

그는 알겠다는 듯이 고개를 끄덕이면서 말했다. 그는 프론트로 전화를 걸어서 리차드의 행방을 물었다.

프론트의 직원과 통화를 한 후에 그는 다시 다니엘을 바라보면서 말했다.

"리차드 상원의원은 파티가 끝난 직후에 프론트에 키를 맡기고 어떤 여자와 함께 호텔을 나갔다고 합니다. 사십대 중반으로 보이는 그 여자는 이 호텔에 묵고 있지 않았다고 합니다."

"그렇다면 아마 로즈마리일 겁니다."

다니엘이 잠시 동안 어떤 생각에 잠겨 있다가 고개를 들고 프랭크를 응시했다.

"프랭크, 지미 경감에게 지금 당장 리차드와 로즈마리가 바하마를 떠나지 못하도록 공항을 봉쇄해 달라고 부탁하세요. 자세한 설명은 로라를 찾고 난 다음에 해 주겠다고 전해 주세요."

"알겠습니다, 다니엘."

프랭크는 지미 경감을 찾기 위해 그 자리를 떠났다. 다니엘은 그가 밖으로 나가는 모습을 바라보다가 가짜 메드닉에게 고개를 돌렸다.

"이봐요. 당신은 로즈마리라는 여자에 대해 잘 알고 있겠죠?"

가짜 메드닉이 순순히 고개를 끄덕였다.

"그렇습니다."

"그녀는 어디에 있죠?"

"아마 별장에 있을지도 모릅니다. 레베카와 로즈마리는 서쪽 해안가 절벽 근처에 위치한 별장을 아지트로 사용해 왔으니까요."

"그렇다면 로라가 그 별장에 사로잡혀 있을지도 모르겠군요."

"글쎄요. 아마 그곳으로 끌려갔다면 살아있기 힘들 겁니다. 별장은 곧바로 험한 해안 절벽으로 이어져 있으니까요."

가짜 메드닉이 담담한 목소리로 말했다. 다니엘은 그 이야기를 듣자 더 이상 여유를 부릴 수가 없었다. 이대로 가만히 시간을 끌다가는 로라에게 무슨 일이 생길지 알 수가 없었다. 아니, 벌써 어떤 일이 벌어졌을지도 모르는 일이었다.

그의 마음은 몹시 조급해지기 시작했다. 그는 서둘러 밖으로 달려

나가서 엘리베이터를 타고 로비로 내려갔다. 아미보섬 호텔에서 빠져나온 그는 마침 손님을 태우기 위해 대기하고 있던 마차를 발견하고 무작정 올라탔다.

하지만 그 마차에는 말을 모는 마부가 없었다. 마부를 기다릴 만한 여유가 없었던 그는 힘껏 채찍을 휘둘렀다. 채찍을 맞은 말들이 힘차게 달리기 시작했다.

제14장 새로운 항해

　　　　　　다니엘은 로라가 걱정되어서 견딜 수가 없었다. 여기저기를 찾아다녔지만 그 어디에서도 그녀의 모습을 발견할 수 없었다. 그가 로라를 찾아 돌아다니고 있는 동안 그녀는 장소를 전혀 알 수 없는 어느 어두운 지하실에 감금되어 있었다.

　그녀가 정신을 차렸을 때 주위는 온통 암흑에 싸여 있었다. 그녀는 빛이 전혀 들어오지 않는 지하실의 어둠 속에서 손발이 꽁꽁 묶인 채 문 밖에서 들려오는 리차드의 목소리를 듣고 있었다.

　리차드는 몹시 화가 나 있는 것 같았다. 그는 로즈마리에게 짜증 섞인 목소리로 말하고 있었다.

　"로라와 다니엘 때문에 모든 일이 수포로 돌아가고 말았어! 이제 우리가 할 수 있는 일은 그동안 빼돌린 돈을 가지고 이곳을 달아나는 수밖에 없어. 그 많은 메드닉의 재산을 포기하고 말이야."

"그런데 로라는 어떻게 할 거죠? 이대로 내버려둘 수는 없잖아요."

그녀가 리차드의 눈치를 살피면서 조심스럽게 말했다.

"그런 건 걱정할 필요 없어. 나한테 계획이 있으니까 염려하지 마."

그가 목소리를 높이면서 말했다.

"어떻게 할 생각인데요?"

"나에게 맡겨. 로라를 이대로 두고 떠날 순 없어. 당장 해안가 절벽으로 끌고 가서 없애버릴 거야!"

"그렇게 해도 괜찮을까요?"

그녀가 걱정스러운 표정을 지으면서 리차드를 바라보았다.

"물론이지. 로라가 죽을 곳은 험한 바위지대니까 그곳에 떨어뜨리면 경찰도 한참 동안이나 시체를 발견하지 못할 거야. 경찰이 로라를 수색하는 동안 우리는 무사히 바하마에서 떠날 수 있을 거야."

그는 자신의 계획이 수포로 돌아갔다는 사실 때문에 거의 미칠 지경이었다. 로라는 그의 말을 들으면서 신경을 곤두세우고 있었다.

잠시 뒤 육중한 철문이 열리면서 삐걱거리는 소리가 들렸다. 그녀는 공포를 느끼면서도 침착하기 위해 애를 쓰고 있었다. 갑자기 캄캄한 지하실에 불이 환하게 켜지면서 리차드가 안으로 들어왔다. 그녀는 아무런 말도 하지 않고 그를 노려보았다.

그는 잠시 동안 로라를 똑바로 쳐다보다가 태연한 표정으로 그녀의 등 뒤로 다가와서는 의자에 묶인 줄을 풀어 주었다. 손과 발이 자유롭게 되자 그는 그녀의 등을 힘껏 떠밀었다.

"어서 움직여! 시간이 별로 없으니까. 이게 다 너 때문에 벌어진 일이야."

그녀는 어쩔 수 없이 지하실 문을 나와 계단으로 올라가기 시작했다. 그런데 다니엘은 지금쯤 어떻게 되었을까? 설마 악당들에게 죽어 버린 것은 아니겠지? 그들이 다니엘을 말에 태운 채 절벽에서 떨어뜨릴 계획이라고 말했던 것이 떠올랐다.

그녀는 앞으로 자신에게 닥칠 일보다 다니엘의 일이 더 걱정되었다. 그는 이 세상에 태어나서 처음으로 사랑을 느낀 남자였다. 소중한 사람에게 만약 어떤 사고가 닥쳤다면 어떻게 할 것인가?

그녀는 끔찍한 상상 속에서 벗어나기 위해 가볍게 머리를 흔들었다. 그녀에게 기회가 온 것은 육중한 철문을 나선 다음이었다. 어둠 속으로 경사가 매우 가파른 계단이 놓여 있었다. 그녀는 뒤따라 올라오고 있는 리차드가 바싹 다가오도록 매우 느린 걸음으로 계단을 올라갔다.

"빨리 빨리 움직여!"

계단을 중간쯤 올라갔을 때 그녀의 생각대로 뒤에서 리차드의 신경질적인 목소리와 함께 등을 떠미는 손길이 느껴졌다. 그녀는 마음속으로 소리쳤다.

'이 기회를 놓치면 끝장이다!'

그녀는 재빨리 돌아서면서 등을 떠미는 그의 손길을 뿌리치고 있는 힘을 다해 그의 가슴을 발로 걷어찼다. 체격이 건장한 리차드였지만 워낙 가파른 계단이었기 때문에 중심을 잃고 비틀거렸다.

그의 손이 몸의 균형을 잡기 위해 허공을 이리저리 휘어잡았다.

그녀는 다시 한 번 발로 그의 턱을 걷어찼다. 마침내 그는 뒤로 넘어지더니 계단에서 굴러 떨어지기 시작했다.

계단이 무척 어두웠기 때문에 그녀는 자기가 그에게 얼마나 치명적인 타격을 입혔는지 전혀 알 수가 없었다. 지금으로서는 무조건 달아나는 것이 상책이라는 생각이 들었다. 그녀는 그가 지하실 바닥까지 구르는 소리를 들으면서 계단을 뛰어오르기 시작했다.

지하실에서 올라온 계단은 별장의 뒷마당으로 이어지고 있었다. 그녀는 주위를 잠시 둘러보다가 어둠이 깔린 숲을 향해 무작정 달려갔다. 울창한 숲을 달리기 시작하고 나서 몇 분이 지나자 금방 숨이 차오르기 시작했다. 하지만 리차드의 손길에서 벗어나자면 서둘러야 했다.

그녀는 잠시 걸음을 멈추고 숨을 고르면서 뒤따라오는 사람이 없는지 귀를 기울였다. 무엇인가 부스럭거리는 소리가 들렸다. 누군가 낙엽을 밟으면서 내는 소리가 분명했다. 숲에는 지금 그녀만 있는 것이 아니었다. 다른 누군가가 있는 것이 분명했다.

'뛰어! 달아나야 해!'

그녀는 다시 달리기 시작했지만 얼마가지 못해서 지치고 말았다. 다리가 풀린 그녀는 몸의 균형을 잃으면서 그 자리에 주저앉았다. 그녀는 자신의 움직임이 너무 큰 소리를 만들고 있다는 사실을 의식했다. 그녀는 나무에 등을 기댄 채 숨을 죽이고 잠시 휴식을 취하기로 마음먹었다. 그녀는 길을 찾기 위해 신경을 곤두세웠다.

'어디로 가야 하지? 이대로 있다간 그들에게 붙잡히고 말 거야.'

잠시 동안 숨어서 휴식을 취하던 그녀는 다시 움직이기 시작했다.

그녀는 최대한 소리를 내지 않으면서 걸었다. 잠시 후에 덩굴을 지났을 때 가파른 언덕이 나왔다. 그녀는 언덕을 따라 힘들게 기어오르기 시작했다. 언덕을 절반 정도 올라왔을 때 등 뒤에서 그녀를 부르는 소리가 들렸다.

"로라, 당장 그 자리에서 멈춰! 넌 어차피 도망가지 못해! 나를 화나게 하지 말라구!"

리차드가 그녀를 따라오면서 소리치고 있었다. 그는 끈질기게 그녀를 뒤쫓고 있었다. 그녀는 아찔한 현기증을 느꼈다. 그녀는 온몸에 남아있던 기운이 한꺼번에 빠져나가는 것 같았다. 그는 그녀보다 두 배는 더 빠르게 언덕을 올라오고 있었던 것이다.

'어서 힘을 내, 로라!'

그녀의 귓가에서 다니엘의 목소리가 들리는 것 같았다. 비록 환청이었지만 다니엘의 목소리가 그녀에게 용기를 불러일으켰다. 그녀는 가파른 언덕을 향해 다시 달리기 시작했다. 숨을 헉헉거리면서 정상에 도달했을 때 그녀는 그 자리에서 멈출 수밖에 없었다. 이제는 모든 것이 끝장이었다. 가파른 언덕은 깎아지른 듯한 절벽으로 이어져 있었던 것이다.

절벽 밑으로 파도가 들이쳤고 커다란 바위들이 삐죽삐죽 고개를 내밀고 있었다. 이제는 더 이상 숨을 곳도 달아날 곳도 없었다. 강한 바닷바람이 그녀의 얼굴을 스치고 지나갔다.

'이젠 정말 어쩔 수 없어!'

그녀는 소금기가 배인 바닷바람의 냄새를 맡으면서 다니엘을 생각했다.

'그는 지금쯤 어떻게 되었을까? 죽었을까? 아니야, 살아서 나를 찾고 있을지도 몰라!'
이 절벽은 그녀가 죽기에는 너무나 슬프고 외로운 장소였다.

다니엘이 탄 마차는 아미보섬 호텔을 벗어나 로즈마리의 별장을 향해 무서운 속도로 달려가고 있었다. 그는 마차에 속도를 가하면서 그녀가 제발 무사하기를 빌었다. 그의 손에 들린 채찍이 허공을 갈랐다. 말은 거칠게 숨을 몰아쉬면서 힘껏 달리고 있었다. 사랑하는 로라에게 무슨 일이 생긴다면 도저히 참을 수 없을 것 같았다. 그는 진정으로 그녀를 사랑하고 있었던 것이다.

그가 앉아 있는 마부석이 매우 삐걱거렸다. 빠른 속도로 움직이는 마차의 뒤쪽으로 먼지가 안개처럼 피어오르고 있었다. 갑자기 달리던 마차의 바퀴가 돌에 걸리면서 심하게 요동쳤다. 그런 길을 빠른 속도로 달리는 것은 너무나 위험한 일이었다.

그는 자갈이 바퀴를 긁히면서 내는 요란한 소리를 들으면서 정신을 집중시켰다. 이 길은 마차가 달리기에는 몹시 위험하다는 생각이 들었다. 마차가 별장 입구에 막 접어들었을 때 그는 멀리 언덕을 기어오르는 로라의 모습을 발견했다. 그는 거칠게 숲으로 나 있는 작은 오솔길을 향해 미친 듯이 마차를 몰았다.

얼마 뒤 마차가 언덕에 도착하자 그는 말의 고삐를 잡아당겼다. 말은 앞발을 높이 치켜들면서 그 자리에 멈추었다. 그는 서둘러 마차에서 내린 후에 주위를 둘러보았다. 멀리 언덕 위에 서 있는 로라의 모습이 보였다. 그 뒤로 그녀를 뒤쫓고 있는 리차드의 모습도 보였다.

그는 재빨리 언덕 위로 달렸다. 지금은 시간을 아껴야만 한다. 조금이라도 늦으면 그녀가 죽을지도 모른다는 초조감이 엄습했다. 언덕길을 올라서자 바닷바람이 사납게 몰아쳤다. 그의 머리카락과 옷자락이 미친 듯이 휘날렸다.

그는 숨을 헐떡거리면서 잠시도 쉬지 않고 언덕을 올라갔다. 언덕은 검은 바위들로 이루어진 황량한 절벽으로 이어져 있었다. 검푸른 바다가 그의 눈 속으로 들어왔다. 파도가 절벽에 부딪쳐 하얀 포말을 일으키며 부서지고 있었다.

그는 리차드가 절벽에 도달하기 전에 따라잡아야만 한다는 생각뿐이었다. 그렇지 않으면 리차드가 그녀를 절벽으로 떨어뜨릴지도 모르는 일이었다. 땀이 온몸에서 비 오듯이 흘러내렸지만 그는 잠시도 쉬지 않고 언덕을 올라갔다. 작은 나뭇가지들이 얼굴을 긁었지만 그런 것은 안중에도 없었다. 그는 더욱 걸음을 재촉했다. 절벽에 거의 다다랐을 때 그는 로라를 뒤쫓는 리차드를 따라 잡을 수 있었다. 리차드는 로라를 노리면서 서서히 접근하고 있었다.

"멈춰!"

그는 무서운 기세로 리차드를 향해 달려들었다.

"아니? 너는 다니엘?"

리차드는 전혀 예상하지 못했다는 듯이 깜짝 놀라면서 그를 쳐다보았다. 그는 달려드는 속도를 유지하면서 리차드에게 주먹을 날렸다. 그는 배를 맞고 비틀거리면서 중심을 잃었다. 하지만 비틀거리면서도 넘어지지 않기 위해 다니엘의 옷을 움켜잡았다. 리차드와 다니엘은 뒤엉켜 절벽 위에서 뒹굴기 시작했다.

"리차드, 이젠 모든 게 끝났어요. 당신의 계획은 끝장이 난 겁니다. 차라리 자수를 하는 게 당신의 죄를 더욱 가볍게 만들 겁니다."

다니엘이 숨을 헐떡이면서 말했다. 그러나 리차드는 그의 말에 조금도 귀를 기울이지 않았다. 오직 그는 다니엘과 로라를 죽이겠다는 생각만 하고 있었다. 그는 완전히 이성을 잃어버린 것 같았다.

"널 죽이고 말겠어."

리차드가 무서운 표정으로 소리를 질렀다. 다니엘이 어쩔 수 없다는 듯이 머리를 흔들었다.

"이럴수록 당신의 죄가 더욱 무거워진다는 걸 모르겠어요?"

"닥쳐!"

리차드가 그를 향해 주먹을 날렸다. 하지만 그는 가볍게 피하면서 그의 발을 걸었다. 그 바람에 그는 바닥에 쓰러지고 말았다.

"이제는 그만 항복하지요."

다니엘이 그를 향해 손을 내밀면서 말했다. 그는 그의 손을 잡고 일어섰다. 하지만 일어서던 그가 갑자기 주머니 속에서 어떤 물건을 꺼내더니 순식간에 다니엘의 허리를 찔렀다.

다니엘은 허리에 극심한 고통을 느끼면서 그대로 쓰러졌다. 리차드가 그의 허리에 칼을 꽂았던 것이다. 다니엘은 혹독한 고통을 참으면서 로라를 바라보았다. 그녀는 잔뜩 겁에 질린 채 그 자리에 가만히 서 있었다.

교활한 리차드는 이제 마지막 순간이라는 듯이 얼굴에 음흉한 미소를 지으면서 그를 향해 다가왔다. 급박한 순간이었다. 하늘에서는 검은 새 한 마리가 소름끼치는 소리를 내면서 날아다녔다.

다니엘은 비틀거리면서 일어났다. 그의 손에는 커다란 돌이 들려 있었다. 칼에 찔린 그의 몸이 순식간에 피로 물들었다. 하지만 지금 이 순간에 모든 것을 포기할 수가 없었다. 그는 온통 정신을 집중하기 위해 노력했다. 단 한 순간에 힘을 모아야 하는 것이다. 만약 실수를 한다면 그와 로라는 리차드의 손에 죽음을 당하게 될 것이다. 무서운 고통이 그를 괴롭히고 있었지만 그대로 주저앉아 있을 수만은 없었다.

그는 허리의 상처 때문에 몸을 곧게 펴지도 못하고 있었다. 허리를 숙이고 있는 그는 의식이 흐려지고 고통이 밀물처럼 밀려오는 것을 느꼈다.

"죽고 싶어서 환장했군!"

리차드의 음침한 목소리가 들렸다. 다니엘의 몸이 부르르 떨리고 있었다. 금방이라도 리차드의 주먹이 그의 얼굴로 날아들 것만 같았다. 그는 마지막으로 남아있는 모든 힘을 손에 모았다.

"지옥에나 가라!"

그는 리차드의 얼굴을 노리고 힘껏 돌을 던졌다. 방심하고 있던 그는 다니엘이 던진 돌에 맞고 비틀거렸다. 그 순간을 놓치지 않고 그는 마지막 힘을 모아서 리차드를 절벽 밑으로 떠밀었다. 그는 비틀거리다가 절벽으로 떨어져 내렸다.

"으악!"

리차드의 처절한 비명 소리가 절벽 아래에서 울려 퍼졌다. 그리고 갑자기 모든 것이 정지한 것처럼 아무런 소리도 들리지 않았다. 리차드를 삼켜 버린 바다에서는 세찬 파도가 출렁거리고 있었다.

다니엘은 이제 숨을 쉬기조차 힘들었다. 그는 위태로운 절벽에서 어지러움을 느끼고 있었다. 아득한 현기증이 일어나면서 자꾸만 구역질이 치밀어 올랐다. 어지럽고 울렁거리는 상태는 좀처럼 진정될 것 같지 않았다. 그는 그 자리에 털썩 주저앉았다.

잠시 뒤 그는 부드러운 여자의 손길을 느끼면서 의식을 잃어버렸다. 정신이 아득히 멀어지고 있었다.

"그럴 수 없어! 안 돼!"

다니엘은 비명을 지르면서 지독한 악몽에서 깨어났다. 그의 몸은 온통 비 오듯이 흘러내린 땀으로 축축하게 젖어 있었다. 그는 침대에서 벌떡 일어나려고 했지만 갑자기 허리에서 무서운 통증이 일어나 도로 누웠다. 그는 주위를 둘러보았다. 온통 하얀 것만 눈에 들어왔다. 비로소 그는 자신이 깨끗한 시트가 깔려있는 병원 침대에 누워 있다는 사실을 깨달았다.

프랭크가 매우 걱정스러운 얼굴로 그를 지켜보고 있었다. 그는 어떻게 자신이 이곳에 와 있는지 영문을 알 수 없었다.

"어떻게 된 거죠, 프랭크?"

그는 프랭크를 쳐다보면서 물었다. 그는 몹시 흥분하고 있는 다니엘을 안심시키기 위해 차분한 목소리로 대답했다.

"걱정하지 말아요, 다니엘."

"그런데 여기가 어디죠?"

그가 조급한 마음으로 프랭크에게 물었다. 그는 고통 때문에 일그러진 얼굴을 하고 프랭크가 대답해 주기를 기다렸다. 그는 진정하라는 듯이 다니엘의 어깨를 잡고 차분하게 말했다.
"진정하세요, 다니엘. 여기는 안전한 병원이에요. 이제는 모든 문제가 다 해결되었으니까 아무런 걱정도 하지 마세요."
그는 현기증을 느끼면서 다시 눈을 감았다. 갑자기 문이 열리면서 한 여자가 병실로 들어왔다. 문소리에 눈을 뜬 그는 그 여자를 보고 반갑게 소리쳤다. 병실로 들어온 여자는 바로 로라였다.
"로라!"
"다니엘!"
로라는 반갑게 달려와서 그의 품에 안겼다. 잠시 동안 두 사람은 뜨거운 키스를 나누었다. 그녀의 입술은 너무나 달콤했다.
그녀와 함께 들어온 지미 경감이 그를 쳐다보면서 말했다.
"다니엘, 내가 왜 더 일찍 당신의 말을 듣지 않았는지 모르겠군요. 메드닉 회장이 가짜였다니 정말로 믿기 어려운 일이었어요."
그가 쑥스러운 듯이 웃으면서 말했다.
"어서 오세요, 지미 경감님."
다니엘이 미소를 지으면서 말했다.
"상처는 좀 어때요?"
지미 경감이 그의 상태를 보면서 걱정스러운 듯이 물었다.
"다행스럽게도 상처가 그다지 깊지 않다고 의사가 말했습니다. 얼마간 입원하고 있으면 완치될 거라고 했습니다."
프랭크가 차분한 목소리로 대신 대답했다.
"그런데 한 가지 궁금한 게 있어요. 이 모든 것이 레베카 혼자 만들어낸 작품이었나요?"

지미 경감이 그를 쳐다보면서 물었다.

"그렇지 않아요."

그가 머리를 흔들면서 대답했다.

"배후에 또 다른 인물이 있었습니다."

다니엘이 로라를 한 번 돌아본 후에 사건의 전말에 대해 설명하기 시작했다.

"레베카가 메드닉 회장의 재산을 가로채기 위해 가짜 메드닉을 만드는 것을 지원했던 배후의 인물이 있었습니다."

그가 생각을 정리하면서 대답했다.

"그게 누군가요?"

지미 경감이 다급하게 질문을 던졌다.

"한 마디로 말하자면 이 사건을 뒤에서 조종했던 사람은 바로 리차드 상원의원이었습니다."

"리차드 상원의원이 이번 사건을 배후에서 조종한 인물이라구요? 설마······."

그의 말을 듣고 지미 경감은 그만 깜짝 놀라고 말았다.

프랭크조차도 그의 말을 믿기 어렵다는 표정을 지었다. 그럴 수밖에 없는 것이 리차드 상원의원과 다니엘은 같은 대학을 졸업한 선후배 사이였다. 리차드는 항상 다니엘을 잘 대해 주었고 그도 정계에 진출한 리치드 상원의원을 믿고 있었던 것이다.

"그렇습니다. 리차드 상원의원이 의도했던 것은 뉴월드 그룹의 주식을 최대한 확보한 후에 회사를 장악하려는 것이었습니다."

그가 리차드의 목적에 대해 말했다.

"어떻게 그런 일을 꾸밀 수 있죠?"

이번에는 프랭크가 질문을 던졌다.

"인간의 추악한 욕망이 그런 비극을 만든 겁니다. 앞에서 그 일을 맡았던 것이 바로 레베카 더글라스였습니다. 두 사람 사이에는 아마도 모종의 합의가 있었을 겁니다. 한 마디로 말해서 레베카는 메드닉 회장의 재산을 모두 상속받게 되고 리차드는 뉴월드 그룹의 경영권을 획득하게 되는 겁니다."

그가 자세하게 설명했다.

"그들은 어떤 식으로 뉴월드 그룹을 노린 겁니까? 이번 사건에 대한 보고서를 작성해야 하기 때문에 골치가 아파 죽겠어요."

지미 경감이 다시 질문을 던졌다.

"그 점에 대해서는 로라가 잘 말해 줄 겁니다."

다니엘이 로라의 손을 잡으면서 말했다. 그녀는 고개를 끄덕이면서 말을 하기 시작했다.

"나는 제임스 교수님을 통해 뉴월드 그룹에 레이더스가 개입하고 있다는 사실을 알게 되었습니다. 제임스 교수님이 살해를 당했던 것도 그 비밀을 알고 있었기 때문이지요."

"그들은 정말 악당이었어요. 함부로 사람의 목숨을 그처럼 해치다니……."

지미 경감이 치를 떨면서 말했다.

"맞아요. 그리고 리차드 상원의원은 이번 일을 꾸미면서 그가 거느리고 있는 계열사에 뉴월드 그룹의 주식을 각각 1.8~4.9%씩 분산 매입토록 했습니다."

로라가 차분하게 설명했다.

"하지만 그렇게 하는 일이 결코 쉬운 일이 아니었을 텐데요. 그런데 어떻게 그럴 수 있었죠?"

"비록 힘들긴 하지만 방법이 전혀 없는 것도 아니었어요. 현행 증권거래법 제307조는 상장법인 총 발행 주식의 5% 이상을 매입할 경우에 한해서만 5일 이내에 증권거래소와 증권관리위원회에 신고하도록 되어 있습니다. 그렇기 때문에 리차드 상원의원이 소유자로 드러나 있는 퓨처 기획 이외에 다른 계열사는 외부에 전혀 드러나지 않은 채 주식을 매입할 수 있었던 겁니다."

"교묘한 방법이었군요."

"그래요. 그건 모두 다 리차드의 머리 속에서 나왔을 겁니다. 게다가 증권거래법은 법인의 경우 상호간에 30% 이상의 출자관계가 없으면 특수 관계인으로 분류하지 않는다고 규정하고 있습니다. 리차드 상원의원은 그러한 증권거래법의 맹점을 이용해서 계열사 중에서 출자지분이 30% 미만이었던 다섯 개의 회사를 주식매집에 집중적으로 동원했으며 결과적으로 보고의무도 면제받을 수 있었던 겁니다. 리차드 상원의원은 그렇게 해서 뉴월드 그룹의 주식을 20% 이상 소유할 수 있었습니다. 그리고 여기에다가 할아버지가 보유하고 있는 주식을 레베카에게 상속하는 방법을 통해 보유주식을 절대적으로 늘일 생각이었어요. 만약 그렇게 되었다면 뉴월드 그룹의 운영권은 리차드 상원의원에게 그대로 넘어갔을 거예요."

로라가 사건의 전모에 대해 설명해 주었다.

"그렇군요."

지미 경감이 이제야 알겠다는 듯이 고개를 끄덕이면서 말했다.
"그런데 메드닉 회장님은 어떻게 되었습니까?"
다니엘이 걱정스러운 표정을 지으면서 물었다. 로라가 그를 응시하면서 대답했다.
"할아버지는 무사해요, 다니엘. 나중에 경찰이 로즈마리의 별장을 조사하다가 감금되어 있던 할아버지를 발견했어요. 할아버지는 다시 호텔로 돌아가서 휴식을 취하고 계세요."
그녀가 미소를 지으면서 다니엘을 바라보았다. 그녀의 시선 속에는 깊은 사랑이 담겨 있었다.

다니엘은 프랭크와 함께 즐거운 마음으로 병원을 나섰다. 그는 건강을 완전히 다시 찾고 지금 아미보섬 호텔로 돌아가는 중이었다.
그는 호텔에 도착하자 곧바로 메드닉 회장을 만나기 위해 전용층으로 올라갔다. 메드닉 회장은 그를 아주 반갑게 맞이했다.
"다시 만나게 되어서 정말 반갑습니다, 회장님."
"이번에 당신의 도움이 아니었다면 정말 큰일 날 뻔했어요. 레베카의 정체가 드러나서 얼마나 다행인지 모르겠습니다."
메드닉 회장은 지난번에 다니엘이 전용층으로 숨어들었을 때 보았던 모습보다 훨씬 밝은 표정을 하고 있었다. 레베카의 음모에서 완전히 벗어나 예전의 활기를 되찾고 있었다.
"제가 도움이 되었다니 정말 기쁩니다. 그런데 한 가지 궁금한 점이 있습니다."
"어떤 게 궁금하죠?"

"현재 뉴월드 그룹의 주식을 보유하고 있는 사람들은 모두 믿을 만한 사람들입니까?"

메드닉 회장은 자신 있게 고개를 끄덕이면서 대답했다.

"물론입니다, 다니엘."

"회장님의 능력이라면 단기간에 모든 일들을 정상적으로 돌려놓을 수 있을 겁니다,"

"그런데 블레이크 그룹에서는 무슨 일 때문에 우리 회사의 주식을 매입했죠?"

메드닉 회장이 궁금한 듯이 물었다.

"뉴월드 그룹과 손을 잡고 새로운 사업을 하고 싶었기 때문입니다."

"당신의 사업 제안이라면 자세히 들어볼 필요도 없겠군요. 나는 당신의 능력을 믿습니다. 기꺼이 당신의 제안을 받아들이겠어요."

"저를 믿어 주셔서 감사합니다."

"난 사실 뉴월드 그룹을 정상적으로 운영하기 힘든 입장입니다. 건강상의 문제도 있고 해서……. 그리고 로라는 아직 나이가 어리고 경험이 없어서 뉴월드 그룹을 혼자 맡기기에는 약간 부담을 느끼고 있어요. 다니엘, 당신도 대주주의 일원이니까 뉴월드 그룹의 경영에 많은 도움을 주었으면 좋겠습니다."

다니엘은 메드닉의 요구에 기꺼이 응하기로 약속했다.

"그렇게 하겠습니다."

"고맙습니다, 다니엘. 당신처럼 훌륭한 친구를 둔 것이 얼마나 다행인지 모르겠습니다."

"어려울 때에는 서로 돕는 게 당연하죠. 회장님이 빨리 회복되시기를 진심으로 빌겠습니다."

메드닉은 그를 몹시 신뢰하고 있었다. 다니엘과 메드닉은 굳게 악수를 나누었다.

바하마의 사건을 계기로 다니엘은 로라에게 그동안 품어왔던 사랑을 이루기 위해 결혼을 신청했다. 그녀는 기꺼이 그의 신청을 받아들였다. 두 사람은 함께 바하마의 해변으로 산책을 나갔다.

어두운 바닷가에는 다른 사람들이 거의 보이지 않았다. 두 사람은 바닷바람에 실려 오는 바다 냄새를 맡으면서 먼 바다를 바라보았다.

"다니엘, 곰곰이 생각해 보았는데……."

"그런데?"

그녀가 다니엘을 응시하면서 입을 열었다.

"우리가 결혼하면 작은 섬에 우리 집을 짓는 게 어떨까요? 당신 생각은 어때요? 좋은 생각이 아닌가요?"

"그래, 난 연인을 사랑하는 용감한 해적이 될 수 있을 거야."

다니엘은 그녀를 응시하면서 말했다. 어느 사이에 두 사람은 뜨거운 키스를 나누고 있었다. 두 개의 입술이 하나로 모아졌을 때 그들은 가장 순수하고 진실한 사랑으로 짝지어진 한 쌍이 되어 있었다.

"그런데 로라, 우리가 살아갈 그 섬에 텔레비전은 있는 거야?"

다니엘이 궁금한 듯이 질문을 던졌다.

"그런 물건은 없는 게 좋아요. 공연히 방해만 될 테니까……."

그녀가 웃으면서 대답했다.

"그렇다면 축구중계도 볼 수 없단 말이지?"

"그럼요."

"NBA 농구시합도 볼 수 없고?"

다니엘이 한숨을 쉬면서 물었다.

"물론이죠."

그녀는 그런 일이 매우 당연하다는 듯이 고개를 끄덕이면서 대답했다.

"연극 관람도 못하는 거야?"

"그렇다니까요. 당신은 언제까지나 나만 생각하고 사는 거예요."

그녀가 다니엘의 품에 안기면서 말했다.

"좋아."

다니엘이 웃으면서 고개를 끄덕였다.

"그런데 다니엘, 우리의 성대한 결혼식은 어디에서 올리죠?"

"대통령에게 부탁해서 백악관의 연회실을 사용하도록 하지. 주례는 법무장관을 세우고 결혼식 사회는 백악관의 대변인이 맡도록 하는 게 좋겠어. 모든 사람들이 우리를 축복할 수 있도록 말이야."

다니엘이 기분 좋게 큰 소리로 웃자 그녀도 따라 웃었다.

바다는 부드러운 달빛을 받으면서 은색으로 빛나고 있었다. 비가 내리기 시작했다. 아주 오랜만에 내리는 단비였다. 비는 바하마의 더운 공기를 식히면서 바다를 촉촉이 적시고 있었.

선착장에 있던 곤잘레스는 부지런히 손을 움직이면서 오랜만에 항해를 떠나기 위한 준비에 열중하고 있었다. 그는 조금 전에 메드닉 회장으로부터 항해를 떠나기 위한 준비를 하라는 연락을 받았던 것이다.

그는 즐거운 마음으로 오랫동안 선착장에 묶여 있었던 '메드닉 해리슨 호'의 상태를 점검했다. 다시 한 번 엔진을 확인하고 키에 기름을 바르고 통신장비를 시험해 보았다. 그 동안 손질을 잘해서인지 요트의 상태는 아주 좋았다.

요트의 모든 장비들에 이상이 전혀 없다는 것을 확인한 그는 선실 내부를 둘러보았다. 그의 눈에 메드닉과 로라, 그리고 자신이 함께 찍은 사진이 띄었다. 그 사진 속의 로라는 아직 나이 어린 소녀였다. 그녀는 할아버지가 낚은 커다란 물고기를 즐거운 표정으로 들여다보고 있었다.

그는 그 사진을 찍었던 때를 정확하게 기억하고 있었다. 그 사진을 찍었던 날은 꼭 10년 전 그녀의 생일이었다. 세 사람은 그날 잡은 물고기로 저녁에 특별한 만찬을 즐겼다. 그는 메드닉과 로라, 그리고 자신이 함께 항해를 떠났던 과거를 회상하면서 이번 항해에 가슴이 부풀어 있었다.

하지만 이번 항해에는 한 사람이 더 늘었다. 다니엘이 손님으로 참석하게 되었던 것이다. 비를 맞으면서 떠나는 항해는 더욱 멋질 것이다. 그는 갑판으로 올라가서 사람들이 도착하기를 기다렸다.

저 멀리 메드닉 회장과 로라, 그리고 다니엘이 비를 맞으면서 걸어오고 있었다. 그들은 모두 활짝 웃고 있었다.

에필로그

나는 꿈을 꾸다가 깨어났다. 바하마의 하얀 백사장 위로 그녀는 드넓은 바다를 향해 하염없이 달려가고 있었다. 나는 그 뒤를 따라 숨을 헐떡이면서 달려갔다. 나는 언제까지나 그녀와 함께 있고 싶었다.

그녀는 파란 하늘과 똑같은 색의 드레스를 입은 채 내가 도저히 따라잡을 수 없을 정도로 빠르게 달려가고 있었다. 그녀와 나 사이에 놓인 모래밭이 점점 더 넓어지고 있을 때 나는 그녀가 이 세상 사람이 아닐지도 모른다고 생각했다.

나는 그녀를 도저히 따라잡을 수 없다는 두려움 속에서 마구 소리를 질렀다. 내 입에서 흘러나오는 소리는 그녀와 나 사이에 가로막힌 어떤 투명한 장벽에 부딪치면서 다시 돌아왔다.

나는 자꾸 소리를 질렀지만 그 소리는 장벽을 넘지 못했다. 그녀는 바다를 향해 점점 더 가까이 다가갔다. 나의 몸에서는 흥건하게 땀이 쏟아졌다.

그녀의 몸이 서서히 바다에 잠기기 시작했다. 나는 있는 힘을 다해 소리를 지르면서 달렸지만 계속 그 자리에서 조금도 벗어날 수 없었다.

그녀는 몸이 바다 속에 절반이나 잠기자 나를 돌아보았다. 나는 길게 풀어헤친 머리카락 때문에 그녀가 웃고 있는지 울고 있는지 알 수가 없었다. 그녀의 모습이 바다 속으로 완전히 사라졌을 때 나는 소리를 지르면서 잠에서 깨어났다.

얼마나 잠을 잤는지 알 수가 없다. 내가 시간을 알 수 있는 건 아침과 점심, 저녁, 그리고 취침을 알리는 신호음을 통해서일 뿐이다.

창살 밖으로 보이는 해가 중천을 지나 서쪽으로 약간 기울어져 있는 것을 보면 저녁 시간이 거의 다 되어가고 있다는 것을 알 수 있다. 하지만 아직 하늘은 노을에 물들지 않고 있었다.

아직 날이 저물려면 여러 시간이 남아 있을 것이다. 너무 많은 생각을 했기 때문인지 머리가 매우 무겁다. 나는 지난밤에 낙서처럼 쓰다가 그대로 내버려두었던 항소이유서를 찾아보았다. 내가 항소이유서를 쓰는 이유는 1심 법원에서 나에게 사형을 선고한 것에 대해 불만이 있기 때문이 아니다.

나는 애초부터 변호사를 수임해서 항소 따위를 할 생각이 없었다. 하지만 나는 내 삶의 마지막 기록으로 항소이유서를 쓰려고 생각했다. 왜냐하면 공식적으로는 그것이 그들이 나에게 기록할 수 있는 펜과 종이를 제공하는 마지막 기회이기 때문이다.

글을 쓰고 있는 동안 내 인생의 모든 단편들이 머리 속에서 어지럽게 헤집고 돌아다녔다. 어렸을 때 옆집 소녀와 낡은 창고 속에서 놀던 기억이 떠오른다. 그 창고는 나의 병원이었고 제시카는 나의 첫 번째 환자였다.

나는 짚을 끌어 모아서 침대를 만들고 그 위에 제시카를 발가벗긴 채 드러눕게 만들었다. 나는 진흙으로 조제한 약을 제시카의 온몸에 발랐다. 내가 제시카의 그곳에까지 약을 발랐을 때 그녀는 울음을 터뜨리면서 도망가 버렸다.

그 사건 이후로 나는 의사가 되려는 꿈을 포기해 버렸어야만 했다. 그랬다면 아마도 그녀를 만나는 일도, 그녀를 죽여야만 하는 일도 없었을 것이다.

항소이유서의 마지막 줄을 쓰고 있는 동안 저녁 식사 시간을 알리는 신호음이 울렸다. 오늘 저녁의 메뉴는 지난 주 수요일 저녁의 메뉴와 똑같을 것이다.

어렸을 때부터 나의 간절한 소망은 내 인생 전부를 걸 만큼이나 열정적인 사랑을 해 보고 죽는 것이었다. 그리고 그 소망은 결국 이루어지고 말았다. 나의 야채수프와 감자, 그리고 구운 돼지고기.

나의 인생은 한 여자에 대한 지독한 사랑 때문에 완전히 빗나가게 되었고 그것이 허황된 꿈이었다는 사실을 깨닫게 되는 순간 파멸이 나의 눈앞에 다가온 것이다. 나의 사랑은 잠에서 깨어나 지나간 밤의 꿈을 회상하는 것과 같은 것이었다.

그렇다.

인생이란 결국 마음속에 무성하게 자라는 꿈과 사랑들로 인해 한

숨지으면서 늙어가게 되는 것이다. 결국 그 맛은 마지막 순간에 눈을 감으면서 음미할 수 있을 것이다.

새로운 시대를 여는 힘

이현우 (문학평론가)

　　지금 새로운 미래가 열리고 있다. 새로운 미래는 새로운 상상력에서 비롯된다. 시드니 셀던은 새로운 상상력으로 놀라운 환상의 세계를 열어나간다. 우리는 시드니 셀던이 만드는 환상의 공간을 산책하면서 미래에 대한 꿈을 꿀 수 있다.
　세계 최고의 베스트셀러 작가라는 찬사를 받고 있는 시드니 셀던의 《마이더스》는 전혀 새로운 감각으로 구성되어 있다. 이 작품은 사랑의 깊이를 측정할 수 있는 한 방법이다.
　우리는 다니엘과 로라의 사랑을 보면서 그 사실을 확인할 수 있다. 죽음을 눈앞에 둔 상황 속에서도 '나'보다는 '또 다른 나'에 대한 사랑과 걱정으로 위기를 극복해 나간다.
　시드니 셀던의 문맥에서 세계를 읽어나가는 일은 항상 행복하다. 그의 눈길이 언제나 목숨을 걸 정도의 강렬한 사랑으로 고정되어 있기 때문이다. 그는 다양한 사건을 통해 벌어지는 음모와 갈등의 구조 속에서 진정한 용기가 무엇인지 생생하게 보여 준다.

시드니 셸던이 항상 변함없는 호응과 찬사를 받는 이유는 수많은 작품들 속에서 각기 독특하고 신선한 필체로 끊임없이 손에 땀을 쥐도록 만드는 서스펜스를 불러일으키기 때문이다.

그의 작가적 재능과 영감은 언제나 작품 속에서 남김없이 발휘된다. 세계적인 갑부 해리슨의 재산을 둘러싸고 벌어지는 《마이더스》는 상상을 초월하는 반전과 스릴을 통해 놀라운 사건들을 그려내고 있다.

살인과 음모, 사랑과 증오, 성공과 좌절을 비롯한 시드니 셸던 특유의 문체가 그대로 살아있는 이 작품은 시종일관 긴장을 늦출 수 없도록 만든다. 환상의 세계 속으로 빠져드는 순간 우리는 전혀 예상하지 못했던 충격과 생생한 감동을 누릴 수 있다.

《마이더스》는 시드니 셸던이 그려내는 서사적 구조를 단적으로 보여 주고 있다. 그리고 신화에 등장하는 '마이더스'는 프리기아 지방을 다스리는 왕이다. 제우스의 허벅지에서 태어난 디오니소스는 실레노스를 스승으로 삼아 지혜를 배우게 되었다.

그러다가 실레노스가 리디아의 사람들에게 잡혀 꽃목걸이를 하고 마이더스 왕 앞으로 끌려왔을 때, 그는 실레노스를 후하게 대접한 후에 리디아로 데려가서 디오니소스에게 인도했다. 디오니소스는 실레노스의 귀환을 기뻐하면서 마이더스에게 원하는 것은 무슨 소원이든지 이루어지게 해 주겠다고 말했다. 이에 마이더스 왕은 자기 손에 닿는 것은 무엇이든지 황금으로 변하게 해 달라고 부탁했다. 마침내 소원이 이루어지자 마이더스는 '기적의 힘'을 가지게 되었다.

하지만 모든 것을 황금으로 만드는 능력이 축복을 의미하는 것은 아니었다. 그와 동시에 신의 저주를 담고 있었던 것이다.

처음에 소원이 이루어진 것을 본 마이더스는 그 결과에 대해 매우 기뻐했지만, 그 기쁨은 음식마저도 황금으로 변하는 것을 보고 공포로 변하게 되었다.

마이더스 왕은 어쩔 줄을 모르다가 자신의 딸이 다가오는 것을 보고 반가운 마음에 무의식적으로 딸을 껴안게 되었다. 그리고 잠시 후에는 아름다운 공주마저도 황금으로 변하게 되었다.

마이더스 왕이 다시 디오니소스를 찾아가서 마법을 풀어 달라고 애원하자, 디오니소스는 팍트로스 강에서 몸을 씻으라고 말했다. 마이더스 왕이 그 강에서 몸을 씻자 과연 축복과 저주를 동시에 안고 있던 마법이 풀렸다. 마이더스는 엄청난 부와 명성을 이룰 수 있는 기적을 의미함과 동시에 욕망에 눈이 멀어 스스로를 파괴하는 저주를 담고 있었던 것이다.

시드니 셀던은 신화 속의 마이더스를 현대의 공간 속에 되살려 놓는다. 뉴월드 그룹의 총수 메드닉 해리슨과 블레이크 그룹을 이끄는 다니엘, 야망에 불타는 리차드 상원의원, 하버드 대학을 졸업한 로라, 뛰어난 미모와 지성을 갖춘 레베카, 놀라운 솜씨를 가지고 있는 성형외과 의사 앤소니 등이 펼치는 사랑과 욕망은 우리를 거대한 감동으로 이끈다.

시드니 셀던이 그려내는 촘촘한 사랑의 그물망에 얽히면서 우리는 사랑을 대하는 한 순간 한 순간이 마지막이라는 인식을 통해 진정한 성숙이 가능하다는 화두를 배울 수 있다.

《마이더스》는 시드니 셀던이 집필한 영화 '바하마의 곡예사'를 모태로 해서 구성한 작품이다. 원작이 주는 감동을 그대로 전하기 위해 치밀한 구성과 극적인 전개를 살리는 일에 많은 노력을 기울였다.

추한 욕망에 의해 숭고한 사랑이 일그러지는 혼란스러운 현실에 직면하면서 시드니 셀던은 사랑의 진전한 의미를 되살리기 위해 작품 속에 두터운 의미망을 형성하면서 팽팽한 긴장감을 불어 넣는다. 사랑의 모습은 여러 겹으로 어우러지면서 전혀 새로운 형태로 나타난다.

물론 시드니 셀던이 노리는 목적은 그저 단순한 사랑의 회복만이 아니다. 그러한 영역을 뛰어넘어서 생명에 대한 존엄성을 다시 한 번 상기시키는 것이다.

하버드 대학을 수석으로 졸업한 로라는 할아버지가 기다리고 있는 바하마로 향한다. 그곳에는 뉴월드 그룹의 총수 메드닉 해리슨이 머물고 있다.

메드닉 해리슨은 건강이 악화되었기 때문에 아미보섬 호텔 전용층에서 요양하면서 모든 업무를 미모의 여비서 레베카 더글라스에게 맡기고 있다.

로라는 바하마로 날아가는 비행기 속에서 블레이크 그룹을 이끄는 다니엘을 만나게 된다. 수천억 달러의 자본을 가진 대그룹 회장인 그는 삼십대 초반의 나이에 미국 경제를 뒤흔들 정도의 거물로 성장한다. 다니엘은 뉴월드 그룹과의 합작사업 문제 때문에 메드닉을 만나기 위해 바하마로 가는 길이었다. 그러다가 로라와 다니엘은 서로 깊이 사랑하게 된다.

하지만 모든 일들이 순조롭게 진행되는 것만은 아니다. 뉴월드 그룹을 노리는 기업 사냥꾼들이 암약하고 있었던 것이다.

기업 사냥꾼은 전문적으로 건실한 기업을 인수해서 모든 자산을 처분한 후에 기업을 파산시키는 사람들이다. 정계와 재계를 둘러싸고 숨 가쁘게 벌어지는 놀라운 음모는 숨도 돌릴 수 없도록 만든다.

로라는 바하마에 도착한 후 놀라운 사실을 목격하게 된다. 뉴월드 그룹의 모든 업무가 레베카의 손에 의해 처리되고 있었던 것이다. 게다가 로라가 할아버지를 만나는 일조차도 철저히 통제된다.

레베카는 리차드 상원의원의 소개로 메드닉 해리슨의 비서로 채용된 여자였다. 레베카는 뉴월드 그룹 내의 모든 간부들을 제압하고 메드닉 해리슨의 모든 재산을 자신의 것으로 만들기 위한 음모를 진행시킨다.

그것은 놀라울 정도로 대담한 계획이었다. 레베카는 가짜 메드닉 회장을 등장시켜서 자신의 욕망을 달성하려고 했던 것이다. 그리고 치밀한 음모가 숨가쁘게 전개되는 가운데 메드닉 회장을 둘러싼 해리슨 가의 비밀들이 하나씩 밝혀지기 시작한다.

지적이면서도 재미있고 고급스러운 작품이 바로 《마이더스》라고 할 수 있다. 시카고에서 태어난 시드니 셸던은 이미 열일곱 살의 나이에 헐리우드로 진출해서 시나리오 작가로 명성을 얻었다. 그리고 스물다섯 살이 되었을 때에는 브로드웨이에서 세 개의 뮤지컬을 동시에 히트시키는 탁월한 재능을 발휘한다.

연극에서 토니상을 수상한 것을 비롯하여 영화 '독신남과 사춘기 소녀'로 아카데미상을 수상했다. 장편소설 '벌거벗은 얼굴'로 에드가상을 받았으며 <뉴욕 타임즈> 선정 '올해의 최우수 추리소설'의 영예를 차지했다.

'천사의 분노', '게임의 여왕', '신들의 풍차', '깊은 밤 깊은 곳에'는 텔레비전 미니시리즈로 제작 방영되었으며 '내일이 오면', '심야의 추억', '별빛은 쏟아지고', '영원한 것은 없다', '낮과 밤' 등은 우리나라에서도 수많은 독자들의 찬사를 받았다.

시드니 셀던의 작품들은 실로 감탄할 정도로 간결하면서도 빠르게 전개되는 스토리와 등장인물들의 생생한 성격묘사, 영상적이면서도 화려한 언어 전개로 이 시대 최고의 작가로 떠올랐다. 저명한 소설가 어빙 월리스가 "도저히 도중에서 포기할 수 없는 놀라운 소설"이라고 평가했으며 노엘 가든은 "일단 읽기 시작하면 책을 내려놓을 수 없는 작품"이라는 찬사를 보낸 것도 시드니 셀던의 작가적 역량을 단적으로 보여 준다.

시드니 셀던은 기업에 대한 체계적인 지식을 바탕으로 그가 집필하는 소설을 구성하고 있다. 그가 전개하고 있는 주식시장과 기업의 인수 및 합병에 대한 나름대로의 논리와 전문성은 우리를 매료시키고도 남을 정도이다. 항상 독자가 원하는 것이 무엇인지를 이해하고, 그것을 충족시키기 위해 글을 쓴다. 그렇기 때문에 그는 항상 우리에게 감동을 안겨 주는 최고의 작가가 될 수 있는 것이다.